文庫スペシャル

# 番犬稼業 罠《わな》道《みち》

南 英男



祥伝社文庫

# 目次

## 本書の主な登場人物

「罠道」

鳴海《なるみ》一行《いっこう》……30歳。一匹狼のボディガード。傷害での服役から出所。身長182cm、体重75kg。

花田《はなだ》勝将《かつまさ》……73歳。老興行師。元博徒《ばくと》で演芸や歌謡ショーを手がける。鳴海の顧客。

麦倉《むぎくら》尚人《なおと》……38歳。元検察事務官の情報屋。

森内《もりうち》鎮夫《しずお》……50歳。鳴海が所属していた二階堂《にかいどう》組の現組長。

八木《やぎ》正則《まさのり》……34歳。渋谷《しぶや》道玄坂《どうげんざか》でチェーン系洋風居酒屋を経営。鳴海の友人。

八木智奈美《ちなみ》……27歳。その妻。

樋口《ひぐち》雅也《まさや》……47歳。洋風居酒屋チェーンの運営会社社長。

二村《にむら》孝政《たかまさ》……43歳。第三《だいさん》生命目黒《めぐろ》営業所所長。

平沼《ひらぬま》満夫《みつお》……51歳。四谷《よつや》署刑事。

「掟破り」

二階堂滋郎《じろう》……51歳。かつての二階堂組三代目組長。

寺尾《てらお》勉《つとむ》……23歳。二階堂組末端構成員。鳴海の弟分。

「笑う闘犬」

保科《ほしな》一馬《かずま》……45歳。北海道《ほっかいどう》で開業する弁護士。鳴海の顧客。

永岡《ながおか》智明《ともあき》……56歳。小樽《おたる》のスナック『ジタンヌ』マスター。元トレーナー。

# 罠道《わなみち》

# 第一章　仮出所の夜

1

出所《しゅっしょ》の時刻が近い。

鳴海一行《なるみいっこう》は口笛を吹きたいような気持ちだった。あと七、八分で、高く張り巡《めぐ》らされた塀《へい》の外に出られる。

笑みが零《こぼ》れそうだ。

鳴海は府中《ふちゅう》刑務所の待合室のベンチに腰かけていた。ひとりではなかった。かたわらには、担当刑務官が坐《すわ》っている。

出所者は、この部屋で出迎えの者を待つ決まりになっていた。しかし、鳴海には身柄の引受人はいなかった。

「身内の者は誰も来《こ》んのか？」

五十年配の刑務官が沈黙を突き破った。

「ええ」

「確かおまえには、おふくろさんと兄貴がいたと思うが……」

「いることはいます。ですが、家族にさんざん迷惑をかけてきましたのでね」

「いまさら身受人になってくれとは頼みにくいか」

「はい」

「淋《さび》しい話だな」

「自業自得です」

鳴海は言いながら、目を伏せた。足許《あしもと》には、灰色のビニール製の手提《てさ》げ袋が置いてある。中身は主に衣類だった。

一年二カ月前に入所したとき以来、領置《りようち》保管室で眠っていた私物である。衣服の上には、服役中に木工作業で得た三十数万円の労賃の入った茶封筒が載《の》っている。たいした厚みはない。

食費や被服費を税金で賄《まかな》われている受刑者だったとはいえ、一年二カ月の労働の対価としては安すぎるのではないか。何か哀《かな》しかった。

「娑婆《シャバ》に出たら、どうする気なんだ？」

刑務官が訊《き》いた。

「まだ考えていません」

「何か当てはあるのか？」

「それはありません」

鳴海は首を横に振った。

「そうか。満期で出所するわけじゃないんだから、無茶するなよ」

「わかっています」

「ま、心配ないだろう。おまえは模範囚だったからな」

「刑期が五カ月も短縮されたのは、担当さんのおかげです。ありがとうございました」

「なあに、わたしの力じゃない。鳴海の改心ぶりが評価されたんだよ。傷害罪と発射罪のダブルで、こんなに早く仮釈《かりしゃく》になるケースは珍しい」

刑務官は幾分《いくぶん》、誇らしげだった。

鳴海は一年三カ月前に都内で傷害事件を引き起こし、緊急逮捕された。所轄署に五日ほど留置され、東京拘置所に身柄を移された。それから三週間後に実刑判決が下《くだ》り、服役生活に入ったのである。

荒《すさ》んだ暮らしをしてきたが、刑務所にぶち込まれたのは初めてだった。

独居房《どっきょぼう》で過ごした数日間は、何も問題は起こらなかった。だが、雑居房《ざっきょぼう》は地獄だった。同室の受刑者たちは先輩風をふかして、新入りの鳴海をいびりつづけた。食事のときは、いちばん最後に箸《はし》を取らなければならなかった。

トイレの掃除も押しつけられた。ボス格の男の肩も毎晩のように揉《も》まされた。

鳴海は繰り返される厭《いや》がらせに、ひたすら耐えた。

といっても、七人の同室者が怕《こわ》かったわけではない。鳴海は死んだ気になって時間を遣《や》り過ごし、一日も早く仮出所したかったのだ。耐えただけの甲斐《かい》はあった。

仮出所が決まった夜、鳴海は七人の同室者たちを密《ひそ》かに痛めつけた。どの相手にも、こめかみに強烈なパンチを浴びせた。それで、立場は逆転した。

その翌日から、七人の男たちは鳴海に媚《こ》びへつらうようになった。鳴海は同室者たちを下僕《げぼく》のように扱《こ》き使い、溜飲《りゅういん》を下げた。

「おまえにもう少し冷静さがあったら、世界チャンピオンにまで昇りつめてただろう。惜《お》しいよ」

刑務官の声には、同情が含まれていた。

鳴海は曖昧《あいまい》に笑った。彼は二十五歳まで、ウェルター級のプロボクサーだった。サウスポーのハードパンチャーとして、大いに期待されていた。

しかし、思いがけないことでつまずくことになる。東洋タイトル戦で、対戦相手のチャンピオンを死なせてしまったのだ。単なる事故ではなかった。

鳴海はドクターストップがかかっても、攻撃の手を緩《ゆる》めなかった。

マットに頽《くずお》れたチャンピオンの朱《あけ》に染まった顔面を連打しつづけた。制止したレフェリーも殴《なぐ》り倒してしまった。すべて無意識の行動だった。

グローブを交《まじ》えるときは、いつも相手を殺す気でパンチを放ってきた。

鳴海は少しでもダメージを与えられると、つい逆上してしまう。闘争心が異常に膨《ふく》らみ、殺意にすり替わる。

鳴海は自分の悪い癖《くせ》を何度も直そうと努力してみた。

しかし、徒労に終わった。対戦相手にポイントを取られると、たちまち冷徹さと自制心は砕《くだ》け散る。

鳴海は過去にも同じ反則を重ねていた。タイトル戦は無効となり、彼はプロボクシング界から永久追放されてしまった。

ショックだった。鳴海は少年時代から世界チャンピオンになることを夢見ながら、過酷なトレーニングに励《はげ》んできた。

刑事罰を免《まぬが》れたことを喜ぶ前に、自分自身の手で夢を潰《つぶ》した愚《おろ》かさが腹立たしかった。

しばらく酒に溺《おぼ》れる日々がつづいた。

わずかな貯《たくわ》えが底をつくと、鳴海は板前の修業をはじめた。

だが、一年も保《も》たなかった。次にバーテンダーになった。しかし、単調な暮らしには馴《な》染《じ》めなかった。

鳴海は刺激に飢《う》えていた。命を懸《か》けるような荒っぽい世界に身を投じたかった。

その思いは急激に募《つの》り、彼は歌舞伎町《かぶきちょう》の一角を縄張りにしている二階堂《にかいどう》組に入った。二十八歳のときだった。

鳴海は舎弟頭《しゃていがしら》を務《つと》めながら、組長の護衛に当たっていた。だが、組長は身内の若い組員に射殺されてしまった。

犯人は、鳴海が目をかけていた男だった。用心棒としてのプライドを傷つけられ、彼は自分の流儀で若い組員を裁いた。相手に殺意を抱《いだ》いていたが、なぜか葬《ほうむ》ることはできなかった。

鳴海は組を脱《ぬ》け、一匹狼のボディガードとして全国をさすらった。雇《やと》い主は、弁護士、政治家、アスリート、芸能人、金融業者とさまざまだった。

鳴海は番犬にうってつけの容貌《ようぼう》である。

精悍《せいかん》な顔立ちで、彫《ほ》りが深い。ぐっと迫《せ》り出した太い眉《まゆ》の下には、凄《すご》みをたたえた両眼がある。高く尖《とが》った鼻は、いかにも男臭《くさ》い。

頰の肉が削《そ》げ、引きしまった唇は薄めだ。顔全体に、他人を竦《すく》ませるような威圧《いあつ》感が漲《みなぎ》っている。

体軀《たいく》も逞《たくま》しい。

身長百八十二センチで、体重は七十五キロだ。筋骨隆々《りゅうりゅう》としているが、シルエットはすっきりしている。

着痩《きや》せするタイプだが、全身、肉瘤《にくこぶ》だらけだ。ことに肩と胸の筋肉が発達している。二の腕は、ハムの塊《かたまり》よりもはるかに太い。

「鳴海、そろそろ時間だ」

「はい」

「もう戻ってくるなよ。まだ三十歳なんだから、やり直しはきくはずだ。頑張《がんば》るんだぞ」

「ええ、頑張ります」

「達者でな」

「担当さんも、どうかお元気で！」

鳴海は手提げ袋を手にすると、勢いよく立ち上がった。およそ三カ月前から伸ばしはじめている頭髪は、それほど長くない。

鳴海は黄土色のジャケットに、下はオフホワイトのチノクロスパンツという身なりだった。上着の下には、枯葉色の長袖《ながそで》シャツを着ている。

鳴海は刑務官と一緒に待合室を出た。

外は五月晴《さつき》れだった。空は青く澄んでいる。ちぎれ雲一つない。

「旅発《だ》ちにふさわしい天気じゃないか」

刑務官が呟《つぶや》き、門番の看守たちに目配《めくば》せした。刑務所の通用門が開かれる。鉄製の扉だ。

「おめでとう」

「今度こそ真面目《まじめ》にやれよ。ここは、人間のクズどもが来るとこだからな」

二人の門番が口々に言った。

鳴海は目礼《もくれい》し、笑顔を返した。担当の刑務官が促《うなが》す。

「鳴海、行きなさい。いまから、おまえは自由の身なんだ。好きな所に行けよ」

「はい。みなさん、お世話になりました」

鳴海は三人の刑務官に深々と頭を下げ、通用門を抜《ぬ》けた。

ちょうど午前十一時だった。背後で、鉄扉《てっぴ》が閉まった。

鳴海は息を大きく吸って、ゆっくりと吐き出した。心なしか、空気がうまい。

五月も半《なか》ばを過ぎていた。気温はだいぶ高かった。二十五度は超えているだろう。

鳴海は小さく振り返った。

刑務官たちの姿はもう見えなかった。それぞれ自分の持ち場に戻ったのだろう。

牢屋番《ろうやばん》どもが偉《えら》そうな口をききやがって！

鳴海は悪態をつき、唾《つば》を吐いた。

大股で歩きだす。鳴海は車道を横切り、真っ先にコンビニエンスストアに向かった。

店内に入って、労賃の入った茶封筒を抓《つま》み出した。札と硬貨をそっくり取り出し、丸めた茶封筒をフロアに投げ捨てる。

鳴海は簡易ライター付きのマールボロを五箱買った。青いライターは期間限定のサービス品だった。

鳴海は大急ぎでパッケージを破り、マールボロをくわえた。

服役前はヘビースモーカーだったが、所内で隠れ煙草《たばこ》は吹かさなかった。囚人仲間が刑務官を買収して手に入れた煙草を幾度か回してくれたが、一度も喫《す》わなかった。罠《わな》かもしれないと考えたからだ。刑務官の中には受刑者を手なずけて、スパイにしている者がいる。うっかり誘いに乗ったら、刑期を延ばされてしまう。

現に点数稼《かせ》ぎの刑務官の奸計《かんけい》に嵌《は》まった受刑者はひとりや二人ではない。彼らはこっそり渡された煙草を半分も喫わないうちに、叱声《しっせい》を受けることになる。

刑務官たちの悪口も雑居房の中では不用意に喋《しゃべ》れない。受刑者の中に、必ず刑務官に密告する者が混じっているからだ。密告者たちは、見返りに煙草を得ている。

鳴海は煙草に火を点《つ》け、深く喫いつけた。次の瞬間、めまいを覚えた。すぐに至福感に包まれた。

思わず鳴海は声を洩《も》らした。これほどマールボロはうまかったのか。

鳴海はせっかちに煙草を吹かした。

一本では物足りなかった。コンビニエンスストアの斜め前に突っ立ち、たてつづけに三本喫う。それで、ようやく気持ちが落ち着いた。

さて、これからどうするか。

鳴海は歩道に置いたビニールの手提げ袋を摑《つか》み上げた。

そのとき、首筋のあたりに他人の視線を感じた。刺すような視線だった。

鳴海は本能的に危険が迫っていることを感じ取り、あたりを見回した。

二十メートルほど離れた場所に、見覚えのある男がたたずんでいた。一年三カ月前に鳴海が半殺しの目に遭《あ》わせた暴力団の組員だ。

剃髪頭《スキンヘッド》で、口髭《くちひげ》を生やしている。老《ふ》けて見えるが、まだ二十八、九歳のはずだ。菊岡《きくおか》という名だった。

仕返しに来たらしい。上等だ。

鳴海は菊岡を睨《にら》みながら、敢然《かんぜん》と歩《ほ》を進めた。

菊岡は飴色《あめいろ》のステッキで体を支《ささ》えていた。一年三カ月前、鳴海は老興行師の用心棒を務めていた。七十三歳の老興行師は元博徒《ばくと》で、演芸や歌謡ショーの興行を手がけている。

その当時、雇い主は異種格闘技試合をプロモートしている若手の興行師と会場の体育館の使用権を巡って揉めていた。顔を潰《つぶ》された若いプロモーターが菊岡を刺客《しかく》として放ったのである。

菊岡は至近距離から、いきなり発砲した。老興行師は片腕を撃《う》たれて、横倒しに転《ころ》がった。

鳴海はすぐに菊岡に組みつき、中国でライセンス生産されたノーリンコ54を奪い取った。原型は旧ソ連のトカレフだ。菊岡は狼狽《ろうばい》し、逃げようとした。鳴海は菊岡の顔面にストレートパンチを見舞った。

菊岡は身を大きくのけ反《ぞ》らせ、仰向《あおむ》けに引っくり返った。

鳴海は走り寄り、無言で菊岡の右膝を撃ち砕いた。それから彼は菊岡を蹴りまくり、さらに顔面と腹部に無数のパンチを叩《たた》き込んだ。

菊岡の前歯は何本も折れ、内臓も破裂《はれつ》した。菊岡は血反吐《ちへど》を撒《ま》き散らしながら、怯《おび》えた表情で命乞《ご》いした。鳴海は少しも手加減しなかった。

鳴海は冷笑し、ノーリンコ54の引き金に指を深く巻きつけた。

ちょうどそのとき、老興行師が掌《てのひら》で銃口を塞《ふさ》いだ。押し問答していると、数人の警察官が駆けつけた。そうして鳴海は手錠を打たれる羽目《はめ》になったのだ。

菊岡が黒っぽい上着のボタンを外した。ほとんど同時に、腰の後ろから消音器を嚙《か》ませた自動拳銃を引き抜いた。

シグ・ザウエルP226だった。スイスのシグ社とドイツのザウエル社が共同開発した拳銃である。

四十五口径で、弾倉《マガジン》の装弾数は十五発だ。予《あらかじ》め初弾を薬室《チャンバー》に送り込んでおけば、フルで十六発は撃てる。

かつて暴力団に属していたことのある鳴海は、割に銃器に精《くわ》しい。実射経験も豊かだった。

菊岡がステッキを左手に持ち替え、右腕を前に突き出した。立ち撃ちの姿勢《スタンディング・ポジション》だ。サイレンサーの先端は静止していない。不安定に小さく揺れている。

鳴海は怯《ひる》まなかった。

まっすぐ突き進む。菊岡が片目をつぶって、狙《ねら》いを定めた。間合いが十数メートルに縮まったとき、銃口炎《マズル・フラッシュ》が瞬《またた》いた。発射音は聞こえなかった。

鳴海は横に動いた。

ダンスのステップを踏むような歩捌《ほさば》きだった。放たれたパラベラム弾は、鳴海の腰の横を駆け抜けていった。衝撃波で、上着の裾《すそ》が少し捲《めく》れた。

菊岡が忌々《いまいま》しげな顔つきで、連射しはじめた。前歯は欠けたままだった。

鳴海はビニールの手提げ袋を胸に抱え、近くの印章店の軒下《のきした》に逃げ込んだ。

銃弾が店の袖看板を掠《かす》める。跳弾はガードレールに当たった。

弾《たま》切れになったら、すぐに飛び出そう。鳴海は胸底で呟《つぶや》いた。

そのとき、急に菊岡が身を翻《ひるがえ》した。真っ昼間に、もうこれ以上は発砲できないと思ったのだろう。

鳴海は舗道に躍《おど》り出た。

充分に助走をつけてから、高く跳《と》ぶ。飛び蹴りは菊岡の背に極《き》まった。

菊岡は前のめりに倒れた。ステッキは手から放さなかった。

「こんな時間に拳銃《チャカ》ぶっ放すとは、いい度胸してるじゃねえか」

「うるせえ！　てめえのせいで、おれは半端者《はんぱもの》になっちまった」

「殺し屋《ヒットマン》じゃ、飯喰《めしく》えなくなったらしいな」

「昔の借りは、きっちり返すぜ」

「まだ懲《こ》りねえのか」

「きょうこそ、決着《オトシマエ》をつけてやらあ」

「失《う》せろ！　てめえを始末するのは簡単だが、きょうのところは見逃してやるよ。刑務所《ムショ》に逆戻りしたくねえからな」

鳴海は言い放った。

菊岡が倒れたまま、ステッキに両手を掛けた。ステッキの握りの部分が浮き、青みがかった刀身がわずかに覗《のぞ》いた。仕込み杖《づえ》だったのか。時代がかったことをやりやがる。

鳴海は口の端を歪《ゆが》め、菊岡の側頭部を思うさま蹴った。

靴の先が弾《はず》み、相手の骨が鈍く鳴った。菊岡は動物じみた声をあげ、転げ回りはじめた。四肢は縮こまっていた。

「今度は殺《や》っちまうぞ。そいつを忘れるなっ」

鳴海は言い捨て、駆け足で菊岡から遠ざかった。

通りには、いつしか野次馬《やじうま》が群れていた。

鳴海は最初の交差点を左に曲がり、全力疾走した。数百メートル先で、走ることをやめた。

そのすぐ後、車道でホーンが短く響いた。パトカーが追ってきたのか。

鳴海はぎくりとし、振り返った。すると、旧型の黒いメルセデス・ベンツがすぐ近くに停《と》まった。

鳴海は身構えながら、ベンツの車内をうかがった。

後部座席には、老興行師の花田勝将《はなだかつまさ》の姿があった。花田は地味な色のスリーピースに痩《や》せた体を包み込んでいる。角刈りの頭は総白髪《しらが》だ。

花田がお抱《かか》え運転手と思われる男に何か言い、すぐにベンツから降りてきた。

「鳴海、ご苦労さんだったな。おまえに臭い飯を喰わせることになってしまって、済まなかった。勘弁《かんべん》してくれ」

「何をおっしゃるんです。おれのほうこそ社長をガードしきれなくて、申し訳ありませんでした。その後、撃《ハジ》かれた腕はどうです？」

「ほぼ元通りになったよ。筋肉が引き攣《つ》れるようなこともないな」

「それを聞いて、少しは気持ちが楽になりました。ところで、おれの仮釈のことは誰から聞いたんです？」

鳴海は問いかけた。

「きのう、担当刑務官の水越《みずこし》さんから電話があったんだ」

「そうだったんですか」

「水越刑務官は高校時代にボクシングをやってたらしいんだよ。それで、おまえのことを何かと気にかけてくれてたんだ」

「それは知りませんでした」

「で、おまえを出迎えてやろうと思ったんだが、運悪く渋滞に巻き込まれてしまって、到着が遅れたんだ」

「それは幸運でした。菊岡の野郎が待ち伏せしてやがったんですよ」

「なんだって!? それで、どうなったんだ？」

花田が訊いた。鳴海は経過を手短に話した。

「しつこい奴だな。しかし、無傷で何よりだ。ところで、またボディガードの仕事を引き受けてくれるだろう？ おまえに迷惑かけたから、月に三百万円は払ってやらんとな」

「花田社長、せっかくですが、その話は受けられません」

「どうして？」

「おれは用心棒でありながら、社長をガードしきれませんでした。ボディガード失格ですよ」

「そんなことはない。おまえは命懸けで、おれを護《まも》り抜いてくれた。それだけで、優秀なボディガードだよ。頼むから、おれんとこに戻ってくれ。この通りだ」

老興行師が頭《こうべ》を垂れた。

「社長のお気持ちは嬉《うれ》しいですよ。しかし、おれの判断ミスは致命的でした。プロの番犬としては、失格です」

「そんなふうに堅苦しく考えることはないだろうが。え？　おれが鳴海に身辺のガードを頼みたいと言ってるんだ。黙って一緒に車に乗ってくれ」

「ご厚意はありがたいのですが、いますぐ社長の世話になるわけにはいきません。おれにも、それなりの誇りってやつがありますんで」

「無器用だな、生き方が。もっとも、それがおまえのいいとこだがな。それで、これからどうするつもりなんだ？」

「時間はたっぷりあります。じっくり考えてみます」

「それじゃ、少し銭《ぜに》を回してやろう」

「社長、そういうお気遣《きづか》いは無用です」

鳴海は、懐《ふところ》から分厚い札入れを取り出した花田に慌《あわ》てて言った。

「刑務所《ムショ》で稼いだ金だけじゃ、一カ月も暮らせんだろうが？」

「何とかなるでしょう。どうか札入れはしまってください」

「欲のない男だ。何か困ったことがあったら、いつでも訪ねてきてくれ」

「わかりました」

「それにしても、おれの命奪《タマと》ろうとした菊岡の奴がおまえより早く出所してたとは驚きだな。野郎のクライアントが腕のいい弁護士をつけてやったんだろう」

「多分ね。社長、例の若手プロモーターとはどうなりました？」

「関東一の大親分が間に入ってくれたんで、一応、手打ちになった。しかし、こっちが老いぼれになったからか、最近は若い興行師どもがあっちこっちでのさばってるよ。あまり長生きするもんじゃねえな」

花田は哀しげに笑い、ベンツの後部座席に乗り込んだ。旧型のドイツ車は、じきに走り去った。新宿《しんじゅく》あたりで、腹ごしらえするか。

鳴海はタクシーの空車を目で探しはじめた。

## 2

満腹だった。

げっぷが出そうだ。デザートの洋梨のシャーベットを横にのける。

鳴海はナプキンで口許を軽く拭《ぬぐ》い、マールボロにこっそり火を点けた。店内は禁煙になっていたが、どうしても食後の一服をしたかった。

西武《せいぶ》新宿駅に隣接しているシティホテルの中にある高級レストランの一隅《いちぐう》だ。鳴海はサーロインステーキと伊勢海老《いせえび》のクリーム煮を平らげ、ロールパンを五つも食べた。むろん、前菜のサラダやポタージュも胃袋に収めていた。

テーブル席は、半分ほど埋まっている。ホテルの宿泊客が多いようだ。着飾った男女が目立つ。

鳴海はゆったりと紫煙をくゆらせた。従業員たちが顔をしかめたが、別に注意はされなかった。

まだ午後一時前だ。どこかでバーボン・ロックを傾けるには早過ぎる。

ちょいと街をぶらついてみるか。

鳴海は一服し終えると、腰を浮かせた。

勘定《かんじょう》は思っていたよりも安かった。ホテルを出ると、すぐに裏通りに入った。地球会《ちきゅう》館と東亜《とうあ》会館の前を通過し、一番街《いちばんがい》通りに出る。

昼間だというのに、思いのほか人通りが多い。

鳴海は新宿東宝《とうほう》ビルの脇を抜け、さくら通りに回った。通りに面した風俗店や個室ビデオの店は、早くも営業中だった。歌舞伎町二丁目には、早朝割引を売りものにしているソープランドや人妻昼サロも何軒かある。

この街は、たいていの欲望は充《み》たしてくれる。だから、大勢の人間が集まるのだろう。

鳴海は花道《はなみち》通りまで歩き、今度は東《あずま》通りに足を踏み入れた。

コンビニエンスストアに差しかかったとき、店内から旧知の情報屋が走り出てきた。

麦倉尚人《むぎくらなおと》という名で、三十八歳だ。元検察事務官である。麦倉はギャンブルと女で身を持ち崩し、裏社会や警察の情報を切り売りして糊口《ここう》を凌《しの》いでいた。

「鳴《なる》やんじゃないか」

麦倉が懐かしそうに言い、駆け寄ってきた。ビニール袋を手にしている。中肉中背で、堅気《かたぎ》の勤め人にしか見えない。

「麦《むぎ》さん、まだ新宿《ジュク》にいたのか」

「おれはこの街でしか生きられないからね」

「稼ぎのいい女を見つけて、ヒモに転向したのかな」

「なら、いいんだけどさ。相変わらず、侘《わび》しい独《ひと》り暮らしだよ。いつ仮釈になったんだい？」

「きょうだよ」

「なら、出所祝いをやんなきゃな。鳴やん、おれの部屋に来ない？　二人で祝杯をあげようや」

「そうするか」

二人は肩を並べて歩きだした。

麦倉は職安《しょくあん》通りの少し手前の賃貸マンションを塒《ねぐら》にしていた。間取りは１ＬＤＫだ。

鳴海は何度か麦倉の部屋を訪ねたことがある。

五分ほど歩くと、六階建てのベージュのマンションに着いた。麦倉の部屋は五〇五号室だった。

鳴海は居間に通された。麦倉が手早く冷えた缶ビールと数種の肴《さかな》を用意する。

二人は向かい合うと、アルミ缶を軽く触《ふ》れ合わせた。居間の向こうの寝室のドアは開け放されている。ダブルベッドと女物の衣服が目に留《と》まった。

「麦さん、何が侘しい独り暮らしだよ。一緒に暮らしてる女がいるんじゃねえか」

「五カ月前までは、確かに女と一緒だったよ。けど、その女、客のトラック運転手とどこかに消えちまったんだ。彼女、風俗関係の店で働いてたんだよ」

「ふうん。麦さん、その彼女に本気で惚《ほ》れてたみてえだな」

「えっ、どうしてわかるんだい？」

「女に逃げられたら、ふつうは衣類なんか処分しちまう」

「なるほど、それでわかったのか。逃げた女には、正直言って、多少の未練があるんだ。だから、なかなか処分できなくてね」

「そのうち、ひょっこり戻ってくるかもしれないぜ」

「心のどこかでそれを期待してるんだけど、無理だろうな。おれは自分でも呆《あき》れるほど実にいい加減に生きてるから」

「こっちも似たようなもんさ。それはそうと、相変わらずチャイニーズ・マフィアやほかの不良外国人たちがのさばってるのかい？」

鳴海は話題を変えた。

「ああ。ことに上海《シャンハイ》グループの勢力がでかくなったよ。北京《ペキン》や福建《フジエン》出身の連中は、いずれ取り込まれることになるだろう」

「ナイジェリア人やコロンビア人グループは？」

「どっちも数はそう増えてないけど、だんだん凶暴化してきたね。職安通りに立ってるコロンビア人街娼たちはイラン人グループの残党の男を用心棒《ケツモチ》にして、日本のやくざに場所《ショバ》代を出し渋るようになってるんだ。それから、コロンビアのカルテルの生き残りどもは、混ぜ物の多いコカインを純度九十九パーセントと称して、べらぼうな値段で卸《おろ》してるみたいだぜ」

「それじゃ、連中と日本の組関係とのトラブルも増えてんだろうな?」

「ああ、増えたね。けど、こっちのやくざは暴対法で抑《おさ》えつけられてるから、じっと我慢してる状態だよ。警視庁と新宿署が合同で外国人マフィア狩りをやってるけど、検挙《アゲ》てるのは雑魚《ざこ》ばかりだ」

「だろうな」

「いまに歌舞伎町は、チャイニーズ・マフィアどもに牛耳《ぎゅうじ》られるようになるんじゃないか。奴らは捨て身で生きてるから、警察もやくざも恐れてない。それから、半グレ集団もな。中国賭博《とばく》の店がびっくりするほど増えたから、鳴やんがいた二階堂組も遣り繰り《シノギ》が楽じゃないと思うぜ」

　麦倉がそう言い、ビールで喉《のど》を潤《うるお》した。

「新組長の森内《もりうち》は武闘派で鳴らした男だが、金儲《もう》けは下手《へた》だからな。いま、二階堂組の組員は何人いるんだい?」

「五十人を切ってるはずだよ。鳴やんが足《ゲ》つけてたころは、三百人近くにいたのにな」

「博徒系の組は、十年後にはどこも解散に追い込まれるだろう」

「かもしれないな。鳴やん、二階堂組に戻る気はないの?」

「いったん組を脱けたんだ。それに、代貸やってた森内とは反《そ》りが合わなかったんだよ。だから、組に戻る気はさらさらない」

「それじゃ、花田って興行師のガードをまた……」

「花田の旦那《だんな》に戻ってこいって言われたんだが、断ったんだ。それも、月に三百万くれるって話だったんだがな」

「鳴やん、そんなおいしい話はめったに転がってないぜ。なんで引き受けなかったんだよ。もったいないなあ」

「おれのガードが甘かったんで、雇い主は片腕を撃たれた。そんな借りがあるのに、また雇ってもらうわけにはいかねえよ」

「けど、花田氏は鳴やんを咎《とが》めなかったんだろう？」

「ああ、ひと言も咎めなかったな」

「だったら、黙って用心棒の仕事を引き受ければよかったじゃないか」

「そうはしたくないんだ。うまく説明できねえけど、プロの番犬として甘えたくないんだよ」

　鳴海は言って、マールボロをくわえた。

「男の美学ってやつか」

「そんな洒落《しゃれ》たもんじゃないよ。ただのけじめさ」

「どっちにしても、鳴やんは損な性分《しょうぶん》だな。おれが鳴やんなら、二つ返事で引き受けたがね」

「麦さん、どっかに番犬を必要としてる成功者か金持ちはいねえかな。月に百五十万出してくれりゃ、どんな悪党のガードだって引き受けるよ」

「まだ景気が上向いてないから、すぐに紹介できるようなリッチマンはいないな。けど、心がけておくよ」

「頼むね。話は違うが、どっかに色気のある女はいねえかな。ずっと女っ気《け》なしだったんで。まだ外は明るいんだが……」

「おれの知り合いが高級エスコートガールクラブをやってるんだ」

「そいつ、男稼業を張ってる奴かい？」

「いや、素《す》っ堅気《かたぎ》だよ。ＩＴ関係の事業に失敗して、しゃかりきになって借金を返してるんだ。その男に電話してみるよ」

麦倉がソファから立ち上がり、固定電話のある寝室に入っていった。すぐにドアが閉ざされた。

鳴海は短くなった煙草の火を消し、飲みかけの缶ビールを口に運んだ。待つほどもなく麦倉が居間に戻ってきた。

「鳴やん、ツイてるな。ナンバーワンのエスコートガールの予約がキャンセルされたらしいんだよ」

「そいつはラッキーだ」

「区役所通りのローズホテル、知ってるよな？」

「ああ。風林《ふうりん》会館の並びにあるホテルだろ？」

「そう。すぐにローズホテルに部屋を取って、エスコートガールクラブに電話してくれってさ。部屋番号を教えてくれたら、十五分以内に女の子を行かせるそうだ」

「で、エスコートガールクラブの電話番号は？」

鳴海は問いかけた。

麦倉が紙切れを差し出した。それには、エスコートガールクラブの電話番号がメモされていた。

「麦さん、また会おう」

鳴海はメモを上着の胸ポケットに入れ、リビングソファから立ち上がった。情報屋の自宅マンションを出て、目的のホテルに向かう。

わずか数百メートルしか離れていない。ローズホテルは一応、シティホテルということになっている。しかし、実際には情事に使われることが多い。

鳴海も組員時代に、何人かの女たちと泊まったことがある。ラブホテルのように、けばけばしくはない。

じきにホテルに着いた。

鳴海は三階のダブルベッドの部屋を取った。宿泊者カードに記帳は求められなかった。保証金を払い、部屋の鍵を貰《もら》う。

鳴海は部屋に入り、さっそく高級エスコートガールクラブに電話をかけた。受話器を取ったのは中年の男だった。

「麦さんの紹介なんだが……」

「お電話をお待ちしておりました。もうローズホテルに入られたのですね？」

「そう。部屋は三〇三号室だ」

「わかりました。十分後に理香《りか》という娘《こ》がうかがいます。うちのナンバーワンなんですよ。ビジュアルもテクもAランクです」

「そいつは楽しみだ」

「二時間コースになさいますか？　それとも、三時間コースに？」

「三時間は娯《たの》しみたいね」

「承知しました。それでは理香ちゃんが着きましたら、先に六万円お渡しください」

「わかった」

鳴海は電話を切り、ベッドに仰向《あおむ》けに横たわった。

女の裸身を想像しただけで、下腹部《はら》が熱を孕みはじめた。服役中、最も苦しめられたのは狂おしいほどの性欲だった。

同じ雑居房にいた男たちは性衝動《リビドー》に駆られるたびに、人目も憚《はばか》らずにマスターベーションに耽《ふけ》った。しかし、鳴海は彼らと同じことはできなかった。

その結果、夢精でトランクスを汚すことも度々《たびたび》だった。木工作業中も、しばしば無性《むしょう》に女を抱きたくなった。半日近く頭に女体を思い描《えが》いていたこともある。

ふと仰ぎ見た雲が乳房や尻《しり》に見えたこともあった。寝た女たちの性器を脳裏《のうり》に蘇《よみがえ》らせたことは、それこそ数えきれない。極《きわ》みに達したときのベッドパートナーたちの表情もはっきりと思い出せた。

淫《みだ》らな想像を拡《ひろ》げていると、ドアが控《ひか》え目にノックされた。エスコートガールだろう。

鳴海は跳《は》ね起き、ベッドから離れた。

部屋のドアを開けると、セクシーな美女が立っていた。細面《ほそおもて》で、しっとりとした色香を漂《ただよ》わせている。二十五、六歳だろうか。

「理香です」

「待ってたよ。入ってくれ」

鳴海は理香を請《しょう》じ入れ、まず六枚の一万円札を渡した。理香が札を言い、紙幣《しへい》をブランド物のバッグにしまった。

「お客さん、シャワーはどうされます？」

「時間が惜しいな。早くあんたを抱きてえんだ」

「それじゃ、ベッドで待ってて」

「オーケー」

鳴海は衣服を脱ぎ、素っ裸でベッドに寝そべった。

理香が後ろ向きになり、着ている物を素早く脱いだ。裸身は神々《こうごう》しいまでに白い。肌理《きめ》も濃《こま》やかだった。

ウエストのくびれが深く、腰の曲線が美しい。ヒップの形も悪くなかった。

「早くこっちに来てくれ」

鳴海は急《せ》かした。

理香が短く返事をし、ベッドに向き直った。

乳房は砲弾形だった。なだらかな下腹を飾る和毛《にこげ》は逆三角に繁っていた。ほどよい量だった。むっちりとした腿《もも》が、男の欲望をそそる。

「それでは……」

理香はそう言い、ダブルベッドに這《は》い上がった。

すぐに鳴海の股の間にうずくまった。早くも鳴海の欲望は昂《たか》まっていた。理香がペニスを浅く含み、根元を断続的に握り込んだ。

鳴海は一段と猛《たけ》った。

理香が胡桃《くるみ》に似た部分を優しく揉みながら、舌を閃《ひらめ》かせはじめた。舌技には変化があった。

鳴海は舐《な》められ、弾《はじ》かれ、包み込まれた。吸いつけ方にも、強弱が感じられた。ひと通りのオーラルテクニックを披露すると、理香は亀頭にねっとりと舌を巻きつけてきた。と思ったら、次の瞬間には尖《とが》らせた舌で張り出した部分を削《そ》ぐ。さらに数秒後には、鈴口を掃《は》くように舐めた。つつきもした。

このまま口唇愛撫《こうしんあいぶ》を受けていたら、いまに爆《は》ぜそうだ。

「おれに恥をかかせねえでくれ」

鳴海は堪《たま》らなくなって、理香に声をかけた。理香が顔を上げた。

「どういう意味なの？」

「感じすぎて、発射しそうなんだ」

「それじゃ、合体しましょうか」

「その前に、女の大事なとこをたっぷり拝ませてくれよ。一年以上も見てねえんだ」

「嘘《うそ》ばっかり！」

「ほんとだって」

鳴海は上体を起こし、理香を仰向けに寝かせた。両脚を大きく割り、赤い輝きを放つ部分に目をやった。

珊瑚色《さんごいろ》の合わせ目は小舟の形に綻《ほころ》んでいた。双葉を連想させる肉片は、いくらか肥厚《ひこう》している。ペニスをしゃぶっているうちに、彼女自身も官能を煽《あお》られたのか。

見るだけでは満足できない。

鳴海は理香の秘部に顔を埋《うず》めた。

理香が驚きの声をあげた。だが、拒《こば》む様子はない。鳴海は舌を乱舞させはじめた。

愛らしい突起を打ち震わせ、二枚のフリルを同時に吸いつける。さらに襞《ひだ》の奥にも舌の先を潜《もぐ》らせた。

五分も経《た》たないうちに、理香は極みに駆け昇った。短く唸《うな》り、肉感的な裸身を甘く震わせた。鳴海は上体を起こし、片手で理香の乳房を交互にまさぐった。指の間に挟んだ乳首は硬く痼《しこ》っていた。

もう一方の手で、はざまを慈《いつく》しむ。鳴海は中指でGスポットを刺激し、親指の腹で張り詰めたクリトリスを圧《お》し転がしつづけた。

理香は顔を左右に打ち振りながら、啜《すす》り泣くような声を切れ切れに洩らしはじめた。それから間もなく、彼女は二度目の高波に呑《の》まれた。

「割増料金を払うから、ナマでやらせてくれねえか」

鳴海は指を引き抜くと、理香の上にのしかかった。

「大丈夫よ、ナマでも。いまは安全期なの。お客さん、もっと気持ちよくさせて」

理香が上擦《うわず》った声で言い、進んで両膝を立てた。

鳴海は体を繋《つな》いだ。生温かい襞がまとわりついてきた。内奥《ないおう》の緊縮も、もろに伝わってくる。快感のビートは規則正しかった。

「ああっ、いっぱいだわ。隙間《すきま》がない感じよ」

理香が激しく腰をくねらせはじめた。

鳴海は、理香とリズムを合わせた。そのままワイルドに腰を躍動させはじめた。

3

揺り起こされた。

鳴海は瞼《まぶた》を開けた。いつの間にか、まどろんでいたらしい。

「すみませんけど、追加料金をいただきたいんです」

理香が言いにくそうに言った。すでに彼女は身繕《みづくろ》いを終え、化粧もしていた。

「悪い！　おれ、眠っちまったんだな」

「疲れたんでしょ、六時間で四回もしたから」

「ああ、ちょっとな」

鳴海はベッドを滑《すべ》り降り、コンパクトなソファセットに歩み寄った。生まれたままの姿だった。四度目の射精をした後、そのまま寝入ってしまったのだ。

「わたしもいい気持ちにさせてもらったから、延長料金は貰いにくいんだけど」

「追加料金を払うのは当然さ。あと六万渡せばいいんだな？」

「ええ。ごめんなさいね」

理香が申し訳なさそうに言った。

鳴海は顔の前で手を左右に振り、上着のポケットから六枚の一万円札を取り出した。理香が延長料金をバッグに収め、鳴海の顔をまっすぐ見つめた。

「あなたと過ごした一刻《ひととき》は、多分、死ぬまで忘れないと思うわ。あんなに本気で燃えたのは初めてよ」

「きっとセックスの相性《あいしょう》がいいんだな、おれたちは」

「そうなのかもしれないわね」

「野暮なことを訊くが、なぜエスコートガールの仕事をしてる？　性質《たち》の悪い男に引っかかっちまったのか？」

「ううん、そうじゃないの。カード破産しそうになったんで、こういう仕事をするようになったんです。わたし、買物依存症だったの」

「そうだったのか。カードでいろんな物を買い漁《あさ》ってるうちに、支払い不能になっちまったんだな？」

「ええ。最初は消費者金融で借りたお金を信販会社に回してたんだけど、すぐに利払いもできなくなってしまって」

「借金は、どのくらい残ってるんだ？」

「一千万円ちょっとです」

「若い女にとっては重い負担だな。いっそ自己破産の手続きを取ったほうがいいよ。それで、債務はチャラにしてもらえるから」

鳴海は知恵を授《さず》けた。

「でも、自己破産したら、選挙権を失うんでしょ？」

「そいつは誤解だよ。選挙権はなくならないんだ。ただ、一定期間は金融機関から借り入れはできなくなるがな。もちろん、債権者がそっちの身内のとこに押しかけることもない」

「そうなんですか。わたし、知らなかったわ」

「手続きは三、四万でできると思うよ。一度、弁護士に相談してみな」

「ええ、そうするわ。お客さん、善《い》い人なんですね」

「よせやい。おれは悪党さ。現に、きょう、刑務所から出てきたばかりなんだ」

「その話が本当だとしても、お客さんは悪人じゃないわ。善人も善人よ」

「そんな甘っちょろいことを言ってると、渡した十二万円を取り返して、そっちの首をへし折るぞ」

「嘘でしょ⁉　嘘よね？」

理香が不安顔で後ずさりしはじめた。

鳴海は、からかい半分に両眼に凄みを溜《た》めた。すると、理香は慌《あわ》てて部屋から逃げだした。

鳴海は笑いながら、浴室に足を向けた。

熱めのシャワーを浴び、全身を洗った。バスルームを出ると、鳴海は衣服をまといはじめた。室内には、腥《なまぐさ》い臭《にお》いが充満していた。濃厚な情事の名残《なごり》だった。

所持金は、まだ二十万円ほどある。どこかで一杯飲《や》るか。

鳴海は手提げ袋を持ち、ほどなく部屋を出た。

一階のフロントで精算をしていると、誰かに肩を叩かれた。鳴海は体を反転させた。二階堂組の若い構成員が立っていた。

「よう、平井《ひらい》じゃねえか」

「お久しぶりです」

「そっちも、このホテルで女とお娯《たの》しみだったのか？」

「いいえ、違います。おれ、昼間、このホテルの前で鳴海さんを見かけたんですよ。そのことを組長《オヤジ》に話したら、ぜひ鳴海さんに会いたいって言いだしたんです。で、おれ、二時間ぐらい前からロビーで待ってたんですよ」

「部屋に来りゃよかったじゃねえか」

「でも、女性と一緒だったみたいだから、遠慮したんです。森内の組長《オヤジ》は、この近くの小料理屋にいます」

「そういうことなら、挨拶《あいさつ》ぐらいしておこう」

「ご案内します」

「ああ、頼む」

鳴海は平井の後に従った。

導かれた小料理屋は、花道通りの近くにあった。二階堂組の現組長は、奥の小上《こあ》がりで冷酒を傾けていた。三十一、二歳の女将《おかみ》は色っぽかった。おそらく森内の世話になっているのだろう。

「鳴海、こっちに来てくれ」

森内鎮夫《しずお》がにこやかに言って、大きく手招きした。二階堂組の現組長は、ちょうど五十歳だ。がっしりとした体型で、骨太だった。

店に森内以外の客はいない。平井はすぐに消えた。

「ご無沙汰《ぶさた》してます」

鳴海は型通《かたどお》りの挨拶をして、森内と向かい合った。森内が妖艶《ようえん》な女将に、冷酒用のグラスと箸《はし》を持ってこさせた。

　座卓には、平目《ひらめ》や鯒《こち》の刺身が並んでいる。女将と初老の板前が心得顔で、奥に引っ込んだ。

「いつ仮釈になったんだ？　おまえが踏んだ犯行《ヤマ》は新聞で読んだよ」

「そうですか。実は、きょうの昼前に府中を……」

「そうだったのか。ま、一杯いこう」

　森内が冷酒の入ったガラスの容器を持ち上げた。鳴海は両手で酌《しゃく》を受けた。

「実はな、鳴海に助《ス》けてもらいてえことがあるんだ」

「何があったんです？」

「上海《シャンハイ》マフィアどもが組の商売の邪魔をしてるんだよ」

　森内が苦々しげに言った。

「上海の連中が二階堂組の賭場《とば》に出入りしはじめてるんですか？」

「いや、そうじゃねえんだ。奴らは、うちの客たちをてめえらの賭場に誘い込んで、テラ銭をがっぽり稼いでやがるんだよ。このままじゃ、二階堂組は上納金も払えなくなるだろう」

「で、おれに何をしろと？」

　鳴海は冷酒を半分ほど呷《あお》ってから、単刀直入に訊いた。

「上海マフィアが仕切ってる賭場は歌舞伎町、大久保《おおくぼ》、百人町《ひゃくにんちょう》に全部で十三カ所あるんだ。いずれもマンションの一室なんだが、その場所は詳しく調べ上げてある」

「それで?」

「鳴海、客に化けて奴らの賭場に花火を投げ込んでくれねえか。ダイナマイトと手榴弾《パイナップル》は、たっぷり用意した。謝礼の一千万円は現金《キャッシュ》で渡すよ。出所したばかりじゃ、銭が欲しいよな?」

森内が探《さぐ》るような眼差《まなざ》しを向けてきた。

「銭は欲しいですね。けど、もうおれは足を洗った人間です。それに会ったこともない中国人マフィアや客を爆死させるのは気が進まないな」

「いまさら善人ぶるなって。おまえは人殺しボクサーと呼ばれ、組にいたときだって、同業者を何人も殺《や》っちまったじゃねえか」

「そいつらは、おれに牙を剝《む》いたんでね」

「いや、それだけじゃねえな。おまえは、人殺しそのものが好きなんだ。そうなんだろう? おまえは、殺人を愉《たの》しんでるんだよ」

「昔は、そうだったかもしれない」

鳴海は呟き、マールボロをくわえた。

やくざ者を幾人《いくにん》も虫けらのように屠《ほふ》ったことは事実だった。相手が殺気立ったとたん、鳴海は条件反射的に異常に興奮してしまう。

全身の細胞が急激に活気づき、筋肉という筋肉がむず痒《がゆ》くなる。血管が膨れ上がり、頭の芯《しん》が白く霞《かす》む。

殺意が膨らむと、きまって頭の中でアルバート・アイラーのサックスの音《ね》が響きはじめる。

ナンバーは、いつも『精霊《ゴースト》』だ。五十年以上も昔の前衛ジャズである。亡父が愛聴していた旋律《せんりつ》だった。

そのナンバーは、どこか荒々しい。

挑発的なフレーズが延々とつづく。すべての情念を吐き出すように金管楽器が吼《ほ》え、重く低く噎《むせ》び泣く。

鳴海は五歳のとき、父親が自宅の庭で友人を角材で撲殺《ぼくさつ》する場面を目撃している。殺された男は父の大学時代からの親友で、事業の共同経営者でもあった。

その男は勝手に会社の金を着服し、鳴海の母親とも通じていた。

幼かった鳴海は、母が男に組み敷かれて、なまめかしい声をあげている姿を何度も目にしていた。子供心に男の存在が疎《うと》ましかった。

父は妻が実家の法事に出かけた日、共同経営者を自宅に呼びつけて背徳行為を詰《なじ》った。相手の男は父が被害妄想に陥《おちい》っていると決めつけ、精神科医に診《み》てもらうべきだと冷ややかに言った。

その言葉に逆上した父は凄《すさ》まじい形相《ぎょうそう》になり、凶行に走った。

角材で額を割られると、共同経営者は会社の金を遣《つか》い込んだことを認めた。しかし、鳴海の母親との爛《ただ》れた関係についてはそらとぼけつづけた。

鳴海は危《あや》うく嘘つきと叫びながら、家の中から飛び出しそうになった。そのとき、父が何か怒鳴《どな》り、角材を振り下ろした。

血みどろになった男は涙声で、父に許しを乞《こ》うた。しかし、父の激情は凪《な》がなかった。かえって、怒りを駆り立てられたようだった。

父は何かに憑《つ》かれたように角材を振りつづけた。やがて、共同経営者は息絶えた。父は血塗《まみ》れの死体を毛布でくるむと、自分のワゴン車に乗せた。

鳴海は恐ろしさで体が動かなかった。舌も強張《こわば》って、声すら出せなかった。

死体をどこかに運び去った父が帰宅したのは、夜明け前だった。

母は実家に泊まることになっていた。家には、鳴海と三つ違いの兄しかいなかった。

共同経営者の腐乱死体が山梨《やまなし》県内の山中で発見されたのは、およそ一週間後だった。父は幾度も事情聴取されたが、逮捕はされなかった。

鳴海は父の秘密を誰にも話さなかった。

父が短い置き手紙を残して行方《ゆくえ》を晦《くら》ましたのは、ちょうど一年後だった。事業は母が引き継《つ》ぐことになった。

父が大阪《おおさか》のドヤ街の路上で凍死したのは、それから三年後の真冬だった。

遺品の日記には、二人の息子のことだけしか書かれていなかった。妻や親友についての記述は、たったの一行もなかった。

「おい、急に黙り込んでどうしたんでぇ?」

森内が言った。その声で、鳴海は追憶を断《た》ち切った。

「脈絡もなく死んだ親父のことを思い出して……」

「別荘暮らしが単調だったんで、頭《ペテン》がおかしくなっちまったんじゃねえのか?」

「そうなのかもしれません」

「千五百万円で、どうだい?」

「おれに牙を剝いた悪人なら、迷わず殺《や》っちまいますよ。しかし、銭のために人殺しをする気にゃなれないな」

「刑務所《ムショ》帰りの文なし野郎が大層な口をきくじゃねえかっ。昔のことは言いたかねえけど、おまえが組にいたときは面倒見てやったつもりだぜ」

「先代の組長には世話になったが、あんたに面倒見てもらった憶《おぼ》えはないな」

「鳴海、その口のきき方はなんだっ」

森内が気色《けしき》ばんだ。

「おれは、もう組員じゃない。あんたに気を遣《つか》う必要はねえと思うがな」

「てめえ、ふざけやがって」

「匕首《ドス》でも抜くかい？　おれを本気で怒らせたら、あんた、火葬場行きだぜ」

鳴海は声を張った。

森内が額に青筋を立て、南部《なんぶ》鉄の灰皿を掴み上げた。鳴海は坐ったまま、左のフックを放った。

パンチは森内の頬骨《ほおぼね》に炸裂《さくれつ》した。森内は横倒しに転がった。鳴海は立ち上がりざまに、赤漆《あかうるし》塗りの座卓を荒々しく引っくり返した。

その物音を聞きつけ、奥から女将と板前が飛び出してきた。

「騒ぎ立てると、この店を丸焼けにしちまうぞ」

鳴海は二人を睨《ね》めつけ、そそくさと靴を履《は》いた。店を走り出て、区役所通りまで駆ける。

しばらく新宿には近づけなくなった。

鳴海は、ボクサー時代の唯一の友人に会いに行くことにした。

空車を拾い、渋谷《しぶや》に向かう。昔のボクサー仲間の八木正則《やぎまさのり》は、道玄坂《どうげんざか》二丁目で洋風居酒屋『プチ・ビストロ』を経営している。いわゆるフランチャイズのオーナーだ。

三十四歳の八木が妻の智奈美《ちなみ》と店を持ったのは三年前だった。智奈美は二十七歳で、人目を惹《ひ》く美人だ。

鳴海は、八木に借りがあった。スパーリング中に八木の視神経を傷つけてしまったのである。そのパンチ後遺症が原因で、結局、八木はプロボクサー生活に見切りをつけざるを得なくなった。いまでも彼は、右目を忙《せわ》しくしばたたく。

それを見るたびに、鳴海は辛《つら》い気持ちになる。故意に八木の視神経を傷《いた》めたわけではなかったが、やはり後ろめたさは拭《ぬぐ》えない。

当の本人は、ひと言も恨《うら》みがましいことは口にしなかった。それどころか、八木は自分の運動神経の鈍さを明るく罵《ののし》ってきた。それが、鳴海にはかえって応えた。

八木の夢を自分が潰《つぶ》してしまった。彼に何かあったときは、力になってやろう。

鳴海は自分に言い聞かせた。

タクシーは二十分ほどで、目的地に着いた。道玄坂から、七、八十メートル奥に入った通りに八木の店はある。飲食ビルの地下一階だった。

鳴海は階段を降り、『プチ・ビストロ』のドアを押した。

客の姿は見当たらない。オーナー夫婦が奥のテーブル席に坐り、所在なげに煙草を吹かしていた。

「八木ちゃん、油売ってる場合じゃないだろうが」

鳴海は、ことさら朗《ほが》らかに声をかけた。八木と智奈美が、ほぼ同時に立ち上がった。

「おっ、鳴海じゃないか。いつ出てきた？」

「きょうだよ」

「一度、府中に妻と行ったんだ。だけど、身内じゃないからって、面会を断られてしまったんだよ」

八木が言いながら、握手を求めてきた。鳴海は八木の手を握り返し、智奈美に目で挨拶した。

「鳴海さん、少し痩せたんじゃない？」

「麦《バク》シャリで、ダイエットしたんだ」

「鳴海さんったら」

智奈美が泣き笑いのような表情を見せた。黒曜石《こくようせき》のような瞳は、きょうも魅惑的だった。唇も官能的だ。

「何かと大変だったろうな。ご苦労さん！」

八木が言った。

「一年二カ月は長かったよ。一、二回、本気で脱獄してやろうって考えた」

「そんな気にもなるだろうな。それはそうと、よく来てくれた。嬉しいよ」

「なんだか急に八木ちゃんの顔を見たくなって、新宿からタクシーを飛ばしてきたんだ」

「そうか、そうか。好きな料理を喰《く》って、しこたま飲んでくれ」

「八木ちゃん、いつもこんな具合なの？」

「何が？」

「閑古鳥《かんこどり》が鳴いてるみてえじゃねえ」

「一年ほど前から、客足が遠のいちゃってな。それまでは結構、繁昌《はんじょう》してたんだ」

「なんで、こんなふうになったの？」

「一時、渋谷の半グレたちの溜まり場になってたんだよ。それで、徐々に一般のお客さんたちが来なくなったんだ。十カ月も前に半グレたちは出入り禁止にしたんだが、客足が戻ってこないんだよ」

「そうなのか。それじゃ、今夜はおれがこの店を借り切ることにしよう。八木ちゃん、メニューに載《の》ってる料理を全部こしらえてくれ。それから、高いワインもどんどん開けてくれないか」

「鳴海、もっと素直になれよ」

「素直に？」

　鳴海は問い返した。

「ああ。おまえは元やくざだが、おれよりも年下なんだ。ジムでも後輩だった」

「わかってるよ、そんなこと」

「年上のおれが、後輩の出所祝いをしたいって言ってるんだから、素直に奢《おご》られろって」

「しかし、おれは八木ちゃんに何かと借りがあるから、ちょっと売上に協力したいんだよ。木工作業の労賃が懐《ふところ》に入ってる」

「鳴海、おれの目のことで妙な負い目を感じてるんだとしたら、そいつは思い上がりってもんだぞ」

八木が片目を不自然に瞬《またた》かせた。興奮すると、チック症状が激しくなるのだ。鳴海は、どう答えていいのかわからなかった。

「おれの片目がこんなふうになったのは、別におまえのせいじゃない。ただ、運が悪かっただけだ」

「いや、おれが八木ちゃんのヘッドギアが浮いてることにもっと早く気づいてりゃ、そこまでダメージを与えることはなかったはずだよ」

「目のことは、もう言うな。他人《ひと》に憐《あわ》れまれたくないんだ」

「八木ちゃん、おれは別に憐れんでるわけじゃないよ」

「二人とも、どうしちゃったの？」

智奈美が困惑顔で仲裁に入った。八木が表情を和《なご》ませた。

「ごめん！　おれ、ちょっと大人げなかったな。久しぶりに会ったんだから、楽しく飲《や》ろうや」

「そうだね」

鳴海は笑顔を返した。

「智奈美、今夜の口開けのお客さんだ。いちばんいい席にご案内して！」

八木は妻に言って、いそいそと厨房《ちゅうぼう》に入った。

「特にいい席があるわけじゃないの。鳴海さん、好きな場所に腰かけて」

智奈美が微苦笑しながら、そう言った。

鳴海は中央のテーブル席に坐った。店内の造りは、南フランスあたりの食堂に似ている。テーブル席が六つで、ほかにカウンターがあった。

客はひとりもいない。鳴海はマールボロに火を点け、智奈美の動きをぼんやりと目で追った。

気のせいか、彼女もあまり元気がない様子だ。経営状態は想像以上に厳しいのかもしれない。

4

シャンパンの栓《せん》が抜かれた。

ドンペリニヨンだった。テーブルには、フランスの田舎《いなか》料理、ミラノ風パスタ料理、特製フランクフルトソーセージ、スペイン風パエリヤ、ハンガリー料理が所狭しと並んでいる。

「鳴海、遠慮しないで喰《く》ってくれ。今夜の客は、おまえだけなんだ」

正面に坐った八木がそう言い、白いコック帽を脱いだ。

「八木ちゃんはリングを降りてから、ずっとパン職人をしてたんだよな。いつから、こんなに多くの料理をマスターしたの？」

「猛勉強したんだ、料理の本をたくさん買い込んでな」

「嘘よ。『プチ・ビストロ』の本部で、四十五日間の研修を受けただけよ」

智奈美が会話に割り込んできた。

「おまえ、バラすなって」

「いいじゃないの。鳴海さんに見栄《みえ》張っても仕方ないでしょうが？」

「鳴海だから、見栄を張りたいんだよ」

「あら、どうして？」

「癪《しやく》な話だが、おれよりも鳴海のほうがボクシングはうまかった。ルックスだって、おれの負けだ。四つも年下の男にかなうものがないのは哀しいじゃないか」

「それで、料理の腕だけは鳴海さんには負けないと胸を張りたかったわけね？」

「うん、まあ。でも、おれ、鳴海が板前の修業をしたことがあったのを忘れてたんだ。悔しいけど、料理の腕も鳴海のほうが上だろう」

「板前の修業をしてたといっても、おれは庖丁《ほうちょう》を握らせてもらえなかった。もっぱら洗い場の仕事をやってたんだよ」

鳴海は言った。

「でも、先輩たちの仕事は目で盗んでたんだろ？」

「ああ、それはね」

「なら、やっぱり鳴海のほうが料理人としてランクが上だよ。おれなんか本部の手引書《マニュアル》通りに、半加工製品を焼いたり煮たりしてるだけだからな。庖丁を使うのは生野菜を切るときぐらいなんだ」

「当然、味付けも本部のレシピ通りに作らされてるんだ？」

「そうなんだ。だから、厳密には料理人《シェフ》とは言えないんだよ、おれはさ」

八木が自嘲《じちょう》的に笑った。妻の智奈美が夫をやんわりと窘《たしな》め、乾杯を促《うなが》した。

鳴海たち三人は、それぞれシャンパングラスを持ち上げた。

ドンペリニヨンは、ほどよく冷えていた。

智奈美に勧《すす》められ、鳴海はナイフとフォークを手に取った。料理はどれもうまくなかったが、せっせと食べた。

シャンパンがなくなると、三人はワインに切り替えた。フランスワインだった。

「商売が繁昌してりゃ、鳴海にロマネ・コンティを一本丸々、飲ませてやれたのにな。しけた祝宴で済まない」

「何を言ってるんだ。おれはこんなふうにもてなしてもらって、すごく嬉しいよ」

「そうか。おれ、このまま沈んだりしないよ。保証金の一千万円を含めて開業資金は二千五百万円もかかってるんだから、必ず店を盛り返す」

「その意気で頑張ってくれよ」

「ああ、頑張る！」

「『プチ・ビストロ』の加盟店は全国にどのくらいあるんだっけ？」

「約二千三百店だよ。どこも本部の『プチ・ビストロ・ジャポン』に月々、ロイヤルティーを払って商売してるんだ」

「ロイヤルティーは毎月、どのくらい払ってるの？」

「総売上の三十八パーセント取られてる」

「家賃、水道光熱費、人件費なんかは、オーナーが負担してるんだろう？」

「そうなんだ。一日に二十万円以上の売上があれば、そういう経費を差っ引いてもオーナー収入は充分に確保できる。しかし、こうも閑《ひま》じゃ、赤字つづきでな」

「この種の店だけじゃなく、フランチャイズ・チェーンのコンビニ、和食レストラン、バーガーショップ、ラーメン屋なんかも、けっこう経営が大変みてえだな」

「想像以上に厳しいね。一国一城の主《あるじ》になれたなんて浮かれてる間もないほど仕事はハードだし、一日の売上が目標額に達しなかったら、本部から発破《はっぱ》をかけられるからな。気の休まるときがないんだ」

　八木がぼやいた。

「ロイヤルティーが高過ぎるんじゃねえの？　各業種ともフランチャイズ・チェーンの本部は、どこも増収増益だって話じゃねえか」

「本部は絶対に損をしないようなシステムになってるんだよ。ある加盟店が売上不振で自主廃業したら、新しいオーナーから保証金、商品代、成約預託金、ロイヤルティーがまとまって入るわけだから」

「本部は、鵜匠《うしょう》みたいなもんなんだ？」

「鳴海、うまいこと言うな。実際、その通りだよ。おれたち加盟店オーナーは鵜みたいに川の中に潜《もぐ》って、せっせと魚を獲《と》ってるわけだ。本部はオーナーたちを生かさぬよう殺さぬよう巧《たく》みに操《あやつ》って、巨額のロイヤルティーを吸い上げてる」

「暴力団の上納金みてえだな」

　鳴海は溜息《ためいき》をついて、マールボロに火を点けた。そのとき、左隣に腰かけている智奈美が夫に声をかけた。

「あなた、仕事の愚痴《ぐち》はよしましょうよ。今夜は、鳴海さんのお祝いなんだから」

「そうだったな」

八木が鳴海に謝り、ボクサー時代の思い出を語りはじめた。

すでに幾度か聞いたエピソードばかりだったが、鳴海は救われたような気持ちになった。いまの自分には、八木に何もしてやれない。

「減量が辛くなって、二人でトイレの貯水タンクの水をこっそり飲んだりしたよな。それから、鳴海はよくトレーナーに隠れて、ベロの下に氷の欠片《かけら》を入れてたっけ」

「そうだったな。八木ちゃん、例の話を奥さんに話してもいいかい？」

「例の話？」

「八木式減量法だよ」

「あのことか」

八木がにやついた。すると、智奈美がどちらにともなく言った。

「二人だけの秘密にしないで、わたしにも教えてよ」

「ちょっと品のない話なんだが、おれが話そう。八木ちゃんは汗を出すだけじゃ足りないって、ジムの仲間たちにザーメンを放出することを大真面目に説《と》いたんだ」

鳴海は説明した。

「あら、いやだ」

「八木ちゃんはレクチャーするだけじゃなく、ジムのみんなの前でマスを掻《か》いてみせたんだよ」

「まあ、なんてことなの」

「そんなことで、八木ちゃんのタンクにはバケツ一杯分の精液が溜まってるにちがいないなんて冗談が流行《はや》ったんだ」

「恥ずかしいことをしたのね、あなたは」

智奈美が夫を甘く睨《にら》んだ。八木はきまり悪げに笑い、赤ワインを一気に飲み干した。

昔話は際限《さいげん》なくつづいた。

鳴海は大いに笑った。だが、ジョークを連発する八木は時折、表情を翳《かげ》らせた。鳴海は、それが気になった。

小《こ》一時間が流れたころ、八木がトイレに立った。

「八木ちゃん、何かで思い悩んでるんじゃないの？」

鳴海は声をひそめて智奈美に問いかけた。

「ええ、ちょっとね」

「力になれないかもしれないが、話してみてくれないか」

「実はね、十日ぐらい前に本部から売上不振を理由に、フランチャイズ《F》・チェーン《C》契約を一方的に解除するという内容証明が送りつけられてきたの」

「フランチャイズ・チェーン契約書には、売上不振が解除の理由になると明記されてるのかな?」

「そういう表現はされてないの。ただ、営業努力を怠《おこた》った場合は解除の対象になるという条文が入ってるのよね。見解の相違ってことになるんだろうけど、わたしたち夫婦は懸命に営業努力はしてきたつもりよ。チラシを配ったり、街頭で呼び込みをやったりね」

「しかし、本部は努力を怠ってると判断したわけだ?」

「一種の難癖《なんくせ》なのよ。売上高が少ないと、ロイヤルティーの額もダウンするでしょ? 加盟店が繁昌しないと、本部は旨味《うまみ》がないの。だから、低迷してる加盟店は早く潰して、新規のオーナーから保証金や成約預託金なんかを取りたいのよね」

智奈美が腹立たしそうに言った。

「八木ちゃんは、どう考えてるのかな?」

「契約解除の通告には法的な根拠がないから、当然、従う気はないと言ってるわ」

「本部に、そのことは?」

「ええ、ファクスで伝えたわ。内容証明が届いた翌日にね」

「それに対して、本部はどんな反応を?」

「何か言いたいことがあるなら、『プチ・ビストロ・ジャポン』の顧問弁護士と話し合ってくれとファクスで回答してきただけよ」

「営業努力が足りないということのほかに、何か本部は切札を持ってるとは考えられない？」

「特に落ち度はないはずよ。売上高こそ少ないけど、ロイヤルティーはきちんと送金してるし、入金帳も言われた通りにちゃんとコピーをとってるの。それから、仮払いのチェックもしてるし、無断休業もしていない。もちろんサイドビジネスもしてないし、夫婦仲が悪いわけでもないわ」

「オーナー夫婦の生活態度なんかも、チェックの対象になるの⁉」

「ええ。ギャンブルに熱中したり、オーナーが異性にだらしがなかったりしたら、FC契約の違反行為と見做《みな》されるの」

「契約の内容は厳しいんだな。品行方正の働き者じゃなけりゃ、本部はいい顔をしないってわけか。おれには、とても務《つと》まりそうもねえな」

鳴海は肩を竦《すく》めた。

ちょうどそのとき、八木がトイレから出てきた。

「長い小便だな。もしかしたら、八木式減量法で……」

鳴海は軽口をたたいた。

「そんなもったいないことをするかよ。おれは結婚してるんだ。それより、鳴海、おれがいない隙《すき》に智奈美に言い寄ってたんじゃないだろうな」

「そうか、そうすべきだったね。奥さん、外に連れ出してもいいかい？」

「この野郎、殴るぞ」

八木は陽気に笑い、鳴海の前に腰を落とした。

「鳴海さんはバーボンのほうがいいんじゃない？」

「ワインで充分だよ」

「遠慮しないで。ブッカーズがあるの。ロックにする？」

「それじゃ、お言葉に甘えて、バーボン・ロックにしよう」

鳴海は言った。智奈美が優美に立ち上がり、厨房に足を向けた。鳴海は小声で八木に語りかけた。

「本部から内容証明が送り付けられてきたんだって？」

「智奈美が喋《しゃべ》ったんだな。女は口が軽くていけないな」

「八木ちゃん、店を盛り返せるの？」

「何がなんでも盛り返すさ。そうじゃなきゃ、おれたち夫婦は敗残者になっちゃうからな」

「おれに何か手伝わせてくれないか」

「年下の友達に泣きを入れるわけにはいかないよ」

「また、それか。社会人になったら、三つや四つ年齢《とし》が違っても、友達《ダチ》は友達《ダチ》じゃないか。八木ちゃん、少し考え方がガキっぽいよ」

「確かに、そうかもしれない。けどな、おまえはずっとジムの後輩なんだよ。その事実は変わらないんだ」

八木が力《りき》んで言った。

そのすぐ後、若いサラリーマンの一団が店に入ってきた。オーナーシェフは出入口に背を向けていた。

鳴海は八木に客が来たことを告げた。八木の顔が明るんだ。しかし、立ち上がった彼は客たちに店は貸し切りにしてあると言った。

「八木ちゃん、何を言ってるんだ⁉　おれの相手はいいから、商売しろって」

鳴海は腰を浮かせて、八木の背中をつついた。

しかし、八木はせっかくの客を追い返してしまった。鳴海は、二の句がつげなかった。

「おまえがわざわざ来てくれたのに、商売なんかできるかよ。積もる話もあるからな」

「ばかだよ、八木ちゃんは。売上が落ち込みっぱなしなんだから、商売が先だろうが」

「いいんだ、いいんだ。金儲けは、いつでもできらあ。それより、今夜はとことん飲もうや」

八木が屈託《くつたく》なげに言い、厨房の妻を急《せ》かした。待つほどもなく智奈美がバーボン・ウイスキーやロックグラスの載った洋盆《トレイ》を両手で持ち、摺足《すりあし》でテーブルに戻ってきた。

三人は腰を据《す》えて、本格的に飲みはじめた。

八木夫婦はワインを空《あ》けると、ブッカーズの水割りに切り替えた。鳴海はロックで通した。

店に五人の中年男たちがなだれ込んできたのは、午後十時半過ぎだった。全員、表情が険《けわ》しい。五人とも地味な色の背広姿で、ネクタイも締めている。

「本部の幹部社員たちよ」

智奈美が鳴海に耳打ちした。鳴海は無言でうなずいた。

「営業中なんだ。何か話があるんだったら、閉店後にしてくれ」

八木が椅子から立ち上がって、男たちに切り口上《こうじょう》で言った。

と、五十年配の小太《こぶと》りの男が前に進み出た。上着の内ポケットから何か書類を抓《つま》み出す。

「これは契約解除の通告文です。先日の内容証明と内容はほぼ同じですが、一応、全文を読みましょうか?」

「一方的な解除通告など認めないっ。おれの店に勝手に入るな!」

八木が喚《わめ》いた。すぐに智奈美が立ち上がり、本部の幹部社員たちに抗議した。

「こんなやり方、ひどいわ。非常識ですよ」

「八木オーナーとのFC契約は、本日をもって解除します。これは本部の役員会議で決定したことです」

五十絡みの男が言った。

「解除理由は、営業努力を怠ったということなのね？」

「そうです」

「夫もわたしも、精一杯の努力をしてきました。手を抜いてたわけじゃありません。しかし、なかなか売上が目標額に達しなくて……」

「六カ月以上も連続して売上高が下降線をたどってますよね。はっきり申し上げると、そもそもオーナーさんには経営能力がなかったのではないでしょうか。ほかの加盟店は、どこも売上は右肩上がりですよ」

「売上が急激に下がったのは、半グレたちの溜まり場にされたからなんです。でも、その連中はもう来なくなりました。ですので、もうしばらく時間を与えてください」

智奈美が縋《すが》るように訴えた。

「あなた方のお気持ちはわかりますが、ここまで売上が落ち込んだら、もう再生は難しいでしょう。こういう店が出てくると、『プチ・ビストロ』の商標のイメージダウンになるんですよ」

「あと一年、それが無理でしたら、せめて半年の猶予《ゆうよ》をいただけないでしょうか。その間に、必ず盛り返しますから」

「すでに決まったことなんです。ロゴマーク入りの備品をすべて引き揚《あ》げさせてもらいますよ」

リーダー格の男は通告文をテーブルの上に置くと、連れの四人に目で合図した。男たちは店内に散り、商標入りのペーパーナプキン、メニューなどを回収しはじめた。

「てめえら、ふざけるなっ」

八木が怒声を張り上げ、四人の男を次々に突き倒した。そして、五十年配の男に殴りかかる気配を見せた。

「八木ちゃん、落ち着けよ。暴力沙汰を引き起こしたら、不利になるだけだぜ」

鳴海は諫《いさ》めて、おもむろに立ち上がった。

八木が固めた拳《こぶし》をほどき、下唇を噛みしめた。智奈美は、いまにも泣き出しそうな顔をしていた。

「失礼ですが、おたくさんは？」

小太りの男が鳴海に問いかけてきた。

「オーナーの友人だよ。ＦＣ契約書を見たわけじゃないから迂闊《うかつ》なことは言えないが、やり方がちょっと強引なんじゃねえのかな。やくざだって、ここまではやらないぜ」

「おたくは、その筋《すじ》の方なんですか？」

「昔はな。しかし、おれは昔の稼業をちらつかせて脅しをかけてるわけじゃない。そこんとこ、誤解しないでもらいてえんだ」

「ど、どうしろとおっしゃるんです？」

「物には順序ってことがあるだろうが。あんたたちみたいに最初《はな》っから喧嘩腰じゃ、オーナーだって、頭に血が昇っちまうよ」

鳴海は努めて穏《おだ》やかに言い、五人の男たちの顔を順ぐりに眺《なが》めた。男たちは、まるで申し合わせたように伏し目になった。

「きょうのとこは、いったん引き揚げてもらえねえか」

鳴海は小太りの五十男に言った。

「しかし、それでは子供の使いになってしまう」

「力ずくで、備品を回収する気なのかい？」

「そうしろと上司に言われてますんでね」

「あんた、おれの顔に見覚えがない？」

「もしかしたら、ボクサーだった鳴海一行さんですか？」

「よく思い出してくれたな。嬉しいよ。五年前におれが東洋タイトル戦で相手を殴り殺しちまったことは知ってるよな？」

「え、ええ」

「ついでに教えといてやるが、オーナーの八木ちゃんもプロボクサーだったんだ。八木ちゃんの右フックはハンマーパンチと呼ばれてた。素人《しろうと》がまともに顔面にパンチを喰らったら、頬骨はガラス細工みてえに砕けるだろうな」

「……………」

「八木ちゃんやおれを怒らせたいんだったら、備品を回収すればいいさ。おれに止める権利はないから、好きにしなよ」

「いったん会社に戻って、役員と相談してみます」

リーダー格の男は四人の部下を促し、逃げるように店から出ていった。四人の男のうちのひとりは足を縺《もつ》れさせて、ドアの手前で転倒しそうになった。

鳴海は笑いを嚙み殺して、自分の席に戻った。

「おまえに迷惑かけてしまったな」

八木が鳴海に言い、テーブルに着いた。智奈美も謝意を表し、夫と鳴海の間に腰かけた。

八木は本部の悪徳商法を非難しながら、バーボン・ロックをハイピッチで呷った。智奈美が飲み方が速《はや》すぎると注意したが、八木は聞き入れなかった。酒を呷りつづけた。

八木は午前一時前に、酔い潰れてしまった。テーブルに突っ伏したまま、鼾《いびき》をかいている。智奈美がどんなに揺さぶっても、八木は目を覚まさなかった。

「自分の車で中目黒《なかめぐろ》のマンションに帰るのは、無理だな。おれが旦那を肩に担《かつ》いでタクシーに乗せてやろう」

「わたりひとりじゃ、部屋まで運べそうもないわ。困ったな」

「それじゃ、おれが八木ちゃんを部屋まで運んでやろう」

「そうしてもらえると、助かるわ。ざっと後片づけをしちゃうんで、鳴海さんはゆっくり飲んでて」

「いや、おれも手伝おう」

二人はテーブルの上を片づけはじめた。

智奈美が食器やグラスを洗い終えると、鳴海は酔った八木を肩に担ぎ上げた。智奈美が手早く店の戸締まりをした。

鳴海たちは道玄坂まで歩き、タクシーを拾った。

八木夫婦の自宅マンションまで、二十分もかからなかった。ふたたび鳴海は八木を肩に担ぎ、六〇六号室に上がった。

間取りは2LDKだった。LDKを挟んで、和室と洋室が振り分けられている。

鳴海は八木を洋室のベッドの上に寝かせた。八木は深く寝入っていた。智奈美が寝室のドアを閉めたとき、部屋のインターフォンが鳴り響いた。すぐに彼女は、受話器を取った。来訪者は何も喋《しゃべ》ろうとしないらしい。

「なんだか薄気味悪いわ。こんな真夜中に、いったい誰が訪ねてきたのかしら？」

「ちょっと様子を見てくる」

鳴海は言いおき、玄関ホールに急いだ。

ドアの前には、踏み潰《つぶ》されたハムスターの死骸《しがい》が六つも転がっていた。歩廊《ほろう》に人影はなかった。

智奈美が玄関で悲鳴をあげた。

「見ないほうがいいな。おれが片づけるから、奥にいてくれ」

「本部の人間がこんな厭がらせをしたのかしら？　怕《こわ》いわ。鳴海さん、今夜はうちに泊まってもらえない？　八木が酔い潰れちゃったから、わたしひとりじゃ心細いんです」

「そういうことなら、一晩、厄介《やっかい》になろう。古新聞とビニール袋を持ってきてくれないか」

鳴海は言った。

智奈美が居間に駆け戻っていった。鳴海は玄関ドアを閉め、歩廊に屈《かが》み込んだ。

ハムスターの死骸の周《まわ》りを仔細《しさい》に検《しら》べてみたが、犯人の遺留品と思われる物は何も落ちていなかった。

本部の人間の仕業《しわざ》だとしたら、やり口が卑劣すぎる。赦《ゆる》せない。

鳴海は立ち上がって、エレベーターホールに鋭い目を向けた。

# 第二章　旧友の訃報《ふほう》

## 1

遅い朝食だった。

あと数十分で、正午になる。

鳴海は八木夫妻と向かい合って、バタートーストを齧《かじ》っていた。八木の自宅マンションのダイニングキッチンである。

「昨夜《ゆうべ》は、みっともないとこを見せちゃったな。恥ずかしいよ」

八木が言った。

「気にすることじゃないさ」

「踏み潰《つぶ》されたハムスターのこと、さっき智奈美から聞いたよ」

「八木ちゃん、どう思う？」

らな」

「本部の奴らの厭《いや》がらせだろう。きのうの晩、通告文を持ってきた男たちを追っ払ったか

「腹いせにしては、ちょっと子供じみてるな」

「まあね。しかし、気の弱い加盟店オーナーなら、ビビるだろうから、それなりに効果はあるんだろう」

「それにしても、陰湿よね」

智奈美が夫に言った。

「ああ。本部は加盟店オーナーたちにきれいなことを言ってるが、本音は効率よくピンをはねたいのさ」

「そうなんでしょうね。オーナーが経営に失敗して、一家離散に追い込まれたり、自殺をしても、少しも後ろめたさを感じてないみたいだし」

「『プチ・ビストロ・ジャポン』は悪徳会社だよ。おれが調べたところ、四割近いオーナーが自主廃業に追い込まれてる。その大半は脱サラ組だが、さらにほとんどが保証金や成約預託金を返してもらってない。それどころか、いろんな理由を並べたてられて、逆に違約金を払わされた者が少なくないんだ。本部は、あこぎだよ」

「ほんとね」

「奴らが強引に店を潰す気なら、おれは刑事告発も辞さない。連中が勝手に店の備品を回

収したら、窃盗罪になる。それから、威力《いりょく》業務妨害にもなるはずだ」

「そんなこと、いつ勉強したの？」

「内容証明が郵送されてきてから、ネットで検索してみたんだよ」

「そうだったの」

「本部の連中が店の壁のロゴマークを無断で引き剝《は》がしたら、器物損壊罪が成立するんだよ。むろん、店を畳む場合は保証金や成約預託金の請求もできる。そういうのは、民事訴訟になるんだけどさ」

「あなたがそこまで勉強してるんだったら、心強いわ。二人で何とか力を合わせて、挽回《ばんかい》しましょうよ」

「そのつもりさ」

八木がそう言って、カフェ・オレを啜《すす》った。トーストやハムエッグには、手はつけられていない。二日酔いで、食欲がないのだろう。

「おれにも協力させてくれないか」

鳴海は八木に言った。

「協力って？」

「客の呼び込みでも、皿洗いでも何でもやるよ」

「おまえの気持ちは嬉《うれ》しいが、バイト代を払う余裕もないんだ」

「何か喰わせてくれりゃ、金なんかいらないよ。まるっきりの文《もん》なしってわけじゃないから、何とかなるだろう」

「しかし、鳴海に迷惑をかけるわけにはいかないよ」

「八木ちゃん、こう考えてくれないか。昨夜《ゆうべ》、おれは八木ちゃんの店で無銭飲食した。その償《つぐな》いとして、しばらく無給で働く。そういうことなら、別に抵抗はないだろう?」

「鳴海、おまえって奴は……」

八木が声を詰まらせた。智奈美も目を潤《うる》ませる。

「よし、話は決まった。さて、問題はどうやって、客を呼び戻すかだよな。八木ちゃんの焼いた酵母《こうぼ》パン、すごくにうまかったよ。手造りパンを目玉商品にして、ほかの加盟店との差別化を図る手もあるんじゃないの?」

「オリジナルメニューを出すのは、契約違反になるんだよ」

「そうなのか」

「あくまでも本部のノウハウに則《そく》して商売をしなけりゃならないんだ。店内のインテリアにも、制約がある」

「そういうことなら、ひたすら客を呼び込むしか手はないか」

「そうなんだ。チラシも配ってきたし、店頭で呼び込みもやったんだが、それほど効果はなくてな。加盟店のメニューはどこも同じだから、表通りに店舗を構えてるほうが有利なれてるんだ」


「だろうね」

「うちの店は道玄坂から、少し奥に入ってるんで不利なんだ」

「となると、何か抜《ぬ》け駆《が》けをするしか手はなさそうだな」

「ま、そうだな。しかし、料理の値段を勝手に下げたり、何か景品を付けることも禁じられてるんだ」

「何かいい手を考えるよ。客の呼び込みは、おれに任《まか》せてくれないか」

鳴海は胸を叩《たた》いてみせた。

そのとき、居間で固定電話が鳴った。八木が椅子から立ち上がり、受話器を取った。

鳴海はコーヒーを飲み、煙草《たばこ》に火を点《つ》けた。

「約束が違うじゃないか。自宅には電話しないでくれと言ったはずだぞ」

八木が鳴海たち二人に背を向け、小声で発信者を詰《なじ》った。

相手は女なのかもしれない。鳴海は斜《なな》め前に坐った智奈美の顔を盗み見た。不快そうな表情だった。

「必ず連絡するよ」

八木が突慳貪《つっけんどん》に言って、受話器をフックに返した。すると、智奈美が夫に顔を向けた。

「浮気なら、スマートにやってよね」

「そんなんじゃないんだ。実は知り合いに、先月、五十万円ほど借りたんだよ。ロイヤルティーを送金したら、光熱費や家賃を払う金が不足しちゃってな」

「なんで、わたしに話してくれなかったの？」

「おまえに余計な心配をかけたくなかったんだよ」

「その知り合いって、誰なの？」

「智奈美の知らない奴さ。昔のパン職人仲間なんだ」

「借りたのは、五十万円だけなのね？」

「ああ」

「それじゃ、実家の両親に相談してみるわ。きっと五十万ぐらいなら、すんなり貸してもらえると思う。それで、知り合いから借りたというお金を返しましょうよ」

「おまえの親には泣きつきたくないんだ。エルグランドを手放すよ。まだ二年半しか乗ってないから、百五十万以上で売れるだろう」

「そこまで切羽詰《せっぱつ》まってたとは知らなかったわ。あなた、なんで打ち明けてくれなかったの？　わたしたち、夫婦なのよ」

「金のことで、おまえを不安にさせたくなかったんだ」

八木がリビングソファに腰かけ、朝刊を拡《ひろ》げた。

「手許《てもと》に二十万ほどある。それをそっくり回そうか」

鳴海は小声で智奈美に言った。

「ううん、駄目よ。いまの鳴海さんから、お金なんて借りられないわ」

「それじゃ、誰か知り合いに五十万用立ててもらおう」

「それもやめて。あなたに迷惑はかけられないわ」

「八木ちゃんには昔、何かと世話になったんだ。それぐらいのことは……」

「鳴海さんの気持ちだけいただいときます」

智奈美が口を噤《つぐ》んだ。鳴海は短くなったマールボロの火を揉《も》み消し、ダイニングテーブルから離れた。

ちょうどそのとき、八木が新聞を乱暴にコーヒーテーブルに投げ落とした。

「八木ちゃん、どうしたんだい？」

「きのう、京都の『プチ・ビストロ』の加盟店オーナー夫婦が心中したって記事が載《の》ってたんだよ」

「ええっ」

鳴海は朝刊を抓《つま》み上げ、社会面に目をやった。八木が口走ったことは事実だった。

二段抜きの記事を読む。妻と一緒に自宅で感電自殺を遂《と》げたオーナーは五十三歳で、元地方公務員だった。

子供に恵まれなかった夫婦は三年前に、フランチャイズの経営に乗り出した。

オープン当時は繁昌し、売上は目標額をはるかに上回っていた。ところが、一年後に近くに大衆料金を売り物にする居酒屋ができた。

それで、夫婦の店はライバル店に客を奪われてしまった。二人は巻き返しを図ろうと、懸命に努力した。

しかし、客は戻ってこなかった。オーナーは開業資金の半分をメガバンクから借りていた。その返済の目処《めど》もつかないことに絶望し、夫婦は最悪の途《みち》を選んでしまったのだ。

「本部が保証金をすんなり返すことになってりゃ、この夫婦は死なずに済んだはずだよ」

「そうだろうな」

「もっともらしい名目で違約金を取って、保証金や成約預託金を返さなかったから、その夫婦は追い詰められた気持ちになって、早まったことをしてしまったんだろう。本部のやり方は、詐欺《さぎ》商法と大差ないよ」

八木は憤《いきどお》ろしげに言った。

「本部に不満はあるだろうが、さし当たって売上高をアップさせなきゃな。目標額を達成させりゃ、本部だって文句は言えねえはずだ」

「そうだな」

「八木ちゃん、頑張《がんば》ろうや。夕方、渋谷の店に行くよ」

「鳴海、どこに行くつもりなんだ?」

「今夜から、おれ、安いビジネスホテルに泊まるよ」

「しばらくここを塒《ねぐら》にすればいいじゃないか。鳴海、そうしろよ。な！」

「いや、そうもいかない。ホテルを確保したり、着る物も少し買いてえから、おれは先に出かけるぜ」

鳴海は朝刊をコーヒーテーブルに戻し、ビニールの手提《てさ》げ袋を摑《つか》み上げた。智奈美に目顔《めがお》で挨拶《あいさつ》し、部屋を出る。

マンションは山手《やまて》通りのそばにあった。

鳴海は山手通りでタクシーに乗り、渋谷の有名デパートの前で降りた。デパートで着替えの長袖《ながそで》シャツやトランクスなどを買い、宮下《みやした》公園（現・ミヤシタパーク）の並びにあるビジネスホテルにチェックインした。

シングルルームだが、割にスペースは広かった。ベッドのほかに、ライティング・ビューローもあった。

鳴海はシャワーを浴びてから、情報屋の麦倉の自宅マンションに電話をかけた。

「おい、鳴やん！　きのう、いったい何をやらかしたんだ？」

「何だい、いきなりさ」

「二階堂組の連中が血眼《ちまなこ》になって、鳴やんを捜《さが》し回ってるぜ」

麦倉が言った。

鳴海は経緯《いきさつ》を話した。

「そんなことがあったのか。鳴やん、しばらく新宿には近づかないほうがいいな」

「ああ、そうするよ。ところでさ、もし余裕があったら、百万ほど貸してもらえないか。必ず返すよ」

「余裕はないが、そのくらいだったら、回してやれるよ。いま、どこにいるんだい？」

「渋谷のビジネスホテルだよ」

「それじゃ、銀行に寄って、鳴やんの部屋に金を持ってってやろう。ホテル名と部屋番号は？」

麦倉が問いかけてきた。鳴海は質問に答えて、先に電話を切った。

麦倉が訪れたのは午後一時過ぎだった。

鳴海は銀行の白い袋を受け取り、麦倉を椅子に坐らせた。自分はベッドに浅く腰かけた。

「アパートを借りてから、ボディガードの雇《やと》い主を捜す気なんだな？」

「ま、そんなとこだよ。いつとは言えないが、借りた金は必ず返す」

「当てにしないで待ってるよ。そうだ、こいつを使ってくれ」

麦倉が白っぽいブルゾンのポケットから、プリペイド式の携帯電話を取り出した。おそらく足のつかないヤミの携帯電話だろう。

「こいつがあると、便利だろう？」

「そうだな。それじゃ、貰《もら》っとこう」

鳴海は携帯電話を受け取り、サイドテーブルの上に置いた。

二人は三、四十分、雑談を交わした。麦倉が辞去すると、鳴海は横になった。枕が軟らか過ぎて、前夜は熟睡できなかったのだ。

すぐに瞼《まぶた》が重くなってきた。めざめたのは夕方の五時過ぎだった。

鳴海は外出の準備をすると、ビジネスホテルを出た。渋谷駅の周辺には、学生や勤め帰りのサラリーマンたちが大勢行き交《か》っていた。

鳴海は道玄坂の下にたたずみ、OLらしき四人のグループに声をかけた。

「人気俳優の城之内《じょうのうち》豊《ゆたか》や矢吹《やぶき》譲司《じょうじ》がお忍びで飲みに来る洋風居酒屋が近くにあるんですが、よかったら、いかがです？」

「そのお店、高いんでしょ？」

グループの中のひとりが訊《き》いた。

「『プチ・ビストロ』の加盟店ですので、リーズナブルな料金なんですよ。今夜あたり、城之内がふらりと現われそうだな」

「わたし、城之内のファンなの。行ってみようかしら」

「ぜひ、お越しください。店まで、ご案内しましょう」

鳴海は四人の若い女性を八木の店に導いた。

オーナー夫婦は仕込みの最中だった。グループ客をテーブルに落ち着かせると、鳴海は

同じ手を使って、二組目の女性グループもキャッチした。サラリーマンたちには、フェロモン女優の名をちらつかせて、店に誘い込んだ。六時半には満席になった。

八木が厨房から、鳴海を呼んだ。

向かい合うと、オーナーシェフは小声で問いかけてきた。

「おまえ、どんな手品を使ったんだ?」

「ふつうの呼び込みをやっただけだよ」

「嘘つけ!　まさか通行人に凄《すご》んで、ここに連れ込んだんじゃないよな?」

「客の顔をよく見なよ。誰か怯《おび》えてる奴がいるかい?」

「いや、みんな、寛《くつろ》いだ感じだな」

「だろう?」

「しかし、何かからくりがありそうだな。おまえ、知り合いに頼んでサクラを集めたんじゃないのか?」

「そんな面倒なことしないよ。それより、八木ちゃん、これを何かに役立ててくれないか」

鳴海は麦倉から借りた百万円を銀行の袋ごと差し出した。

「中身は金だな?」

「ああ。おれ、銀行にその金を預けてあったことをすっかり忘れてたんだ。急に思い出して、銀行から引き出してきたんだよ。たったの百万だが、ないよりはましだろう?」

「後輩のおまえから金なんか借りられない」

「つまらないこと言ってないで、早くしまいなよ。奥さんに見つからないように、早く早く!」

「預かるだけだぞ」

八木はそう言いながら、調理場に戻った。

鳴海は厨房を出て、テーブル席を回りはじめた。智奈美が忙しげに立ち働いていた。鳴海は料理や酒を運ぶ手伝いをした。

城之内豊の大ファンだというOLは、しきりに出入口を気にしていた。フェロモン女優を見たがっている若い男たちも、期待に胸を膨《ふく》らませている様子だった。

自分のやったことは一種の詐欺なのだろうが、罪は軽いだろう。鳴海は疚《やま》しさを自己弁護で打ち消した。

忙しさに一段落つくと、智奈美がさりげなく近づいてきた。

「鳴海さん、ありがとう。満席になったのは、本当に久しぶりだわ」

「よかったな」

「毎日、こうだと嬉しいな」

「おれ、明日も道玄坂で客を呼び込んでやるよ」

「短い時間に、よくこれだけのお客さまをキャッチできたわね。何か特別な呼び込み方をしたの？」

「なあに、たいした手を使ったわけじゃないんだ。サラリーマンたちにはオーナーシェフの奥さんが女優顔まけの美女だって言って、女の客たちには八木ちゃんが面白い男でサービス精神も旺盛《おうせい》だって言ったんだよ」

「どっちも誇大広告なんじゃない？　わたし、決して美人じゃないし、夫だって、ぶっきらぼうだもの」

「奥さんは美人さ。八木ちゃんは確かに少し愛想が足りないが、どんな商売だって、多少の誇張はしてるからな」

鳴海は澄ました顔で言った。

「それにしても、お客さまたちは失望なさったんじゃないのかな？」

「いや、そんなことはないと思うな。きっと今夜の客の半分ぐらいは、リピーターになってくれるさ」

「そうなら、嬉しいわね」

智奈美が、しみじみと言った。鳴海はうなずき、カウンターの端に腰を下ろした。

## 2

柄《がら》の悪い客が訪れたのは九時過ぎだった。

三人とも、ひと目で暴力団の組員とわかる風体《ふうてい》だ。揃《そろ》って二十代の後半だった。

「断ろうか？」

鳴海は、困惑している智奈美に低く言った。

「カウンター席が空《あ》いてるのに、追い返すわけにはいかないでしょ？」

「予約が入ってることにすればいいさ」

「でも、カウンター席をわざわざ予約するお客さまがいるなんて、不自然でしょ。いいわ、受け入れましょう」

智奈美が言って、三人組をカウンター席に坐らせた。

男たちは、ドイツのビールを一本だけしか注文しなかった。三人はビールをちびりちびりと飲みながら、テーブル席の客たちを無遠慮に眺《なが》めはじめた。

五分ほど経《た》ったころ、勤め人と思われるグループが逃げるように店から出ていった。

三人の男は、本部に雇われた連中だろう。

鳴海は、そう直感した。

そのすぐ後、紫色の背広を着た男が立ち上がった。彼はにやにやしながら、若い女性のグループに近づいた。

「女同士で飲んでても、つまらねえだろ?」

「何かご用でしょうか?」

グループのひとりが毅然《きぜん》と訊いた。

「おれたち三人と一緒に飲もうや」

「せっかくのお誘いですけど、遠慮させてもらいます」

「おまえ、男嫌いなのか?」

「わたしたち、大事な話があるんです。ご自分の席に戻ってくれませんか」

「つんけんすんなよ。ここで会ったのも何かの縁だ。仲良くやろうや」

男がそう言い、女性客の肩を抱き竦《すく》めた。女性客が悲鳴をあげた。連れの女たちが口々に男を咎《とが》める。

それでも、男は悪ふざけをやめようとしない。面白がって、さらに女性客をきつく抱きしめた。

「お客さま、ご自分の席にお戻りください」

智奈美が紫色のスーツの男に言った。

「おっ、あんた、いい女だな。抱き心地《ごこち》もよさそうだ」

「ほかのお客さまのご迷惑になるようなことは慎《つつし》んでください」

「いつ、おれがほかの客に迷惑をかけたってんだよっ。男にモテねえ女どもを誘っただけじゃねえか。店内にいる客に話しかけちゃいけねえって法律でもあんのか?」

男が言い募《つの》った。

「とにかく、カウンターに戻ってください」

「あんたがここでストリップショーを観《み》せてくれりゃ、戻ってやるよ。ついでに一発やらせてもらおうか」

「もう結構です。お代はいりませんから、お帰りください」

智奈美が硬い表情で言った。

「てめえ、おれたちが客だってことを忘れてるんじゃねえのかっ」

「こちらにも、お客さまを選ぶ権利はあると思います」

「偉そうな口をきくじゃねえか。いい気になってると、痛い目に遭《あ》うぜ」

男が凄んで、腕を捲《まく》り上げた。

両手首の刺青《いれずみ》が電灯の光に晒《さら》される。テーブル席の客たちが一斉《いっせい》に下を向いた。

智奈美が目で救いを求めてきた。鳴海は小さくうなずき、紫色の背広を着た男の前に進み出た。

「表に出ようか」

「なんでえ、てめえは？」

「この店の従業員さ。ほかの客に迷惑がかかるから、外で話《ナシ》をつけようや」

「上等じゃねえか」

男が仲間の二人に目配せした。角刈りの男とサングラスをかけた男が、ほぼ同時に立ち上がった。

そのとき、厨房から庖丁を握りしめた八木が走り出てきた。

「ここは、おれに任せてくれ」

鳴海は八木に言った。八木が何か言いかけたが、目顔で厨房に戻れと告げた。

三人組が鳴海を取り囲んだ。

鳴海は先に店を出て、男たちを裏通りに誘い込んだ。

「おまえら、どこのチンピラだ？」

「てめえこそ、何者なんでえ。ただの店員じゃねえんだろ？」

腕の彫《ほ》り物をちらつかせた男が言いざま、足を飛ばしてきた。空気が縺《もつ》れた。

鳴海はステップバックし、なんなく相手の前蹴りを躱《かわ》した。

男の体勢が崩れた。鳴海は前に跳《と》び、相手の顎《あご》を左のアッパーカットで掬《すく》い上げた。

まともにヒットした。男は両腕をV字に掲《かか》げ、そのままのけ反《ぞ》った。

ほとんど同時に、角刈りの男が鳴海の腰に組みついてきた。

鳴海は相手の向こう臑《ずね》を蹴り込んだ。

角刈りの男が呻《うめ》いて、屈《かが》み込みそうになった。すかさず鳴海は膝頭で、相手の顔面を蹴り上げた。鼻柱の潰れる音がした。

角刈りの男が引っくり返ると、サングラスの男が殴《なぐ》りかかってきた。ラフなパンチだった。

鳴海はウェイビングで除《よ》け、ダブルパンチを返した。左のショートフックで顔面を叩き、右のボディブロウで肝臓《レバー》を痛めつけた。

サングラスが吹っ飛び、男が膝から崩れた。

鳴海は相手の喉笛を蹴った。男が体を丸めて、転がりはじめた。

「てめえ、撃《ハジ》くぞ」

紫色のスーツの男が大声を張り上げた。右手に自動拳銃を握りしめていた。ベレッタM20だった。

イタリア製のポケットピストルだ。二十五口径で、全長は十三センチ弱である。弾倉に八発、薬室に一発入れられる。

「てめえに撃《ハジ》くだけの度胸があんのかっ」

鳴海は一歩前に出た。

「動くと、ぶっ放すぞ」

「早く撃《う》ちやがれ。二十五口径でもサイレンサーなしでぶっ放せば、銃声は響くぜ。五、六分でパトカーが来るだろう」

「お、おめえ、堅気《ネス》じゃねえな」

「だったら、どうだってんだっ」

「系列《スジ》を教えてくれよ。同じ関東侠仁会《きょうじんかい》の下部団体《エダ》かもしれねえからな」

「おれはヤー公じゃない。昔、男稼業を張ってたがな。だから、やくざ者の扱いにゃ馴《な》れてる。それから、てめえらがチンピラだってこともわかる」

「な、なんだとーっ」

「撃《ハジ》けよ、ほら」

「退《さ》がれ、退がれったら！」

紫色のスーツの男が後ずさりしはじめた。ベレッタM20の銃口は不安定に揺れていた。

「組の名を言いな」

「わ、わ、渡瀬組《わたせぐみ》だよ」

「末端も末端だな」

「てめえ、なめやがって」

「ばかが！　まだロックも外してないじゃねえか」

　鳴海は言った。実際には、セーフティーロックは解除されていた。

　男の視線が下がる。

　鳴海は地を蹴った。相手の首を抱え込み、ベレッタM20を奪い取った。銃口を男の頬に当てる。

「なんでえ、ロックは外れてたのか」

「くそっ」

「てめえらの雇い主は、『プチ・ビストロ・ジャポン』だなっ」

「そうじゃねえよ。おれたちは『幸栄《こうえい》リース』から取り立《キリトリ》てを頼まれたんだ」

　男が言った。

「もっともらしいことを言って、クライアントを庇《かば》う気か」

「ほんとだよ。おれたち、八木正則が焦《こ》げつかせてる五百六十三万を回収しに来たんだ。嘘《うそ》じゃねえ。八木の自宅の玄関前にハムスターの死骸を置いといたから、少しはビビるだろうと思って……」

「あれは、てめえらの仕業《しわざ》だったのか。借用証の類《たぐい》を見せろ！」

　鳴海は引き金の遊びをぎりぎりまで絞《しぼ》った。

　紫色の背広の男が慌《あわ》てて懐から、四つに折り畳んだ書類を取り出した。

　鳴海は拳銃で威嚇《いかく》したまま、男の手から書類を取り上げた。角刈りの男を呼び寄せ、ライターの炎を灯《とも》させた。

　書類は三枚だった。八木は十カ月の間に百万円ずつ計三回、消費者金融から借金をしていた。元利併《あわ》せて現在、債務額は五百六十三万数千円だった。

　裏社会の人間が貸金を取り立てる場合、報酬は回収額の半分と決まっている。三人組がうまく取り立てに成功しても、謝礼は三百万円に満たない。

　関東侠仁会渡瀬組は池袋《いけぶくろ》の一角を縄張りにしている総勢六十人ほどの末端組織だ。ふつうは一千万円以下の取り立て《キリトリ》は請け負わないが、それだけ組の台所が苦しいのだろう。

「今回の取り立て《キリトリ》は、てめえらの個人的な小遣い銭稼《かせ》ぎじゃねえんだな？」

「ああ、組で受けた仕事《ゴト》だよ」

「そうかい。八木正則が借りた金は一両日中に、おれがなんとか都合つける」

「ほんとかよ？」

「ああ。だから、もう厭がらせはやめろ。わかったなっ」

「そういうことなら、二日だけ待ってやらあ」

　紫色の背広がそう言って、借用証を鳴海の手から引ったくった。

　鳴海は腕をほどき、ポケットピストルの銃把《グリップ》から弾倉《マガジン》を引き抜いた。マガジンには、五発しか詰まっていなかった。薬室《チャンバー》の初弾も抜く。

　六つの実包《じっぽう》を足許に落とし、空《から》になった弾倉を銃把に戻した。角刈りの男がしゃがみ込んで、六発の実包を拾い集めた。

「失《う》せな」

鳴海は兄貴株の男にベレッタM20を返し、顎をしゃくった。紫色の背広の男は二人の仲間を伴って、足早に歩み去った。

鳴海は八木の店に引き返した。客たちの姿は消えていた。

「さっきの男たちは、本部に雇われた連中なんでしょ？」

智奈美が確かめるような口調で話しかけてきた。

「おれもてっきりそうだと思ったんだが、奴らは街のたかり屋だった。飲食店で厭がらせをして、小遣い稼いでるんだと言ってたな。ちょっと威《おど》したら、奴らは泡喰《あわく》って逃げてった」

「そうなの。鳴海さん、ありがとう」

「いや、かえって迷惑かけちまった。せっかく入ってくれた客たちに逃げられちゃったからね。もう少しスマートに連中を追っ払うべきだったね」

鳴海は頭を掻いた。

「あんな振る舞いをされたら、誰だって冷静には応対できないわよ。わたしだって、キレる寸前だったわ」

「奥さんが啖呵《たんか》切るとこ、見たかったたな」

「威勢《いせい》よく啖呵は切れなかっただろうけど、わたし、泣き喚《わめ》いてでも、あの連中を追い出してやろうと思ってたの」

「そう。おれ、また道玄坂で客の呼び込みをしてくる」

「ううん、今度はわたしがやるわ。鳴海さんは、少し休んでて」

智奈美がそう言い、店を飛び出していった。

鳴海は厨房に足を踏み入れた。流し台で汚れた食器を洗っていた八木が鳴海に気づき、蛇口《じゃぐち》の栓を止めた。

「さっきの三人組、おとなしく退散したのか?」

「ああ。八木ちゃん、本部が奴らを差し向けたんじゃなかったの」

「えっ、それじゃ、誰が奴らを?」

「奴らを雇ったのは、『幸栄リース』だよ。あの三人は、関東俠仁会渡瀬組の組員だってさ」

「そうだったのか。しかし、なんで奴らがおれのとこに来やがったんだろう?」

「八木ちゃん、芝居なんかすることはねえんだ。おれは奴らから、八木ちゃんが元利併《あわ》せて五百六十三万円ほどの借金をしてることを聞いたんだよ。それから、借用証も見たんだ」

「そうだったのか。鳴海、おれが消費者金融の世話になってること、智奈美には内緒にしてくれよな」

「わかってるって。昼間、自宅にかかってきた電話は『幸栄リース』からの督促《とくそく》だったんだろう?」

「その通りだよ。自宅には督促の電話はしないでくれって頼んでおいたんだが、なかなか金を返さないので、ついに痺《しび》れを切らしたんだろう」

「だろうな」

「おれ、店の赤字額をもろに本部に知られたくなかったんで、毎月、売上高を水増ししてたんだよ。それで、消費者金融で借りた分で家賃や光熱費を払ってたんだ」

「そうだったのか」

「この店の経営も、もう限界だな。『幸栄リース』がヤー公に取り立てを頼んだんだったら、さっきの三人は毎晩、この店に押しかけてくるにちがいない。そうなったら、客たちはもっと寄りつかなくなる」

「五百万や六百万の借金で、そんな弱気になるなよ」

鳴海は言った。

「他人《ひと》のことだと思って、そう簡単に言うなよ。いまのおれには、五百万でも巨額なんだ。店がこんな状態じゃ、一生、返せないかもしれない」

「おれに金策の当てがあるんだ。多分、五百や六百の金なら、ポンと貸してくれるだろう。とりあえず消費者金融の負債をきれいにして、新規巻き直しをしなよ。奥さんと二人で頑張りゃ、きっと再生できるって」

「しかし、おまえには迷惑のかけ通しだから……」

「水臭《くさ》いことを言うなって。八木ちゃん、ちょっと車を貸してくれねえか」

「これから、すぐに金策に？」

「ああ、善は急げって言うからな。エルグランドは、このビルの裏の駐車場に置いてあるんだっけ？」

「そうだが……」

「鍵《キー》、早く持ってきてくれよ」

「いいのかなあ」

八木がそう言いながら、ロッカーに歩《ほ》を進めた。

鳴海は八木の手から半《なか》ば強引にエルグランドの鍵を受け取り、店を走り出た。

飲食ビルの斜め裏にある月極《つきぎめ》駐車場に入ると、出入口のそばに八木の車が駐《と》めてあった。メタリックグレイのエルグランドに乗り込み、鳴海は港区の西麻布《にしあざぶ》に向かった。

老興行師の花田の自宅兼オフィスは、麻布消防署の斜め前にある。

六階建ての細長いビルだ。一階から四階までが事務所で、五、六階が自宅になっていた。

鳴海は二十分弱で、目的地に着いた。

ビルの近くの路上にエルグランドを駐め、花田を訪ねた。老興行師は四階の社長室で、ベテラン演歌歌手の新曲を聴《き》いていた。

「こんな時間に申し訳ありません」

「何を言ってる。いつでも大歓迎さ。ま、坐りなさい」

「はい」

鳴海は総革《かわ》張りの応接ソファに腰かけた。

花田がリモート・コントローラーを使って演歌を中断させた。結城紬《ゆうきつむぎ》の渋い色の着流し姿だった。

「実は折り入って、お願いがあります」

「金だな？」

「さすがですね」

「いくら必要なんだ？」

「できれば、五百万ほどお借りしたいんです」

「何か小商《こあきな》いをする気になったのかな？」

「いいえ、違います。ちょっと借りのある昔の友人の事業が傾きはじめてるんですよ」

「そうなのか」

「すぐに返済はできないと思いますが、必ず金は返します」

「五百万円は、出世払いで用立てよう。ただし、一つだけ条件がある」

「条件というのは？」

　鳴海は訊いた。

「気が向いたら、また、おれのガードを頼みたいんだ」

「菊岡が社長に何か仕掛けてきたんですか？」

「いや、そういうわけじゃないんだ。ただ、最近の若い興行師は金儲《もう》けのことしか考えてない。義理や人情などそっちのけだ。おれを排除したがってるのが年々、増えてるんだよ。おれ自身はいつくたばってもかまわないと思ってるが、まだ死ぬわけにはいかない。おれがこの世から消えたら、世渡りの下手な浪曲師、漫談家、奇術師なんかが喰えなくなってしまうんでな」

「わかりました。社長の条件を呑《の》みましょう」

「そうか。五百万だったな」

　花田が深々としたソファから立ち上がり、大きな耐火金庫に足を向けた。鳴海は、老興行師の背に頭を下げた。

3

女の悲鳴が聞こえた。

花田芸能社を出たときだった。

鳴海は視線を巡《めぐ》らせた。十五、六メートル離れた場所で、二つの人影が揉み合っていた。

男と女だった。年恰好《としかっこう》は判然としない。痴話喧嘩《ちわげんか》だろう。

鳴海は札束の詰まったクッション封筒を小脇に抱え、エルグランドに足を向けた。

そのすぐ後、豹柄《ひょうがら》のミニスカートを穿《は》いた女が鳴海の方に走ってきた。彼女は三十四、五歳の男に追われていた。路上で揉み合っていた男女だった。

「救《たす》けて、救けてください」

女がそう言いながら、鳴海の背後に隠れた。

「どうしたんだい？」

「あたし、さらわれそうになったの。ね、男を追っ払って」

「わかった」

鳴海は、駆けてくる男を目で射竦《いすく》めた。男が立ち止まる。

「邪魔しないでくれ。その女とは、半年前まで夫婦だったんだ」

「ほんとなのか？」

鳴海は前を向いたまま、後ろの女に確かめた。

「ええ。でも、正式に協議離婚したの。だから、その男とはもう赤の他人よ。復縁を迫られてるんだけど、あたし、彼と一緒に暮らす気なんかないわ。金遣いは荒いし、浮気癖《ぐせ》も直らなかったしね」

「そういうことだ。復縁は諦《あきら》めるんだな」

鳴海は男に言った。

「余計なこと言うなっ」

「とにかく、いったん引き取れや」

「あんた、何様のつもりなんだ。ふざけんなっ」

男が怒鳴《どな》り、組手《くみて》の姿勢をとった。どうやら空手の心得があるらしい。

「後ろに退《さ》がっててくれ」

鳴海は女に言って、五百万円の入ったクッション封筒をガードレールの支柱のそばに置いた。

そのとき、男が高く跳《と》んだ。二段蹴りの構えだ。

鳴海は横に動いた。

男の蹴りは虚《むな》しく空《くう》に流れた。鳴海は、後ろ向きの男に組みつこうとした。先に男が回し蹴りを放ってきた。中段蹴りだった。

鳴海は胴を払われ、少しよろけた。

だが、倒れなかった。すぐに体勢を整え、左のロングフックを繰り出した。

体重を乗せたパンチは、男の顔面を捉《とら》えた。男は突風に煽《あお》られたように横に吹っ飛び、ガードレールに後頭部をぶつけて長く呻《うめ》いた。

「もう少し汗をかくかい？」

「くそっ」

「言っとくが、おれはプロの殴り屋だったんだ。救急車に乗りたかったら、かかってくるんだな」

鳴海は言った。

男はぶつくさ言いながら、のろのろと立ち上がった。次の瞬間、急に走りだした。逃げ足は速かった。

「ありがとう」

女が礼を言った。

鳴海は改めて女の顔を見た。あろうことか、美人演歌歌手の小日向《こひなた》あかりだった。テレビの歌番組で、その顔は知っていた。

「あんたは……」

「ええ、歌手の小日向あかりよ」

女が眉間《みけん》に愛くるしい笑い皺《じわ》を刻んだ。

「別れた旦那は、プロゴルファーだったと思うが……」

「プロといっても、レッスンプロなの。あいつ、あたしの出演料《ギャラ》を当てにして、真面目《まじめ》に働こうとしなかったのよ。それで、見切りをつけちゃったの。あたし、まだ二十五だもの。いくらでも、やり直しがきくでしょ？」

「ああ。家は、この近くにあるのかな？」

「ううん、自宅は広尾《ひろお》のマンションよ。お世話になってる興行師を訪ねるとこだったの」

「その興行師って、ひょっとしたら、花田さんのことかい？」

「ええ、そうよ！　あなた、花田社長の知り合い？」

鳴海は訊いた。

「ああ」

「へえ、そうなの。どういう知り合いなのかしら？」

「一年数カ月前まで、花田社長のボディガードをやってたんだ」

「道理で強いはずだわ」

「実は少し前に花田社長に頼みごとをして、事務所から出てきたとこだったんだ」

「そうなの。あたしは、これから社長に相談に乗ってもらいたいことがあってね」

「ふうん」

「あなたとは、また、どこかで会いそうな予感がするわ」

「そう」

「演歌は好き？」

「ジャズやブルースは時たま聴くが、唸《うな》り節《ぶし》はどうも苦手なんだ」

「演歌はダサいと思われてるもんね。あたしも、昔は大嫌いだったわ。現にあたし、ポップス歌謡でデビューしたの」

「そうだったのか」

「でも、デビュー曲のＣＤシングルは一万枚しか売れなかったの。それで、レコード会社や所属事務所の意向で演歌歌手として再デビューさせられたわけ。そうしたら、いきなり十万枚も売れちゃったのよ」

「で、路線が固まったわけか」

「そうなの。あなた、お名前は？」

「鳴海、鳴海一行っていうんだ」

「飢えた狼みたいで、なんだか母性本能をくすぐられるわ」

小日向あかりは色っぽく笑い、花田芸能社に足を向けた。

鳴海は札束の入ったクッション封筒を掴み上げ、エルグランドに急いだ。イグニッションキーを捻《ひね》ったとき、上着の内ポケットでプリペイド式の携帯電話が鳴った。

携帯電話を耳に当てると、麦倉の声が流れてきた。

「おれだよ、鳴やん」

「何かあったようだな？」

「二階堂組の森内組長がボクシング関係者に会って、鳴やんの昔の交友関係を洗ってるようなんだ。鳴やんの身辺に、黒い影は迫ってない？」

「いまんとこ、そういう影はちらついてないな」

「そう。でも、少し気をつけたほうがいいぞ。おそらく森内は、鳴やんが昔のボクサー仲間のとこに行ったことを嗅《か》ぎつけるだろう」

「かもしれねえな」

「新組長は若い衆に鳴やんを取《と》っ捕《つか》まえさせて、徹底的にヤキを入れるつもりなんだろう」

「だとしても、別に怕《こわ》くねえよ。二階堂組の若い者が襲ってきたら、逆にとことん痛めつけてやる」

鳴海は言った。

自分に牙を剝《む》いた相手は、ぶちのめす主義だった。たとえ相手がかつて自分が世話になった組の者でも、手加減する気はない。

敵が殺意を示せば、反対に始末することになるだろう。すでに鳴海は、何人もの暴力団員や殺し屋を葬ってきた。

人を殺す快感は深い。

ことに手強《てごわ》い敵を倒したときの勝利感は捨てがたい。尊大な悪人を殺すときの歓《よろこ》びも大きかった。鳴海は殺意に駆られると、きまって父が親友を角材で撲《なぐ》り殺したときの情景を思い出す。

そして、頭のどこかでアルバート・アイラーの『精霊《ゴースト》』の旋律《せんりつ》が響きはじめる。いわば、殺しのBGMだった。

「鳴やんが強いことはよく知ってるけど、不死身ってわけじゃないんだ。それに、最近は下《した》っ端《ぱ》の組員もノーリンコ54ぐらいは持ってる。だから、油断は禁物だぜ」

「ああ、わかってるよ」

「とにかく、少し気をつけたほうがいいな」

麦倉が先に電話を切った。

鳴海はプリペイド式の携帯電話の通話終了アイコンをタップし、すぐに八木の店に電話をかけた。少し待つと、当の八木が電話口に出た。

「はい、『プチ・ビストロ』です」

「八木ちゃん、おれだよ」

「いま、どこだ？」

「急に声をひそめたな。八木ちゃん、店に二階堂組の奴らがいるんだね？」

「ああ、三人な」

「わかった。そいつらを店から叩き出してやろう」

鳴海は言った。

「こっちには来るな。三人とも血走った目をしてる」

「だからって、おれは尻尾《しっぽ》なんか巻かない」

「おまえはそれでいいかもしれないが、おれたち夫婦のことも考えてくれよ。おれは三人の男に、おまえがここに来たことはないと答えておいた。嘘ついてたことがバレたら、連中は腹いせに店をめちゃくちゃに壊すかもしれない。それから、妻におかしなことをする可能性だって……」

「それは、考えられるな。八木ちゃん、勘弁《かんべん》してくれ。つい自分のことだけを考えちまって」

「わかってくれりゃ、それでいいんだ」

「おれはビジネスホテルに引きこもることにするよ」

「ああ、そうしてくれ」

「順序が逆になったが、八木ちゃん、金の都合がついたぜ。五百万円、キャッシュで借りてきた」

「ほんとかよ⁉」

「ああ。先に渡した百万と併《あわ》せりゃ、『幸栄リース』の債務はきれいにできるだろう？」

「うん、それはな。しかし、いいのか？　おまえにすぐ返してやれないんだぞ」

「出世払いで五百万を貸してくれたんだよ。だから、おれの返済は後回しでいいんだ」

「それじゃ、おまえの友情に甘えさせてもらおう」

「ああ、そうしてよ。八木ちゃん、店を閉めたら、ビジネスホテルに金を取りに来てくれないか。それで、『幸栄リース』に明日、銭を叩き返してやればいい」

「恩に着るよ。それじゃ、後でな！」

　八木の声が途切れた。

　鳴海はプリペイド式の携帯電話を上着の内ポケットに突っ込み、車を発進させた。ステアリングを捌《さば》きながら、彼は自分の生き方が少しずつ変わりはじめていることに驚いた。これまで他人のために積極的に何かをしたことは一度もなかった。

　子供のころから、徹底して個人主義を貫《つらぬ》いてきた。自分の生き方や思想に他人が口を挟むことを拒《こば》み、自身も他人の生活には干渉してこなかった。

　妻と親友に背《そむ》かれた父の姿を目にしてから、所詮《しょせん》、人間は孤独なものだという虚無《きょむ》的な考えが消えなかった。裏切りの悲哀を味わいたくなくて、極力《きょくりょく》、他者とは距離をおいて交わってきた。

恋愛にも積極的になれなかった。人の心は移ろいやすい。不変の愛などあるはずがない。

ならば、女に何かを期待しても虚《むな》しいだけだ。ただ、女たちの肉体は束《つか》の間《ま》、男を酔わせ、安らがせてくれる。鳴海は、女たちにそれ以上の何かを求めたことはなかった。

だが、いまは八木夫妻のために進んで力を貸している。この心境の変化は、いったい何なのか。府中刑務所で模範囚を演じているうちに、偽善者になってしまったのか。そうだとしたら、自己嫌悪に陥《おちい》りそうだ。

善人ぶるほど醜《みにく》いものはない。どんな人間も、その内面にはどす黒い感情を抱えている。

憎悪、軽蔑、妬《ねた》みといった負《ふ》の感情をひた隠して、他者ににこやかに擦《す》り寄ることは一種の詐欺行為だろう。狡猾《こうかつ》で、心根が卑《いや》しい。

人目や世間体など無視して、本能のおもむくままに生きるべきではないのか。そのため、無間地獄《むげんじごく》で悶《もだ》え苦しむことになっても仕方がない。

自分は独《ひと》りで生き抜くことに疲れ、他者におもねようとしているのか。

母や兄とは、もう十年以上も会っていない。友人らしい友人もいない。心を許せるような女とも巡り逢《あ》えなかった。

野良犬のような暮らしに倦《う》み、別の生き方を模索《もさく》しはじめているのだろうか。そこまではわからなかったが、間違いなく自分の内面で何かが変わりはじめている。

渋谷の塒《ねぐら》に着いたのは、およそ二十分後だった。

鳴海はエルグランドをビジネスホテルの脇に駐め、館内の自動販売機で缶ビールと数種のつまみを買った。

自分の部屋に入り、ビールを飲みはじめた。テレビの電源を入れたが、興味をそそられるような番組は放映されていなかった。

鳴海は三本の缶ビールを空けると、ベッドに仰向《あおむ》けになった。退屈だったが、本格的に寝るわけにはいかなかった。

ドアがノックされたのは午後十一時過ぎだった。

鳴海はベッドから離れ、ドア越しに問いかけた。

「八木ちゃん？」

「ああ」

紛《まぎ》れもなく八木の声だった。

鳴海はドアを開け、私服に着替えた八木を部屋に招き入れた。八木を椅子に坐らせ、自分はベッドの端に腰かける。

「二階堂組の三人は？」

「十時四十分ごろ、引き揚《あ》げてったよ。明日の晩も、また店に来そうだな。鳴海、おまえは明日は店に近づかないほうがいい」

「八木ちゃんに、迷惑かけちまったな」

鳴海は、二階堂組の新組長を怒らせてしまった理由を打ち明けた。

「なんだって、そう血の気が多いんだろうなあ。敵が多くなれば、それだけ世間が狭くなるってのにさ」

「森内とは、もともと反りが合わなかったんだよ。奴はてめえの手を汚さねえで、要領よく生きてる。おれ、そういうタイプの人間には、なぜか反抗したくなるんだよ」

「おれだって、他人を利用して上手に立ち回ってる野郎は好きじゃない」

八木が言った。

「そうだよな。やっぱり、八木ちゃんだ。話が合うな。チャイニーズ・マフィアが目障《めざわ》りなら、森内がてめえで中国人の賭場にダイナマイトでも手榴弾でも投げ込みゃいいんだ」

「おれも、そう思うよ。自分の手を汚そうとしない悪党は最低だな。森内って奴も、組長になる資格はない」

「八木ちゃん、いいこと言うじゃねえか。なんか嬉しくなってきた。おっと、肝心な物を早く渡さねえとな」

鳴海はサイドテーブルの上に置いてあるクッション封筒を掴み上げ、八木の膝の上に載せた。

「この中に金が？」

「ああ、百万の束が五つ入ってる。確かめてくれ」

「鳴海がそう言ってるんなら、わざわざ確かめる必要はないさ。昼間預かった分と併《あわ》せて六百万の借用証を書くよ。ちょっと待ってくれ」

「他人行儀だよ、八木ちゃん。借用証なんか書かなくたっていいって」

「けど、五十万や六十万じゃないからな」

「いいって、いいって。八木ちゃんとおれのつき合いじゃねえか」

「鳴海……」

八木が急に下を向いた。すぐに喉の奥を軋《きし》ませた。口から笑い声に似た嗚咽《おえつ》が迸《ほとばし》った。

鳴海は胸を衝《つ》かれた。

八木とは十年近いつき合いだったが、泣いた姿を見たことは一度もなかった。どう反応すればいいのか。

八木の肩の震えが大きくなった。泣き声は高くなる一方だった。

「ピンチとチャンスは、いつも背中合わせだ。元トレーナーでスナックマスターだった永《なが》岡《おか》さんは、いつもそう言ってたよな。おれも、そう思うよ。いまの苦しさを乗り切りゃ、八木ちゃんにも運が向いてくるって」

「な、鳴海、す、済まない」

「苦しいときは、お互いさまさ」

鳴海は月並みなことしか言えなかった。八木は、ふたたび男泣きしはじめた。

鳴海はマールボロをくわえた。煙草を喫《す》い終えるころには、八木は泣き熄《や》んでいた。

「おまえの前で、こんなみっともないことになっちゃって、締まらねえよな。『幸栄リース』の金、明日、必ずきれいにするよ」

「そうしたほうがいいね。八木ちゃん、こいつを返しておこう」

鳴海はエルグランドの鍵《キー》を差し出した。

「よかったら、担保代わりに使ってくれ」

「そんな気を遣うなって」

「いいのか？」

「もちろんさ」

「悪いな。それじゃ、返してもらうか」

八木は車の鍵をヒップポケットに落とすと、クッション封筒を胸に抱えた。

鳴海は意図的に視線を外した。八木は泣き腫《は》らした顔を見られたくないはずだ。

「奥さんにゃ金のことは黙ってたほうがいいね」

鳴海は、八木の背中に声をかけた。八木は生返事をし、そそくさと部屋から出ていった。

これで、一つ問題が片づいた。

鳴海はトランクス姿になり、浴室に入った。のんびりとシャワーを浴び、テレビの深夜ニュースを観《み》はじめた。智奈美がひとりで部屋にやってきたのは、午前零時近い時刻だった。

ドアを後ろ手に閉めると、彼女は深々と頭を下げた。

「ご迷惑をかけてしまって、ごめんなさい」

「なんの話だい？」

「鳴海さんが六百万円用立ててくれたこと、主人から聞きました。消費者金融から借金してると知って、驚きました。彼は、自分が管理してる預金を取り崩してるとばかり思ってたの」

「奥さんに余計な心配をかけたくなかったんだろうな」

「ええ、多分ね。お借りした六百万円、とてもすぐには返せないと思うの。担保もなしで、あんな大金を貸していただいて、ほんとうに感謝してます」

「八木ちゃんも、正直者だなあ。金のことは、奥さんにも内緒にしておけって言ったのに」

「六百万円もの大金だから、黙ってるわけにはいかなかったんでしょうね」

「そうなのかな」

鳴海は短く応じた。智奈美が深呼吸をし、意を決したように言った。

「シャワーを使わせて」

「え？　どういうことなんだ⁉」

「鳴海さんに、お礼できるものが何もないんです。だから、せめて金利代わりに、わたしを……」

「八木ちゃんに言われて、ここに来たのか？」

「ううん、わたしの独断よ。鳴海さん、何も言わずに、わたしを抱いてくれませんか」

「奥さんは、いい女だよ。しかし、八木ちゃんの妻を抱くわけにゃいかない」

「わたし、なんらかの形で感謝の気持ちを表したいの」

「その言葉だけで充分だよ。帰ってくれないか。八木ちゃんには何も言わない」

「わたしに恥をかかせないで」

「帰ってくれ！　女は嫌いじゃないが、友達の女房を寝盗《ねと》るような下種野郎《げす》じゃない」

思わず鳴海は語気を荒《あら》らげた。智奈美は気圧《けお》されたように後ずさり、じきにドアの向こうに消えた。

鳴海は拳《こぶし》でドアを打ち据《す》えた。

## 4

顎《あご》の先から、汗の雫《しずく》が落ちた。

雨垂《あまだ》れのようだった。全身、汗塗《まみ》れだ。

鳴海は腹筋運動と腕立て伏せを繰り返していた。ビジネスホテルの自分の部屋だ。

午後三時過ぎだった。

鳴海は腹筋運動をしながら、智奈美のことを考えていた。前夜の唐突な申し出の背景には、何かあるのか。あるとしたら、八木との夫婦仲がしっくりいっていないのかもしれない。

自分は彼女に恥をかかせてしまったのか。黙って智奈美を抱くべきだったのだろうか。

鳴海は自問した。

たとえ夫婦仲が悪かったとしても、八木と智奈美はまだ離婚したわけではない。事情はどうあれ、彼女と深い関係になることは人の道を外すことになる。智奈美を追い返したことは間違ってはいなかったはずだ。

サイドテーブルの上で、プリペイド式の携帯電話が電子音を奏《かな》ではじめた。番号は、麦倉と八木しか知らない。

鳴海は床から立ち上がり、携帯電話を摑み上げた。

「おれだよ」

八木だった。

「消費者金融の負債、きれいにしたかい？」

「ああ、たったいまな。借用証を返してもらって、完済証明書も貰ったよ」

「よかったな」

「鳴海のおかげだよ。これで、商売に身を入れられる」

「八木ちゃん、妙なことを訊くが、奥さんとはうまくいってんだろう？」

「なんだよ、急に。智奈美がおまえに何か愚痴《ぐち》ったのか？」

「そうじゃないんだ。八木ちゃんはきのうの晩、おれから六百万借りたってことを奥さんに話したよな？」

「ああ、話したよ。もう妻に内緒にしておけないと思ったんだ」

「そう。八木ちゃんが奥さんに内緒で消費者金融から店の運転資金を借りてたことで夫婦仲がこじれるようなことには……」

「そんなに脆《もろ》くないよ、おれたち夫婦は。智奈美はおれを詰《なじ》るどころか、夫にだけ苦労をかけてたと済まながってた」

「夫婦の絆がそこまで強いなら、おかしなことにはならないな」

鳴海は、ひと安心した。昨晩、智奈美が妙なことを言いだしたのは、少しでも夫の負い目を軽くしたかったからなのだろう。

「消費者金融の借金ぐらいで、おれたち夫婦の関係は崩れたりしないさ」

「八木ちゃん、マジでのろけることはないだろ」

「えへへ。いま、神田《かんだ》にいるんだが、これから渋谷の店に出るつもりなんだ」

「そう」

「鳴海は店に来ないほうがいいぞ。きっと今夜も二階堂組の奴らが現われるだろうからな」

「わかった。きょうは、ホテルの部屋に籠《こも》ってるよ」

「そうしてくれ」

八木が先に電話を切った。

鳴海はタオルで顔と首の汗を拭《ぬぐ》い、一服した。Tシャツは汗を吸って重かった。鳴海は煙草を喫《す》い終えると、ざっとシャワーを浴びた。

衣服をまとっていると、部屋の固定電話が鳴った。鳴海は受話器を取った。フロントマンが外線電話がかかっていることを告げた。

発信者は智奈美だった。鳴海は電話を繋《つな》いでもらった。

「お店に来たら、荒らされてたの」

智奈美が取り乱した声で告げた。

「空き巣に入られたってこと？」

「ううん、そうじゃないと思うわ。電動カッターでシャッターとドアの鍵が壊されて、什《じゅう》器《き》やロゴマーク入りの備品がすべて持ち去られてるの」

「本部が強行手段を取ったんだな」

「ええ、そうだと思うわ。主人は『幸栄リース』に出かけて、連絡がとれないの」

「少し前に、八木ちゃんから電話があったんだ。借金をきれいにしたから、これから渋谷の店に向かうってさ」

「そう。わたし、どうしていいのかわからなくて、鳴海さんに電話してしまったの。一一〇番通報すべきかしら？」

「店の物はそのままにして、待っててくれないか。とにかく、これから店に行く」

鳴海は電話を切ると、大急ぎで身繕《みづくろ》いをした。

ビジネスホテルを出て、道玄坂に急いだ。八木の店まで早足で歩く。

店内に飛び込むと、智奈美はカウンターの端に坐っていた。綿ジョーゼットのワンピース姿だった。

目が合うと、智奈美が顔を赤らめた。前夜のことを思い出したのだろう。

鳴海は昨夜のことなど忘れたような顔で、店内を眺《なが》め回した。壁のあちこちに、使用禁止の貼り紙が見える。ロゴマークを剝《は》ぎ取った跡が生々しい。

「被害の証拠写真を撮《と》っておこう」

鳴海は言って、封印されたレジスターに真っ先に携帯電話のカメラを向けた。

壁面の貼り紙や床に倒れた椅子も撮った。むろん、壊されたシャッターやドアも撮影した。

オーナーシェフの八木が店に入ってきたのは、午後四時を少し回ったころだった。智奈美が涙声で、夫に事情を説明した。

「こんな暴挙は赦《ゆる》せないっ」

八木は怒りを露《あらわ》にして、すぐ警察に通報した。五分ほど経つと、パトカーと渋谷署の署員たちが駆けつけた。

刑事たちは八木夫妻から事情聴取した。居合わせた鳴海も、八木との関係を訊かれた。

捜査員たちは現場写真を撮り、遺留品をチェックした。だが、どこか熱が入っていない。民事絡《がら》みの事件のせいだろう。

八木は被害届を出し、加害者を窃盗、威力業務妨害、不法侵入、器物損壊罪で刑事告発したいと捜査員たちに言った。被害届を受理したものの、警察側はなんとなく逃げ腰だった。

警察は、八木が『プチ・ビストロ・ジャポン』と示談にすることを望んでいるのだろう。どこの国のお巡《まわ》りも同じだが、彼らは本気で治安を護《まも》り抜こうとは思っていないにちがいない。

鳴海は八木の刑事告発が無駄になることを危惧《きぐ》した。

一応、捜査員たちは加害者を割り出すだろう。しかし、ただちに裁判所に逮捕状を請求するとは思えない。のらりくらりと日数を稼ぎながら、加害者側に八木との和解を勧《すす》めるはずだ。

捜査員たちが引き揚げると、八木が鳴海に話しかけてきた。

「警察は頼りになりそうもないな」

「だね」

「こうなったら、本部に直談判《じかだんぱん》しに行く」

「八木ちゃん、おれも一緒に行くよ」

「そうか。鳴海が一緒なら、心強いな。悪いが、頼む」

「わかった」

鳴海は快諾《かいだく》した。

「わたしは、どうしたらいいの？」

智奈美が夫に指示を仰《あお》いだ。

「店の中をざっと片づけといてくれ」

「わかったわ」

「それから鍵屋を呼んで、シャッターとドアに新しい錠を取り付けてもらってくれないか」

「はい。あなた、本部の人を殴ったりしないでね。暴力沙汰《ざた》を引き起こしたら、こちらが不利になるだけだから」

「わかってるよ。できるだけ冷静に話し合うつもりだ。それじゃ、行ってくる」

八木が妻に言い、先に店を出た。鳴海は八木の後を追った。

二人は月極駐車場まで歩き、エルグランドに乗り込んだ。

運転席に坐ったのは八木だった。鳴海は助手席に腰かけた。

八木は、すぐに車を発進させた。本部の『プチ・ビストロ・ジャポン』は飯田橋《いいだばし》にあるらしい。

目的地に着いたのは六時ごろだった。

本部の自社ビルは九階建てで、ＪＲ飯田橋駅の近くにあった。表玄関はガードマンが立っている。ビル内に押し入ることは難しい。八木は車を本部の裏手の路上に駐めた。車を降りて、ビルの表玄関に回る。少し経つと、なぜかガードマンが持ち場を離れた。鳴海たちは取引先の社員を装って、本部ビルの中に入った。

二人は受付で、もっともらしい来意を告げた。

受付の女性は社内電話で連絡を取ったが、あいにく担当の者が不在だと告げた。居留守を使われていることは明白だった。

二人は目配せして、エレベーターホールに走った。受付の女性が慌《あわ》てて追ってきた。

「お客さま、困ります。無断で社内に入らないでください」

「あんたに迷惑はかけないよ。おとなしく受付カウンターに戻ってくれ」

鳴海は言って、受付の女性に鋭い目を向けた。相手がたじろぎ、身を翻《ひるがえ》した。

「契約担当の幹部社員に捩込《ねじこ》んでも、埒《らち》が明かないだろう。社長に直《じか》に抗議してやろう」

八木がエレベーターの上昇ボタンを押し、緊張した表情で言った。

「社長は、どんな奴なんだい?」

「樋口雅也《ひぐちまさや》って名で、割に押し出しがいい男だよ。四十七だったと思う」

「そう」

鳴海はプレートに目をやった。社長室は、最上階にあった。

エレベーターの扉が左右に割れた。二人は函《ケージ》に乗り込んだ。八木が⑨のボタンを押し込んだ。

エレベーターが上昇しはじめた。

八木が大きく息を吸って、ゆっくりと吐きだした。興奮を鎮《しず》めたのだろう。

函《ケージ》が停止した。

九階だった。鳴海たちはエレベーターホールに降りた。

社長室は目の前にあった。重厚なドアの前には、幹部社員らしき三人の男が立ちはだかっていた。受付の女性から連絡を受け、待ち受けていたようだ。

「社長に話があるんだ。どいてくれ」

八木が男たちに言った。すると、真ん中に立った四十代半《なか》ばの男が挑《いど》む口調で応じた。

「アポはお取りになったのかな？」

「いや、アポなしだ。しかし、どうしても直談判したいことがあるんですよ。わたしは、渋谷道玄坂店のオーナーシェフの八木という者だ」

「お引き取りください。社長は多忙なんです。アポがなければ、会わせるわけにはいきませんっ」

「邪魔だ。どけ！」

八木が喚《わめ》いて、男たちを突き倒した。倒れた男たちが相前後して起き上がり、八木に躍《おど》りかかろうとした。

「おたくら、大怪我《けが》しても知らねえぞ。おれたちは、元プロボクサーなんだ」

鳴海は三人の男に言った。男たちが顔を見合わせ、社長室のドアから離れた。

八木が先に社長室に飛び込んだ。少し遅れて、鳴海も社長室に入った。恰幅《かっぷく》のいい中年男がゴルフクラブを握って、パターの練習をしていた。

「なんだね、きみたちは？」

「渋谷道玄坂店のオーナーの八木です。樋口社長、やり方が汚いじゃないかっ」

八木が相手を詰《なじ》った。

「そちらの方は？」

「友人です」

「素人《しろうと》じゃなさそうだな。どこの組員なんだね？」

樋口が鳴海を見据えた。

「おれは堅気だよ。刃物も拳銃も呑んでないから、安心してくれ」

「什器や備品を回収させたことで文句を言いにきたらしいな」

「そうだ。あんな強引なやり方はないだろうが。本部を窃盗、威力業務妨害、不法侵入、器物損壊罪で刑事告発したからな」

八木が言った。

「一一〇番したわけか？」

「当たり前じゃないか。いずれ、渋谷署の者がここに来るはずだ」

「こちらは別に何も困らんよ。事前にＦＣ契約の解除を通告する内容証明を送ってあるんだ」

「確かに内容証明は受け取ったよ。しかし、こちらは契約を解除されるような違反行為はしてないぞ」

「おたくは不勉強だな。ＦＣ契約書の条文をちゃんと読んだのかな？」

「ひと通り、目を通したさ」

「それじゃ、自分の違約行為もわかってるはずだ」

「どんなルール違反をしたって言うんだっ」

「まあ、坐りなさい」

樋口がゴルフクラブで、応接ソファを指した。

八木と鳴海は並んで長椅子に腰かけた。樋口はキャビネットに歩み寄り、分厚いファイルを取り出した。加盟店オーナーとのＦＣ契約書が綴《と》じてあるようだ。

「八木さん、おたくは一日の目標額を大きく割り込んでることを本部に知られたくなくて、たびたび売上高を水増ししてたね？」

「そんなことはしてない」

「嘘はいけないな。おたくからの食材注文数と売上額に不審な点があったんで、本部のベテラン社員が覆面調査をしたんだよ。その結果、売上高を多めに報告してることがわかったわけだ」

「何度かそういう操作をしたことは認めますよ。しかし、本部に損失を与えたわけじゃない。きちんとロイヤルティーを払ってきたわけだからね」

「八木さん、何か思い違いをしてるんじゃないのかね？　ロイヤルティーを払えば、それでいいってもんじゃない。虚偽の報告によって、本部と加盟店の信頼関係を崩したんだ。違うかね？」

「………」

八木はうなだれた。

「それから、おたくはほかにもルール違反をやってた。オーナーが消費者金融や信販を利用した場合は必ず本部に報告しなければならないという規則になってたはずだ。しかし、おたくはそれも怠《おこた》ったね？　『幸栄リース』から、運転資金を借りたでしょ？」

「ええ。しかし、それはきょう全額返済しましたよ。報告しなければと思いつつ、つい忙しさに追われて……」

「それは言い訳にならない。おたくは、二つも契約違反をしたんだ。だから、本部としてはFC契約の解除に踏み切らざるを得なかったんだよ」

樋口が勝ち誇ったように言った。

「本部だって、オーナーを騙《だま》すようなことをしてるじゃないか」

「人聞きの悪いことを言わんでほしいな。本部が加盟店オーナーを騙すようなことをしてるって？」

「ああ。契約前に算出された一日の予想売上額は、店舗前の通行量を数十倍に水増しして弾《はじ》き出した数字じゃないか。実際にわたしの店と同じスペースで、一日に二十万円も売ってるとこがあるのか？」

「いくらでもあるよ。おたくの店が繁昌《はんじよう》しなかったのは、いろんな意味で努力が足りなかったからだろう」

「夫婦で懸命に働いたよ。しかし、半グレどもに溜《た》まり場にされてからは、売上が落ちる一方で……」

「半グレ連中をもっと早く遠ざける努力が足りなかったんだよ」

「一筋縄《ひとすじなわ》ではいかない奴らだったんだ。そんなに簡単に言ってほしくないね」

　八木が、むっとした顔で言い返した。

　会話が途切れた。鳴海は樋口に頼んで、八木のＦＣ契約書を見せてもらった。細かい条文に目を通すと、確かに八木は契約違反をしていた。

　契約解除時の条件も、オーナーには不利になっている。さまざまな名目の違約金が科せられ、オーナーが本部に預けた保証金や成約預託金の大半は没収されるシステムになっていた。

「おたくが警察に行って、被害届を取り下げるなら、自主廃業という形をとってやってもいい。そうすれば、保証金と成約預託金の一、二割を返してもいいよ。併《あわ》せて二百万円にはなるだろう」

「冗談じゃない。保証金と成約預託金の返還請求の民事訴訟も起こしてやる」

「民事裁判は時間と金がかかるばかりだよ。悪いことは言わないから、早く手を打ったほうが利口だと思うがね」

「断る。こんな理不尽なことをされて、泣き寝入りなんかできない。おれは、とことん闘《たたか》うぞ」

八木が決然と言い、すっくと立ち上がった。樋口社長は八木を引き留《と》めようとはしなかった。

鳴海は腰を上げ、八木の後を追った。さきほどの男たちの姿はなかった。

エレベーターに乗り込むと、八木がぽつりと言った。

「どこかで酒を飲みながら、ひとりで少し考えたいんだ。鳴海、おれの車で渋谷に戻ってくれないか」

「それはいいが、八木ちゃん、あんまり飲むなよ。自棄酒《やけざけ》は酔いが早いからな」

「心配するなって」

「わかったよ」

鳴海は、差し出された車の鍵を受け取った。

八木が一階で降りた。鳴海は地下駐車場まで下降して、エルグランドに乗り込んだ。

渋谷の店に戻ると、シャッターが下《お》りていた。新しい錠が取り付けられている。智奈美は中目黒のマンションに帰ったらしい。

鳴海は八木の車を駐車場に置き、宇田川町《うだがわちょう》の居酒屋に入った。

数種の肴《さかな》を注文し、カウンターで焼酎《しょうちゅう》をロックで傾ける。いくら飲んでも、いっこうに酔えなかった。

八木は、本部とどう闘うつもりなのか。本部は刑事告発されても、八木とのＦＣ契約を解除するつもりだろう。

八木の契約違反は民事訴訟で不利な材料になるはずだ。腕のいい弁護士を味方につけたとしても、裁判で勝ち目はないだろう。それ以前に、彼は弁護士費用も捻出《ねんしゅつ》できないのではないか。

洋風居酒屋を畳むことになったら、八木夫妻はどう生きていくのか。

鳴海は自分の身の振り方も定まっていないのに、本気で二人の行く末を案じた。情けないが、いまの自分にはもう何もしてやれない。

鳴海は居酒屋からスタンドバーに河岸《かし》を移し、深夜まで酒を呷《あお》った。ビジネスホテルに戻ったのは午前一時過ぎだった。

服を着たままベッドに横たわると、すぐに部屋の内線電話が鳴った。かけてきたのは智奈美だった。

「主人が、八木が死んだんです」

「なんだって⁉　いつ、どこで死んだんだ？」

鳴海の視界から一瞬、色彩が消えた。まるでモノクロ写真を見ているようだった。

「十一時半ごろ、四谷《よつや》の歩道橋の階段から転げ落ちて、首の骨を折ったらしいの。四谷署の電話によると、主人は泥酔状態だったと言うんです。誰かが救急車を呼んでくれたそうだけど、すでに八木は息絶えてたそうよ」

「で、八木ちゃんの遺体は？」

「四谷署に安置されてるそうです。これから、タクシーで四谷署に行くんだけど、なんだか心細くて……」

智奈美の語尾が湿った。懸命に嗚咽《おえつ》を堪《こら》えているのだろう。

「おれもタクシーで四谷署に向かう。いや、中目黒のマンションに奥さんを迎えに行こう」

「わたしは大丈夫です。四谷署に直行してもらえますか？」

「わかった。警察で落ち合おう」

鳴海は受話器を置くと、そのまま部屋を走り出た。

何も考えられなかった。一刻も早く八木の変わり果てた姿を自分の目で確かめたい。

鳴海はそう思いながら、エレベーター乗り場まで一気に駆けた。

# 第三章　怪《あや》しい妻

## 1

線香の煙が立ち昇りはじめた。

鳴海は、八木の遺影に合掌した。故人の住んでいたマンションの和室である。

遺骨は急ごしらえの小さな祭壇の上に置かれている。亡骸《なきがら》が荼毘《だび》に付されたのは、数時間前だった。

八木とこんなに早く別れがくるとは思わなかった。心残りだろうが、安らかに眠ってほしい。

鳴海は軽く瞼《まぶた》を閉じ、胸底で呟いた。

一昨日《おととい》の夜、八木が歩道橋の階段から転げ落ちる瞬間を複数の者が目撃している。そんなことから、四谷署は検視をしただけで事故死と断定した。司法解剖はもちろん、行政解剖もされなかった。

きのうの午後に遺体は四谷署からセレモニーホールに搬送《はんそう》され、そこで通夜が執《と》り行われた。

淋《さび》しい通夜だった。弔問客《ちょうもんきゃく》は少なかった。

五島《ごとう》列島で育った八木は十九歳のときに家出同然に故郷を離れて以来、身内とはつき合っていなかった。かつてのボクサー仲間やパン職人時代の同僚が数人、通夜に訪れただけだった。

北海道《ほっかいどう》出身の智奈美も親類は多くない。きょうの告別式には、彼女の実兄と母親が列席したきりだ。父親はすでに他界している。

鳴海は祭壇から離れ、座卓に向かった。八畳の和室には、百合《ゆり》の香りが充満している。

煙草に火を点けたとき、未亡人の智奈美が茶を運んできた。白いブラウスに、下はチャコールグレイのタイトスカートだった。やつれが痛々しい。

「大変だったな」

「わたしよりも、鳴海さんのほうが……」

「おれは、ただ故人のそばにいてやっただけだよ」

「それでも、どんなに心強かったか。いろいろお世話になりました」

智奈美が畳に正坐《せいざ》して、深く頭を下げた。

「仰々《ぎょうぎょう》しいことはやめてくれないか。八木ちゃんは友達だったんだ。おれは、当然のことをしただけだよ」

「でも、鳴海さんには六百万円も用立てていただいて……」

「あの金は、すぐに返してくれなくてもいいんだ」

「お借りした六百万円は、そう遠くない日にお返しできると思います」

「八木ちゃん、生命保険にでも入ってたの？」

鳴海は訊《き》いた。

「ええ。夫はわたしのために、全日本《ぜんにほん》生命の定期保険に加入してくれてたんです」

「定期保険？　おれ、生命保険には疎《うと》いんだ。どんな保険なのかな？」

「一定の保険期間内に被保険者が亡くなった場合だけに保険金が支払われるものなんです。期間は五年、十年、十五年、二十年とあるようですけど、契約者から解約の申し出がなければ、医師の審査なしで自動的に五年間契約が更新されるんです」

智奈美が説明しながら、鳴海の前に茶を置いた。

「保険には、いろんな種類があるんだな」

「ええ、そうね。一生涯を保険期間とするものは、終身保険と呼ばれてるらしいの」

「ふうん」

「主人はわたしを受取人にして、二千万円の定期保険を掛けてくれてたんです。近々、必要な書類を揃えて、全日本生命に保険金の請求をするつもりなの。保険金が下《お》りたら、すぐに鳴海さんに六百万円をお返しします。それまでお待ちになってね」

「あの金は、あるとき払いの催促なしでいいんだ。それより、店はどうするつもりなんだい？　八木ちゃんの代わりに、おれが本部と闘《たたか》ってもいいよ」

「鳴海さんに、そこまで甘えられません。それに、八木はFC契約に違反することをしたという話でしたよね？」

「ああ。その点は、八木ちゃんも認めてたよ」

「となると、民事の裁判で勝算は……」

「ないかもしれねえな。ただ、一千万円の保険金と三百万の成約預託金をそっくりペナルティーとして没収されることはないと思うぜ。決着がつくまで長い時間がかかりそうだが」

　鳴海は煙草の火を消し、緑茶を啜《すす》った。

「裁判中は営業できないということになるんじゃないかしら？」

「そのへんのことはよくわからねえが、そうなる可能性もあるだろうな」

「FC契約書にはオーナーの相続人は権利を受け継《つ》げると明記されてるんだけど、わたしひとりで店を切り盛りするのは無理だと思うの」

「おれが店を手伝ってもいいよ」

「鳴海さんに、これ以上、迷惑はかけられないわ。わたし、お店を畳みます。死んだ主人には叱《しか》られそうだけど、とてもひとりじゃ……」

「そうか。それじゃ、少しでも多く保証金と成約預託金が戻るよう本部に掛け合ってやろう」

「よろしくお願いします」

「今後、どうするつもりなんだい？」

「気持ちが落ち着いたら、まずこのマンションを引き払うつもりです。家賃の負担も重いし、独《ひと》り暮らしには広すぎるでしょ？」

「そうだね。生活のほうは、どうする気なんだい？」

「デパートのマネキンでもやろうと思ってるの。派遣《はけん》店員は身分が不安定だけど、デパートの正社員よりも収入がいいんです」

「そうか、奥さんは独身時代に丸越《まるこし》デパートの紳士服売り場で働いてたんだっけな？」

「ええ。それでスーツを買いに来た八木に、いきなりデートに誘われて……」

「その話は、八木ちゃんから聞いたことがあるよ。八木ちゃんは、奥さんに一目《ひとめ》惚《ぼ》れしたとか言ってた」

「夫の押しに負けて、結局、結婚することになったの。兄と母には猛反対されたんですけどね」

「そうだったのか。八木ちゃんは不器用な生き方しかできなかったが、女性に対しては誠実な男だったと思うな」

「ええ、その通りだったわ」

智奈美がうつむいた。悲しみが込み上げてきたようだ。

鳴海は、またマールボロに火を点けた。

智奈美にも打ち明けていなかったが、彼は八木の転落死に納得できないものを感じていた。九州男児の八木は、並外れた酒豪だった。ボクサー時代にアブサンのボトルをひとりで空《あ》けても、ほとんど乱れなかった。

一昨日、八木がしこたま自棄酒《やけざけ》を飲んだことは間違いないだろう。

しかし、大酒飲みの彼が足を踏み外すほど酔っ払うだろうか。その点が釈然《しゃくぜん》としない。

事故当夜、故人のポケットには二軒の酒場のレシートしか入っていなかった。そのレシートの明細では、それほどの酒量は飲んでいない。

その後、八木は自動販売機でカップ酒を買い求めたのだろうか。仮にカップ酒を四、五杯飲んだとしても、彼なら泥酔状態にはならないのではないか。

しかし、複数の人間が八木の転落時の姿を目撃している。証言者たちは、彼が階段を踏み外したと口を揃えているという話だった。

だとすると、やはり事故死だったのか。

鳴海はそう思いながらも、なんとなく腑《ふ》に落ちなかった。故人の首筋に小さな青痣《あおあざ》があったことに引っかかる。

その打撲の痕は、パチンコ玉ほどの大きさだった。

八木は歩道橋の階段を降りかけたとき、ゴム弾かハンティング用のスリングショットの鋼鉄《こうてつ》球《きゆう》を浴びせられたのか。その衝撃で、つい体のバランスを崩してしまったのだろうか。

四谷署の署員たちは、八木の青痣は転落時に歩道橋の階段の手摺《てすり》の突起部分にぶつけたときのものだろうと推測していた。そうだったとしたら、もう少し打撲傷が大きいのではないか。

後で事故現場に行ってみることにした。

鳴海は短くなった煙草の火を灰皿の底で揉《も》み消し、腕時計に目をやった。もう数分で、午後五時になる。

「お腹《なか》、空《す》いたでしょう？　いま、お鮨《すし》を出前してもらいますね。少し弔《とむら》い酒をつき合ってください」

智奈美が優美に立ち上がった。

そのとき、部屋のインターフォンが鳴り響いた。智奈美が居間に走り、壁掛け式の受話器を取り上げた。

遣《や》り取《と》りは短かった。インターフォンの受話器をフックに掛けると、智奈美が和室に急ぎ足で戻ってきた。

「本部の樋口社長よ。焼香させてほしいって。それから、今後のことも相談したいと言ってるの。どうしようかしら?」

「奥さんの好きなようにしなよ」

「焼香なんかしてもらいたくない気持ちだけど、今後のことを一度話し合う必要はあるわね」

「そうだな」

「いいわ、樋口社長をお通しします」

「そう」

鳴海は短い返事をした。

智奈美が玄関に向かった。待つほどもなく樋口が和室に入ってきた。

ひとりではなかった。五十四、五歳の銀髪の男と一緒だった。

「こちらは、うちの会社の顧問弁護士の奥寺慎治《おくでらしんじ》先生です」

樋口が鳴海に言った。奥寺が会釈《えしゃく》する。鳴海も目礼した。

二人の来訪者は、黒っぽい背広を着ていた。

智奈美が和室の隅に正坐すると、樋口は祭壇の前に腰を落とした。これ見よがしに香典袋を供し、線香を香炉に立てた。奥寺弁護士は合掌しただけだった。

樋口と奥寺は座卓の向こう側に並んで坐った。

智奈美が型通りの挨拶《あいさつ》をし、ダイニングキッチンに足を向けた。茶の用意をするのだろう。

「こちらは、八木オーナーのご友人だそうです」

樋口社長が顧問弁護士に言った。奥寺は小さくうなずき、すぐに問いかけてきた。

「失礼ですが、お名前は？」

「鳴海です」

「ご職業は？」

「そこまで答える義務はないと思うがな」

「ええ、おっしゃる通りです。失礼いたしました」

奥寺が苦く笑った。

二人分の茶を盆に載せた智奈美が和室に戻ってくるまで、三人の男は誰も口をきかなかった。気まずい空気が部屋を支配する。

智奈美は二人の来客の前に湯呑み茶碗を置くと、鳴海のかたわらに正坐した。

「先生、お願いします」

樋口社長が弁護士の奥寺を促《うなが》した。奥寺が心得顔で切り出した。

「奥さんはご主人の遺志を継がれて、『プチ・ビストロ・ジャポン』と全面対決なさるおつもりですか？」

「そちらのお考えを先に聞かせていただけませんでしょうか。あくまでFC契約は解除したいというお考えなんですか？」

「基本的な考えは、そういうことになりますね。ただ、まったく柔軟性がないわけではありません」

「もう少し具体的におっしゃっていただけますか？」

「いいでしょう。譲るべきところは譲っても構わないと考えています」

「それじゃ、質問の答えになってないんじゃねえのかな？」

鳴海は口を挟んだ。あえて乱暴な物言《ものい》いをしたのは、先方の懐柔《かいじゅう》作戦にはあっさりとは乗らないというポーズだった。

「確かに抽象的な言い方でしたね。はっきり申し上げましょう。そちらが刑事告発を断念されるなら、保証金等の返還については善処する用意があります」

「善処なんて言い方は、まどろっこしいな。警察の被害届を取り下げりゃ、保証金と成約預託金はそっくり返してくれるってことかい？」

「そんなことはできない。八木オーナーは、二つも契約違反をしてるんだからな」

樋口社長が怒気《どき》を含んだ声で言った。

「どのくらい返してくれるのかな?」

「保証金は二百万、預託金を百万返還してやってもいい。併《あわ》せて三百万は、すぐにでも返してやろう」

「そんな端金《はしたがね》で泣けって言うのか。話にならねえな」

「あなたは黙っていただきたい。和解に応じるかどうかを決めるのは、八木氏の奥さんなんです」

奥寺弁護士が鳴海の言葉を遮《さえぎ》った。鳴海は感情的になりそうだったが、ぐっと気持ちを抑《おさ》えた。

「いかがです?」

奥寺が智奈美を見つめた。

「さきほど提示された金額の根拠は?」

「FC契約書には、加盟店オーナーが契約事項に反した場合、平均月額ロイヤルティーの十二カ月分相当額の違約金を払わなければならないと特記されています」

「ええ、そのことは存じています」

「それは違約一件についてのペナルティーです。亡くなられたご主人は、二件のルール違反をしています。さらに第四十五条一項第五号にも違反し、本部の企業イメージに傷をつけました。具体的に申し上げると、先夜、通告文を読み上げた幹部社員に八木オーナーが殴《なぐ》りかかろうとしたことです。店の客や通行人にそのような場面を見られたら、『プチ・ビストロ・ジャポン』のイメージはダウンします。そのペナルティーとして、三百万円を本部に払わなければならないのです。そうした罰金を合計すると、実際には保証金も預託金もほとんどオーナーには戻らない計算になりますね」

「待ってください。先夜、本部の方たち五人が店に押しかけてきて、強引にロゴマーク入りの備品なんかを回収しようとしたことは、ルール違反にならないんですかっ」

「予《あらかじ》めFC契約の解除通告を内容証明でお伝えしているはずです。つまり、法的な手続きはきちんと踏んでるわけですよ。したがって、別に問題はないということになります」

「…………」

「ただ、シャッターとドアを抉《こ》じあけて店内に入って、什器や備品を回収したことは多少、強引だったかもしれません。その分を考慮して、三百万円の返還で手を打っていただけないかと提案しているわけです」

「開業資金に二千五百万円もかかったのに、戻ってくるお金は三百万円だけなんですか」

「ご主人に商才があれば、オープン二年ぐらいで投資したお金は回収できたと思います。しかし、赤字経営は本部の責任ではありません。オーナーの才覚次第で黒字は出せるはずですから」

「それはそうでしょうけど」

「和解が成立しなかった場合は、刑事でも民事でも徹底的にやり合うことになります。時間と費用がかかることは、ご存じでしょ？」

「ええ」

「われわれだって、できれば実りの少ない争いごとは避けたいですよ。奥さん、ここで和解に応じたほうが賢明だと思いますがね」

「わかりました。不満は不満ですけど、仕方がありません」

　智奈美が意を決した。

　奥寺弁護士は顔を綻《ほころ》ばせ、書類鞄《かばん》から何通かの念書を取り出した。智奈美は念書に署名捺印《なついん》し、三百万円の現金を受け取った。

　樋口と奥寺は、ほどなく辞去した。智奈美は和室に戻ってくると、早口で言った。

「鳴海さん、この三百万をお持ちになって。残りの三百万を主人の死亡保険金が入り次第、すぐにお返ししますので」

「こっちが用立てた金は、いつでもいいよ。これから何かと金がかかるんだから、そっちに回しなって」

「いいんですか？」

「ああ」

「すみません。いま、お鮨を注文しますね」

「せっかくだが、急用を忘れてたんだ。きょうは、これで失礼する。何か困ったことが起きたら、いつでも連絡してくれないか」

鳴海は智奈美にプリペイド式の携帯電話のナンバーを教え、勢いよく立ち上がった。智奈美に見送られて部屋を出る。

鳴海はマンションの近くでタクシーを拾い、四谷に向かった。

八木が転落死した歩道橋は新宿通りに架《か》かっている。四谷三丁目交差点から、数百メートル新宿寄りだ。

鳴海は歩道橋の近くでタクシーを降り、付近の建物を見回した。沿道にはビルが建ち並び、狙撃者が身を潜《ひそ》められそうな繁みや遮蔽物《しゃへいぶつ》はない。

八木が誰かにゴム弾かスリングショットの鋼鉄球で首を撃《う》たれたと思ったのは、考え過ぎだったようだ。

鳴海は苦く笑って、歩道橋の階段を上がりはじめた。

階段の途中に、五十絡《がら》みの男がいた。スポーツ刈りで、やや猫背だ。男は懐中電灯の光を手摺《てすり》に当てていた。

「何をしてるんです？」

鳴海は下から問いかけた。

「いや、なに……」

「何か探し物みたいですね？」

「ああ、ちょっとね」

「何を落としたんです？」

「娘が階段の途中で、コンタクトレンズを片方落としたらしいんですよ。しかし、本人が探すのはみっともないって言うんで、仕方なくわたしが……」

「コンタクトレンズを落としたのは、いつのことなんです？」

「それが、きのうらしいんだ。明るいうちから探してるんだが、いっこうに見つからなくてね。もう諦《あきら》めますよ」

男は照れ臭《くさ》そうに言い、階段を一気に駆け降りていった。

鳴海は階段を上がりきった。反対側にも階段がある。

反対側の階段の上段に狙撃者が身を潜めていて、背後から八木の首にゴム弾か鋼鉄球を撃ったとは考えられないだろうか。そして、姿勢を低くして反対側の階段をそっと降りれば、誰にも目撃されずに済むのではないか。

そういう人物がいたとしたら、おそらく八木がこの歩道橋をよく使ってたことを事前に知っていたのだろう。しかし、このあたりに八木の行きつけの飲み屋があるという話は聞いたことがない。自分の考えたことは、一種の妄想なのか。

鳴海は歩道橋を進みはじめた。

橋の中ほどまで歩いたとき、上着の内ポケットで携帯電話が鳴った。携帯電話を耳に当てると、老興行師の声が流れてきた。

「鳴海、明日から歌謡ショーの地方巡業に同行してもらえないだろうか。おれが歌手や芸人に付き添《そ》うつもりでいたんだが、足を捻挫《ねんざ》してしまってな」

「巡業先で何かトラブルが起こりそうなんですか？」

「ああ。土地の新興やくざが自分のとこに挨拶がないって腹を立ててるという情報が入ったんだよ。無理にとは言わんが、都合がついたら、ひとつ助けてもらいたいんだ」

「わかりました。実は、いま四谷にいるんですよ。これから、社長のオフィスに向かいます」

鳴海は電話を切って、歩道橋の降り口に急いだ。

## 2

幕が上がった。

拍手が鳴り響いた。ステージには、銀ラメの舞台衣裳をまとった奇術師の中年夫婦が立っている。

石川《いしかわ》県七尾《なな お》市内の公会堂だ。第一部の演芸ショーは、予定通りに午後六時に開演された。

　鳴海は場内を見回した。

　三百名弱の入場者の中には、地元のやくざと思われる男たちは混じっていない。

　今夜も何も起こらないことを祈ろう。鳴海は最後列のシートに腰かけた。

　八木の葬儀があったのは五日前だ。その翌日から、鳴海は地方巡業団に付き添っていた。きのうまで輪島《わじま》市にいた。

　二週間の予定で、石川、富山《とやま》、福井《ふくい》の三県で公演をする予定になっている。それぞれの巡業地の顔役たちには、すでに老興行師の花田が電話で挨拶をしてくれてあった。これまでは何もトラブルは発生していない。

　だが、この先はわからなかった。

　芸能、演芸、格闘技試合などの興行は、巡業先の有力者たちの協力がなければ、仕事にならない。そのため、昔からの興行師たちは巡業地の名士《セレブ》、実業家、筋者《すじもの》の親分たちと日頃から親交を深めている。たいていは、それで無事に興行が打てる。

　しかし、新興やくざの勢力が強い地域では、さまざまな妨害をされることがある。興行権を巡《めぐ》る対立で、〝荷《に》〟と呼ばれている芸人やタレントが人質にされたケースもあった。

　花田の話によると、四、五年前から竜神《りゅうじん》連合会という武闘派の新組織が北陸地方でのさばりはじめているらしい。竜神連合会のバックは大阪の最大組織だという。

ステージの上では、オーソドックスな手品が披露されている。マジシャンは空中にカラフルな傘や造花を浮かべたり、鳩やリスを使った奇術を見せた。

人体浮揚や人間消失といった大がかりな仕掛けは一つもなかった。しかし、年配者の目立つ客たちはそれなりに愉《たの》しんでいる様子だった。

奇術は声帯模写に引き継がれ、やがて漫談に移った。第一部のトリは浪曲だった。

そのあと十分の休憩を挟んで、第二部の歌謡ショーがはじまる。前座の男女歌手がそれぞれ二曲ずつ歌い、小日向あかりが大トリを務めるという構成になっていた。

浪曲がはじまると、鳴海は楽屋に回った。

スター演歌歌手の小日向あかりだけが個室を与えられている。鳴海は、あかりの楽屋のドアをノックした。

「はーい」

ドア越しに、付き人の女性の応答があった。綾子《あやこ》という名で、二十七、八歳だ。

鳴海は名乗った。

綾子がドアを開け、垂れ目を和《なご》ませた。

「別に変わったことはないよね?」

「はい」

「こっちは楽屋の出入口のとこに立ってるから、少しでも妙なことがあったら、すぐに教えてほしいんだ」

　鳴海は言いながら、奥を見やった。

　美人演歌歌手は姿見に全身を映していた。いかにも高価そうな総絞《そうしぼ》りの着物をまとい、髪をアップに結《ゆ》い上げている。白い項《うなじ》が色っぽい。

「悪いけど、ちょっと席を外してくれないかな。鳴海さんに話があるのよ」

　あかりが付き人に言った。鏡を覗き込んだままだった。

　綾子がすぐに楽屋から出ていった。鳴海は入れ代わりに、八畳ほどの広さの専用楽屋に入った。

　二畳分だけ畳が敷かれ、そこに小日向あかりの洋服やキャリーケースが置いてあった。

「どう？」

　あかりが振り向いて、小首を傾《かし》げた。

「きれいだね」

「どっちが？　顔？　それとも、着物のほうなの？」

「両方とも、きれいだよ」

「ありがとう。やっぱり、あなたとは会えたわね」

「そうだな」

「なんだか愛想がないのね。わたしみたいな女は、好みのタイプじゃないの？」

「若い女は、すべて好きだよ」

「うふっ、正直ね。奥さんは？」

「まだ独身だよ」

「でも、彼女はいるんでしょ？」

「決まった女はいない」

「ほんとに？」

「ああ」

「それなら、今夜、二人だけで飲まない？」

「何を考えてるんだ？」

鳴海は訊いた。

「そんなに警戒しないでよ。わたし、あなたを独り占めにしようなんて考えてないわ。ただ、もっと鳴海さんのことを知りたいだけよ」

「そうか」

「いいでしょ？」

「考えておこう」

「あら、ずいぶんもったいぶってるのね」

「別に気取ったわけじゃない」

「もしかしたら、恋の駆け引きってやつ？　恋愛って、先に相手を好きになったほうが負けだもんね」

「そうなのか。こっちは本気で女に惚れたことがないから、よくわからないんだ」

「一度も本気で恋愛をしたことがないの!?」

「うん、まあ」

「それって、不幸なことよ」

あかりが言った。

「そうかな」

「絶対に、そうよ。恋愛こそ、活力源なんじゃない？　恋をしてるから、生きてる歓《よろこ》びを味わえるんだと思うわ」

「そういう人間もいるかもしれないな」

「あなた、どこか屈折してるのね。それはそうと、ほんとに一緒に飲みましょうよ。ね？」

「わかった。つき合うよ。それより、出番の準備は？」

「いつでも出られるわ」

「それじゃ、客をせいぜい楽しませてくれ」

鳴海は言いおき、あかりの専用楽屋を出た。一般楽屋の前を通り、ステージの袖《そで》の近くにたたずむ。

六十過ぎの浪曲師が名調子で唸《うな》っていた。客席に不穏《ふおん》な動きはない。

鳴海は廊下の喫煙コーナーの椅子に腰かけ、マールボロに火を点けた。

巡業の一行は今夜、七尾《なな お》西湾に面した和倉《わくら》温泉のホテルに泊まることになっていた。

小日向あかりの部屋は、一泊八万円のデラックスルームだった。前座歌手、演芸家、楽団員たちは安い部屋を振り当てられていた。

花田は、鳴海に五万円の部屋を取れと言ってくれた。しかし、鳴海は簡素なシングルのベッドルームを選んだ。

寝られるスペースがあれば、それで充分だった。老興行師には五百万円も借りている。その上、贅沢《ぜいたく》をするのは心苦しかった。

第一部が終わったのは、ちょうど七時だった。

鳴海は立ち上がり、ステージを覗いた。幕は下《お》りている。バンドのメンバーが、おのおのの楽器のチューニングをしていた。

二人の前座歌手は、早くも舞台の袖に控《ひか》えている。

最初に歌うことになっている女性歌手は、もう三十歳近い。大手のレコード会社からCDシングルを二枚出しているが、どちらも売れなかった。それで、自分よりも年齢の若い小日向あかりの前座を務めているわけだ。

二番目にステージに立つ男性歌手は、津軽三味線《つがるじゃみせん》の弾《ひ》き語りを売り物にしている。三十代の後半だ。

元民謡歌手だけあって、声には張りがある。太棹《ふとざお》の撥捌《ばちさば》きも鮮やかだ。

だが、見てくれが冴《さ》えない。小男で、猿のような面相《めんそう》をしている。スター性はまったくなかった。

二人とも早いとこ見切りをつけたほうがいいと思うが、なかなか芸能界から脱《ぬ》けられないのだろう。

鳴海は心の中で思った。

芸能界で〝営業〟と呼ばれている地方巡業やキャンペーンは辛さもあるが、旨味《うまみ》も味わえる。

たとえ一曲でもヒットのある歌手なら、それ相当の出演料を稼《かせ》げる。超大物歌手が地方のホテルのディナーショーに出演すれば、ワンステージ四、五百万円になる。

過去に一曲でもヒットを飛ばしていれば、ワンステージで最低数十万円の出演料は貰《もら》える。前座歌手にしても、五、六万円は稼げる。労働単価は決して悪くない。

また、余禄《よろく》もある。地方の名士や顔役たちに個人的に料亭や高級レストランに招かれ、祝儀の類《たぐい》を貰うケースが少なくない。むろん、その分は税務署に申告しなくても済む。

テレビや大劇場で見かけなくなった芸能人たちが意外にリッチなのは地方巡業に励《はげ》み、

名士や顔役に小遣いを貰っているからだ。個人の結婚式や各種の催し物にゲスト出演しているタレントもいる。

人には、それぞれ生き方がある。風来坊《ふうらいぼう》の自分が売れない歌手たちのことをとやかく言えない。

鳴海は自分を戒《いまし》め、会場内の警備に当たりはじめた。

二人の前座歌手が歌い終わると、スター歌手の小日向あかりがステージに登場した。あかりは盛大な拍手で迎えられた。

一曲目は、彼女の最大のヒット曲だった。一段と拍手が高くなった。

あかりは一礼すると、情感たっぷりに歌いはじめた。小節をきかせ、実に気持ちよさそうに歌う。

眉根《まゆね》を寄せた表情には、ぞくりとするほどセクシーだった。真紅の唇の動きも妖《あや》しい。

あかりはベッドでクライマックスに達したとき、あんな顔になるのだろうか。

鳴海は舌嘗《したな》めずりした。

その直後だった。会場の後方のドアが乱暴に開けられ、爆竹《ばくちく》が投げ込まれた。けたたましい炸裂《さくれつ》音が響き、場内が騒然となった。バックバンドの演奏が中断され、あかりはステージの中央で立ち竦《すく》んだ。

「みなさん、落ち着いて！　立たないでください。何も心配はありませんので」

鳴海は客たちに大声で言い、公会堂のホールに出た。ちょうど半グレっぽい男が受付係の青年を蹴倒し、正面玄関から表に飛び出そうとしていた。

鳴海は、逃げる男を追った。二十代半《なか》ばのずんぐりとした男は、公会堂の駐車場に向かって駆けている。

鳴海は猛然と走り、男に体当たりをくれた。

男が前のめりに倒れる。鳴海は走り寄って、相手の脇腹を蹴った。男が手脚《てあし》を縮め、野《の》太《ぶと》く唸った。

「竜神連合会だなっ」

鳴海は顔全体に凄《すご》みを拡《ひろ》げた。

男は答えようとしない。逃げ出すチャンスをうかがっている様子だった。

半端者《はんぱもの》にパンチを使うのは、もったいない。鳴海は無言で男を蹴りまくった。

場所は選ばなかった。頭から脹《ふく》ら脛《はぎ》まで蹴りつけた。男は毬《まり》のように砂利の上を転がった。

「もう一度訊く。てめえは竜神連合会の者だな?」

「そ、そうだよ」

「仲間はどこに隠れてやがるんだっ」

「おれひとりで来たんだ」

「てめえに、それだけの度胸があるとは思えねえな」

「ほんとだよ」

「兄貴分に言っとけ。これ以上くだらねえことをしやがったら、竜神連合会の事務所にダイナマイトを投げ込むってな」

鳴海は言うなり、男の腰を蹴った。

そのとき、背後で車のエンジン音が高く響いた。体ごと振り返ると、無灯火の白いアルファードが迫っていた。

十メートルも離れていない。

鳴海は駐車中の車の間に走り入った。アルファードは目の前を走り抜《ぬ》け、ずんぐりとした男の横に急停止した。

逃げる気なのだろう。鳴海は走路に出た。爆竹を投げた男は仲間のアルファードに乗り込んだ。

鳴海は走った。だが、追いつかなかった。無灯火のアルファードは表通りに出ると、フルスピードで走り去った。

少し警戒したほうがいいだろう。

鳴海は公会堂の中に戻った。

ステージでは、あかりが何事もなかったような顔で歌っていた。客たちも落ち着きを取り戻したように見えた。

鳴海は、ひとまず安堵《あんど》した。第二部が終了するまで、場内を巡回しつづけた。

客たちが帰りはじめたころ、鳴海は楽屋に回った。第一部の出演者たちは、すでにホテルに引き揚《あ》げていた。

一般楽屋から前座歌手やバンドマンたちが次々に現われ、ホテルの送迎バスに乗り込む。楽屋裏には、黒塗りのハイヤーが待機していた。

少し待つと、専用楽屋からミニ丈《たけ》の白いワンピースを着た小日向あかりが出てきた。その後から、衣裳バッグを提《さ》げた付き人が現われた。

「さっきの爆竹は誰の仕業《しわざ》だったの？」

あかりが問いかけてきた。

「地元のワルガキどものいたずらだよ」

「ほんとに？　もしかしたら、竜神連合会の厭《いや》がらせなんじゃない？」

「いや、そうじゃなかったよ。さ、ホテルに戻ろう」

鳴海は美人演歌歌手を急《せ》かして、ハイヤーに乗せた。自分も彼女の横に乗り込む。付き人の綾子は、ホテルのマイクロバスに乗った。

和倉温泉街までは、わずか七キロしか離れていない。

「地元の飲み屋さんもいいんだけど、なんか落ち着いて飲めないのよね」

走るタクシーの中で、あかりが言った。

「有名人だからな」

「それほどでもないけど、ちょっとは顔を知られてるから、居合わせたファンに握手を求められたり、サインをねだられたりするの」

「それじゃ、落ち着かないよな」

「ええ、そうなの。ホテル内のバーも似たようなものね。いっそのこと、わたしの部屋で乾杯しない？　ね、そうしよう？」

「おれは、どこでもかまわないよ」

鳴海はそう言い、口を噤《つぐ》んだ。運転手の耳を憚《はばか》ったのである。

ホテルに到着するまで、あかりもほとんど喋らなかった。

二人はハイヤーを降りると、十五階のデラックスルームに直行した。居間付きで、奥の寝室は二十畳以上あった。

あかりがルームサービスで、ブランデーとオードブルを部屋に運ばせた。鳴海たちはリビングソファに坐《すわ》り、ブランデーを傾けはじめた。

あかりは鳴海を潤《うる》んだような目で見つめながら、ブランデーをハイピッチで飲んだ。オードブルには、ほとんど手をつけようとしない。

「少し何か腹に入れないと、酔っ払うよ」

「いいのよ、早く酔いたいんだから」

「そうかい」

二人の会話は弾《はず》まなかった。

あかりはブランデーを三杯空けると、おもむろに立ち上がった。

「わたし、少し酔ったみたい」

「大丈夫か？」

「ええ、煙草を取ってくるわ」

「マールボロでよけりゃ、喫《す》えよ」

鳴海は言った。

あかりが謎めいた微笑を浮かべ、奥の寝室に消えた。十分近く経《た》っても、彼女は戻ってこない。

「酔って気持ちが悪いのか？」

「ううん」

「煙草が見つからないのかな」

「ねえ、こっちに来て」

「どうしたっていうんだ？」

鳴海はソファから立ち上がり、寝室に歩《ほ》を運んだ。

あかりがベッドに横たわっている。一糸もまとっていない。洒落《しやれ》たデザインの照明は、煌々《こうこう》と灯っていた。

「抱いてほしいの。だって、三カ月以上も男っ気《け》なしだったんだもん」

あかりが甘やかな声で誘った。

鳴海は返事の代わりに、手早く服を脱ぎ捨てた。素っ裸になり、静かに胸を重ねる。

あかりが、すぐに唇を重ねてきた。噛《か》みつくようなキスだった。

二人は濃厚なくちづけを交わしながら、互いの体をまさぐり合った。美人演歌歌手の胸はそれほど大きくないが、感度は良好だった。

乳首を抓《つま》んだだけで、顎をのけ反らせた。秘めやかな亀裂《きれつ》をなぞると、早くも濡れそぼっていた。

あかりは鳴海の逞《たくま》しい体を愛《いと》おしげに撫《な》で回し、性器を握り込んだ。

ペニスが膨《ふく》らむと、彼女のしなやかな指は先端部分を集中的に刺激しはじめた。指の動きに無駄《ロス》はなかった。

やがて、二人は秘部を舐め合う姿勢をとった。たっぷり口唇愛撫を施《ほどこ》し合ってから、鳴海はあかりの中に分け入った。

二人は獣のように熱く交わった。

あかりは幾度も猥《みだ》りがわしい声を洩《も》らし、切なげに腰をくねらせた。鳴海は体位を変えるたびに、ベッドパートナーを頂《いただき》に押し上げた。

そのつど、あかりはリズミカルに裸身を震わせた。呻き声と唸り声を交互に発しながら、乱れに乱れた。鳴海も堪《こら》えていたエネルギーを放出した。

体を離すと、あかりは眠りに落ちた。

鳴海は静かに寝室を出て、シャワーを浴びた。それから部屋を出て、二階のバーに入った。

飲み足りなかったのだ。鳴海はカウンターの端に坐り、バーボン・ロックを啜《すす》りはじめた。ウイスキーはブッカーズだった。

仄暗《ほのぐら》いテーブル席には、幾組かのカップルがいた。ビル・エヴァンスのナンバーが控え目に流れていた。

二杯目のロックを飲み干したとき、バーに一組のカップルが入ってきた。男は四十年配だった。

鳴海は連れの女の顔を見て、危うく声をあげそうになった。なんと八木智奈美だった。

智奈美は鳴海に気づくと、明らかに狼狽した。

鳴海は意図的に智奈美に声をかけなかった。智奈美が連れの男に何か耳打ちした。男が小さくうなずいた。二人は、あたふたとバーから出ていった。

「すぐに戻ってくるよ」

鳴海はバーテンダーに声をかけ、智奈美たちを追った。

二人はホテルの螺旋《らせん》階段を降り、フロントに向かっていた。鳴海は吹き抜けの二階ホールから一階ロビーを見下ろした。

智奈美たち二人はフロントで部屋の鍵《キー》を受け取ると、エレベーター乗り場に向かった。

鳴海は二人が函《ケージ》に乗り込んだのを見届けてから、一階ロビーに降りた。フロントには、五十歳前後のホテルマンが立っていた。

「いま、部屋の鍵を受け取ったのは東京の五井《ごい》物産の鈴木実《すずきみのる》さんでしょ？」

鳴海は鎌をかけた。

「いいえ、違います」

「そんなはずないな。あれは、絶対に鈴木さんだった」

「あのお客さまは……」

フロントマンが言いかけて、慌《あわ》てて口を押さえた。鳴海は一万円札を小さく折り畳み、フロントマンに握らせた。

「実は調査関係の仕事をしてるんだ。さっきの男の名前と勤務先を教えてくれないか」

「こ、困ります。そういうことは漏らしてはいけない法律があるのです」

「そう堅いこと言わないで、教えてくれよ。おたくに迷惑はかけないって」

「こ、このお金、しまってください」

フロントマンが一万円札を握りしめたまま、うろたえはじめた。鳴海はカウンターから少し離れた。

「協力してくれないと、総支配人に告げ口するぞ」

「告げ口って、どういう意味なんです？」

「あんた、さっき、おれに『一万円くれりゃ、デリヘル嬢を部屋に呼んでやる』って言ったじゃねえか」

「わ、わたしがそんなことを言うわけないじゃありませんかっ」

「総支配人は、どっちの言葉を信じるかね？」

「当然、わたしを信じてくれるでしょう」

「さあ、それはどうかな。あんたとこっちには、なんの利害もない。そんな客があんたを陥《おとし》れるとは誰も思わないだろう。となれば、総支配人は客の話を信じるんじゃねえのかな」

「そ、そんな！」

「総支配人を呼んでくれ」

「ま、待ってください。それは困ります。妙な疑いを持たれて、リストラの対象にされたら、かないませんから」

「だったら、早く一万円札をポケットに入れて、さっきの男のことを教えてくれよ」

「あのお客さまは、第三《だいさん》生命目黒営業所所長の二村孝政《ふたむらたかまさ》さまです。お年齢《とし》は四十三歳です」

フロントマンが伏し目がちに答えた。

「連れの女は？」

「宿泊者カードには、妻と書かれていました」

「二人の部屋は何号室？」

「一〇〇六号室です」

「十階だね？」

「ええ、そうです。お客さま、館内で問題を起こさないでくださいよ」

「わかってる」

鳴海はフロントに背を向け、螺旋《らせん》階段を上がりはじめた。

いったい、どういうことなのか。夫が死んだばかりだというのに、なぜ智奈美は二村という男と温泉場に来たのか。頭が混乱して、考えがまとまらなかった。

3

頭がすっきりしない。

生欠伸《なまあくび》も出る。寝不足だった。

鳴海はシングルベッドに腰かけ、紫煙をくゆらせていた。五〇七号室だ。

前夜、鳴海は智奈美が二村という男と引きこもった一〇〇六号室を何度も訪ねようと思った。

しかし、そのたびに思い留《とど》まった。智奈美がかなり前から二村と不倫の仲だったとしても、自分はそのことを咎《とが》める立場にない。夫だった八木は、すでにこの世を去った。

しかし、何か引っかかる。

鳴海は短くなった煙草を灰皿の底で捻《ひね》り潰した。

八木の告別式のあった日、智奈美は夫が二千万円の定期保険を掛けていたことを明かした。その保険会社は全日本生命だったはずだ。

仮に智奈美が二村と深い関係だったとすれば、夫の生命保険は第三生命のほうに掛けるのではないか。不倫相手が営業所長や支社長という役職にあれば、生命保険金を請求する際《さい》に便宜《べんぎ》を図ってもらうことも可能だ。

死亡保険金の請求権は被保険者が死亡してから丸三年間あるが、通常、保険金受取人は一、二カ月のうちに保険会社に連絡する。

当然のことながら、保険会社は提出された書類を厳重にチェックする。被保険者が契約してから一年以内に自殺した場合は、原則として死亡保険金は支払われない。死亡保険金受取人が故意に被保険者を死なせた場合も同様だ。

犯罪に関係している懸念《けねん》のある契約については、ことに審査が厳しい。本社の調査部や審査部が念入りにチェックする。

ただ、盲点もある。保険金受取人から提出された支払い請求書は、担当の営業職員と直属の上司が所轄の警察署や病院に確認を取りながらチェックし、営業所長か支社長に目を通してもらう。

その段階で何も起こらなければ、本社のチェックは形式的なものになる。つまり、それだけ営業所長や支社長は本社から信頼されているわけだ。

逆に言えば、そのことを悪用して営業所長や支社長クラスの人間なら、保険金請求書類に何らかの操作もできる。支払い日を早めることは可能だろうし、極端な場合は契約金そのものを増やすこともできるだろう。

そうしたことを考えると、智奈美は夫の生命保険を第三生命に掛けたほうがはるかにメリットがあるはずだ。

なぜ、そうしなかったのか。

死んだ八木が妻には内緒で全日本生命の定期保険に加入したのだろうか。そうなら、別に問題はない。

しかし、八木が第三生命の保険にも入っていたとなると、少し智奈美と二村の関係が気になってくる。二人が共謀して、八木を歩道橋の階段から転落するよう仕組んだ疑いも出てくるからだ。

八木の首の青痣《あおあざ》がゴム弾か鋼鉄球による打撲傷だとしたら、〝未必《みひつ》殺人〟になるのではないか。八木が第三生命の生命保険に加入していたかどうか調べる方法はないのか。

顔の広い麦倉なら、保険専門の調査員を知っているかもしれない。

鳴海は左手首の時計を見た。午前九時十七分過ぎだった。

プリペイド式の携帯電話を使って、麦倉の自宅に電話をしてみる。しかし、ディスプレイに圏外の表示が出て、電話は繋《つな》がらなかった。

鳴海は部屋の電話機に歩み寄った。ダイレクトに外線電話をかけられる機種だった。

少し待つと、麦倉が受話器を取った。寝ぼけ声だった。

「麦さん、まだベッドの中だったのか？」

「ああ、珍しく早い時間に電話してきたね。ドサ回り、退屈みたいだな。けど、我慢しなよ。東京にいるより、ずっと安全なんだからさ」

「二階堂組の奴ら、まだおれを捜《さが》し回ってる？」

「うん。森内は、なんか意地になってるみたいだぜ」

「しつこい野郎だ。暇になったら、こっちから出向いて、森内を殴り殺してやる！」

鳴海は吼《ほ》えた。

「ばかなことを考えるなって。そんなことしたら、刑務所に逆戻りじゃないか」

「しかし、森内ごときに怯《おび》えて逃げ回ってると思われるのも癪《しやく》だ」

「そう思いたい奴には思わせておけよ。それより、何か急用なんだろう?」

「麦さん、保険調査員に知り合いはいない?」

「ひとりいるよ。おれと同い年の桑原《くわばら》って男が『東京保険リサーチ』って調査会社に勤めてる」

「その保険調査員なら、八木正則が第三生命の生命保険に入ってたかどうか調べられるよな?」

「調べられると思うよ、その程度のことは」

「ついでに桑原って知り合いに、八木が全日本生命の定期保険に加入してたかどうかをチェックしてもらってくれないか。保険金は二千万だよ」

「鳴やん、八木って友達は誰かに殺《や》られたの?」

「そういうわけじゃないんだけど、ちょっと確認しておきたいんだ」

「そう。桑原に連絡して、さっそく調べさせるよ」

「よろしく頼むね。携帯、繋がらないかもしれないから、このホテルの電話番号を教えておくよ。明後日《あさって》の昼まで、ここにいる予定なんだ」

「待ってくれ。いま、メモの用意をするから」

麦倉の声が途切れた。鳴海は少し待ち、ホテルの代表番号と部屋番号を教えた。

「メモったよ。それはそうと、鳴やんが羨《うらや》ましいぜ。一日中、小日向あかりのそばにいられるんだから。あかりは色っぽいもんなあ。おれが鳴やんなら、絶対に夜這《よば》いかけちゃうね」

「夜這いとは、ずいぶん古臭い言い方だな。七十、八十のじいさんじゃなきゃ、そんな言葉は使わないんじゃねえのか」

「ああ、多分ね。でも、夜這いって語感がいいじゃないの。なんとなく情緒があってさ。犯すとか強姦なんて言葉は即物的で、味気ないよ」

「そうだな」

「鳴やん、あかりに迫ってみなよ。離婚したって話だから、案外あっさり落とせるかもしれないぜ」

麦倉がけしかけて、好色そうに笑った。

鳴海は調子を合わせておいた。きのうの晩、あかりと熱く抱き合ったことを打ち明けたら、情報屋はどんな反応を示すだろうか。

一瞬、前夜の情事のことを話したい衝動に駆られた。しかし、秘めごとを他人に漏らすのは無粋だ。

電話を切ると、鳴海は部屋を出た。

一〇〇六号室の様子を見に行くつもりだ。エレベーターで十階に上がり、智奈美と二村が泊まった部屋に近づく。

一〇〇六号室のドアは開いていた。

室内を覗き込むと、ルーム係の女性が毛布カバーを剝《は》がしていた。智奈美たち二人は、チェックアウトしてしまったのだろう。

もっと早く来るべきだった。

鳴海はエレベーターホールに戻り、一階に降りた。フロントには、昨夜の五十男が立っていた。

「二村という男と連れは、いつチェックアウトしたのかな?」

鳴海はフロントマンに問いかけた。

「九時五分ごろです」

「二人はどこに行くと言ってた?」

「能登《のと》半島の珠洲岬《すずみさき》には、どう行けばいいのかと訊かれました。それでわたしは、のと鉄道で終点の穴水《あなみ》まで行かれて、そこからバスかタクシーで珠洲岬に行くケースが多いと申し上げました」

「二村という男が偽名を使ってる可能性もあるな」

「いいえ、それはございません。と申しますのは、きのう、二村さまは当ホテルのレンタカーをご利用になられたんです。そのとき、運転免許証をご呈示いただきましたので」

フロントマンが言った。

鳴海は礼を述べて、フロントを離れた。一階奥のグリルに向かいかけたとき、ホテルの表玄関から付き人の綾子が駆け込んできた。蒼《あお》ざめた顔だった。

鳴海は綾子に駆け寄った。

「何かあったんだね？」

「は、はい。すぐそこの海岸道路で、小日向あかりが暴力団員ふうの男たちに無理矢理に白いワンボックスカーに乗せられて、つ、連れ去られました。わたしたち、朝食を摂《と》った後、浜辺を散歩してたんですよ。その帰りに、あかりだけが男たちに拉致《らち》されたの」

「男たちは何人だった？」

「三人です。車を降りてきたのは二人だけで、ドライバーはずっと運転席に坐っていました」

「車のナンバーは？」

「金沢《かなざわ》ナンバーでした。でも、数字は頭が3だったことしか憶《おぼ》えてません。鳴海さん、早く警察に連絡しないと……」

「その前に花田社長に小日向あかりが拉致されたことを報《しら》せないとな。そっちは、自分の部屋で待機しててくれないか。それから、あかりが何者かに誘拐されたことは巡業の一行には黙っててほしいんだ」

「わかりました」

綾子が大きくうなずいた。

鳴海は急いで自分の部屋に戻り、東京の花田に電話をかけた。経過を話し終えると、老興行師が口を開いた。

「おそらく竜神連合会の仕業だろう」

「単なる厭がらせじゃないでしょう。敵は小日向あかりを人質に取って、それ相当の挨拶料を要求してくる気なんだと思います」

「それだけじゃないかもしれんな」

「まさか身代金まで出せとは言ってこないでしょ？」

「ああ、それはね。あかりを連れ去ったのが竜神連合会だとしたら、うちが巡業のたびに世話になってる北陸小鉄会《ほくりくこてつかい》と手を切れと迫るつもりなんだろう」

「要するに、竜神連合会は自分たちに興行の用心棒《ケツモチ》をさせろってわけですね？」

鳴海は確かめた。

「そういうことなんだろうな」

「要求はなんであれ、突っ撥《ぱ》ねたほうがいいですね。少しでも甘い顔を見せたら、敵は図に乗りますんで」

「そうなんだが、こちらは大事な荷を人質に取られてるからな。北陸小鉄会の会長に相談してみよう。おっ、キャッチホンだ。鳴海、そのまま待っててくれ」

花田の声が沈黙し、『エリーゼのために』のメロディーが流れてきた。鳴海は椅子に腰かけ、煙草をくわえた。

ちょうど一服し終えたとき、老興行師の声が耳に届いた。

「いま、竜神連合会の小杉勇《こすぎいさむ》会長から電話があった。やっぱり、手下の者たちが小日向あかりを拉致したらしい。あかりを乗せた白いワンボックスカーは現在、七尾街道を走行中だそうだ。金沢市安江町《やすえちょう》にある連合会本部に監禁するつもりだと言ってた」

「で、敵の要求は？」

「おれの思った通りだったよ。小杉は北陸小鉄会と縁を切って、竜神連合会に北陸での巡業のお守りをさせろと言ってきた。一日のみかじめ料は、五百万だと吹っかけてきやがった。北陸小鉄会や警察に泣きついたら、あかりを慰《なぐさ》み者にしてから切り刻んでやると……」

「社長は、どう返事をしたんです？」

「一時間ほど考えさせてくれと答えておいた」

「どうされるおつもりなんです？」

「何十年も世話になった北陸小鉄会に矢を向けるようなことはできんよ」

「さすがは花田社長だ」

「そこで相談なんだが、鳴海、あかりを救い出して竜神連合会を叩いてくれんか。二千万円の成功報酬を出す。もちろん、単身で敵陣に乗り込めとは言わんよ。北陸小鉄会の野町《のまち》鶴吉《つるきち》会長に頼んで、兵隊と武器《ドウグ》を用意してもらうつもりだ」

「助《すけ》っ人《と》は、ひとりで結構です。その代わり、消音型の短機関銃《サブ・マシンガン》、手榴弾、逆鉤《ユニバーサルフック》付きロープなどを借りてください。予備のガソリンもお願いします」

「わかった。すぐに野町会長の自宅に電話をしてみる。後で、こちらから連絡するよ」

「待ってます」

鳴海は電話を切った。

あかりはワンボックスカーの中で怯え戦《おのの》いているにちがいない。戯《たわむ》れに抱いた女だったが、いつしか見殺しにはできない気持ちになっていた。

必ず救い出す。

鳴海は美人演歌歌手の整った顔を頭に思い描《えが》きながら、胸に誓った。

花田から電話がかかってきたのは、およそ十五分後だった。

「野町会長は、必要な物はすべて用意してくれるそうだ。それから、一時間以内に御影《みかげ》徹《とおる》という男を鳴海の部屋に行かせると言ってた」

「どんな男なんです？」

「野町会長のボディガードで、陸上自衛隊員崩れらしい。数種の格闘技を心得てて、射撃術にも長《た》けてるそうだ。鳴海より一つ若いという話だったな」

「そうですか。タッグを組むには、ちょうどいい奴だな」

「鳴海、命奪《タマと》られそうになったら、迷わずに逃げろ。小日向あかりも大事だが、鳴海はもっと失いたくないからな」

「うまくやりますよ」

鳴海は電話を切った。

ベッドに仰向《あおむ》けになって、時間を遣《や》り過ごす。

部屋のドアがノックされたのは十時半ごろだった。鳴海はベッドを滑《すべ》り降り、ドアを開けた。

どこかピューマを想《おも》わせるような顔つきの男が立っていた。長身だった。百八十五、六センチはあるだろう。

「北陸小鉄会の御影です。鳴海さんですね？」

「ああ。よろしくな」

鳴海は手を差し出した。御影が強く握り返してきた。

握手を解《と》くと、二人は地下駐車場まで降りた。御影が乗ってきた車は、白のアストロハイルーフ・コンバージョンだった。米国製の旧型四輪駆動車で、ロングボディ仕様だ。

御影が運転席に入って、エンジンを始動させた。鳴海は助手席に坐った。

「後ろの座席の大型トランクの中には、ヘッケラー&コッホ社製のMP5SD6が入ってます」

御影が言った。

「ドイツ製のサイレンサー付きサブマシンガンか。スペアの弾倉は？」

「三本用意してあります。一応、拳銃も入れときました。グロック17です」

「手榴弾《パイナップル》は？」

「四発あります。逆鉤付きのロープは、座席の下です。長さは二十五メートルです。革《かわ》手袋とフェイスマスクも用意しておきました」

「そうか。そっちの武器は？」

「シグP228を持ってます。サイレンサーは上着の内ポケットの中です。ガソリンタンクは最後列の横に置いてあります」

「よし、車を出してくれ」

鳴海は命じた。

アストロハイルーフが走りだした。ホテルを出ると、七尾駅方面に向かった。駅の少し先を右折し、七尾街道に入る。国道一五九号線だ。

「ここから金沢までは、約六十五キロです。道路が渋滞してなければ、五十分前後で市内に入れるでしょう」

　御影が言った。

「あんた、富山の高岡《たかおか》市から来たんだよな？」

「ええ、そうです。北陸小鉄会の本部事務所に寄ってから、七尾市に……」

「野町会長の番犬やってるんだって？」

「はい」

「こっちも番犬稼業だよ、フリーだがな。いまは、花田社長に雇われてるんだ」

「らしいですね」

「陸自、どうしてやめたんだい？」

「上官が気に喰《く》わなかったんです。で、ぶん殴っちまったんですよ」

「そいつは、いい話だ」

　鳴海は高く笑った。御影が釣られて顔面を綻《ほころ》ばせる。浅黒い顔に白い歯が零《こぼ》れた。

「竜神連合会の小杉って会長は、どんな野郎なのかな？」

「狂犬みたいな野郎です。小杉は何十万にひとりしかいないと言われてる無痛症なんですよ」

「痛感を覚えない体質なんだな？」

「ええ、そういう話です。煉瓦《れんが》で頭をぶっ叩かれて血だらけになっても、にたにた笑ってるらしいんですよ。元は金沢の香林坊《こうりんぼう》のチンピラだったらしいんですが、不死身だという伝説が広まって、武闘派やくざが小杉の許《もと》に集まったという話です」

「竜神連合会の構成員は？」

「石川、福井、富山の三県を併《あわ》せても二千人弱です。ですが、連中の後ろには大阪の阪和《はんわ》俠仁会《きょうじんかい》が……」

「そうだってな」

「ですんで、北陸で暴れ放題なんです。北陸小鉄会《うち》も苦り切ってたんですよ。ちょうどいい機会です。小杉たちをぶっ潰してやりましょう」

「正攻法じゃ、返り討ちにされかねない。敵の牙城《がじょう》をよく偵察してから、隙を衝《つ》こう」

「そうですね」

「あんた、女房《バシタ》はいるの？」

「いや、独身です。鳴海さんは？」

「そっちと同じだよ。女は寝るだけで充分だ。誰とも一緒に暮らす気はないね」

「同感です」

「相棒、気が合うじゃねえか」

二人は、また笑い合った。

車が金沢市内に入ったのは十一時二十分ごろだった。竜神連合会の本部ビルは、金沢駅から六、七百メートル離れた表通りにあった。

六階建てのビルの表玄関には、監視用のビデオカメラが四台も設置されていた。道路側の窓は、すべて厚い鉄板で覆《おお》われている。弾除《たまよ》けだ。

「どっかで昼飯を喰いながら、作戦を練ろうや」

鳴海は言った。

御影が大きくうなずき、アストロハイルーフを金沢一の繁華街である香林坊に向けた。

4

焦《あせ》りが募《つの》った。

突入のチャンスは、いっこうに訪れない。いつしか夕闇が漂《ただよ》いはじめていた。

鳴海たち二人は、竜神連合会の本部事務所に隣接する雑居ビルの非常階段の踊り場に身を潜《ひそ》めていた。五階だった。

ビルとビルの間は、三メートル弱しか離れていない。竜神連合会本部ビルの屋上の鉄柵に逆鉤《ユニバーサルフック》を引っかければ、すぐにも敵の牙城に乗り込める。

しかし、明るいうちは動くに動けなかった。周《まわ》りの建物の中にいる者だけでなく、敵にも姿を見られる恐れがあった。

鳴海は正午過ぎから一時間置きに花田に電話をかけ、小杉への回答を引き延ばしてもらっていた。

竜神連合会の会長はさすがに焦《じ》れたようで、午後七時がタイムリミットだと宣言したという。それまでに決着をつけないと、人質の命は危うくなる。

いまは六時十九分過ぎだ。あと四十一分しかない。

小日向あかりは、四階の一室に閉じ込められている。ランジェリーだけにされていた。逃亡を防ぐため、そうさせられたのだろう。

あかりのそばには、二人の見張りがいた。男たちは時々あかりの体を舐めるように眺め、下卑《げび》た笑いを浮かべた。

ソファに浅く腰かけた美人演歌歌手は虚《うつ》ろな目で床の一点を見つめていた。さんざん泣き喚《わめ》き、憔悴《しょうすい》してしまったのだろう。

小杉会長は最上階の六階にいる。大きな両袖机に片肘《かたひじ》をつき、苛立《いらだ》たしげに葉巻を吹かしていた。会長室には、ほかに人影はない。

両袖机と向かい合う位置に、大型モニターが四台並んでいる。表玄関前やエレベーターホールの様子が映し出されていた。

小杉は猪首《いくび》で、いかにも凶暴そうな面構《つらがま》えだ。頭髪は短い。

本部内には、三十人前後の構成員がいた。公会堂に爆竹を投げ込んだ若い男の姿は見当たらない。女性は、ひとりもいなかった。

「そろそろ作戦を開始しますか」

御影が言った。彼は本部の表玄関に手榴弾を投げ込み、送電線を撃ってから車で逃げる段取りになっていた。

「よし、やろう」

「打ち合わせ通りに、香林坊の中央公園の裏で待ってます」

「わかった。一時間待っても、おれと人質が現われなかったら、そっちはすぐに金沢を離れてくれ」

「鳴海さんが失敗《ドジ》ることはないでしょう。ずっと待ってますよ」

「そっちの気持ちは嬉《うれ》しいが、一時間経ったら、さっさと消えてくれ。他人《ひと》に借りをこさえたくないんでな」

「漢《おとこ》ですね」

「からかうんじゃねえや」

「また会いましょう」

「そうだな。健闘を祈るぜ」

鳴海は御影の分厚い肩を叩いた。

御影が大きくうなずき、非常扉の向こうに消えた。鳴海は黒色のフェイスマスクを被《かぶ》り、黒革の手袋を嵌《は》めた。

消音型短機関銃をたすき掛けにし、米陸軍の個人装備ベストの八つのポウチを手で押さえる。四個の手榴弾とサブマシンガンの予備弾倉が収まっていることを確認した。

グロック17は、腰のベルトの下に差し込んであった。複列式弾倉には、十七発の実包が詰まっている。

鳴海はユニバーサルフック付きのロープの束を手にして、踊り場の手摺《てすり》いっぱいまで寄った。

数分後、竜神連合会の本部ビルの前で凄《すさ》まじい炸裂音が轟《とどろ》いた。赤い閃光《せんこう》が走り、ガラスの砕ける音がした。

間を置かずに、今度は幾度か銃声が響いた。

送電線が火花を放ちながら、途中でぶっ千切《ちぎ》れた。ほとんど同時に、本部ビルの電灯が一斉に消えた。

本部ビルの中で幾つもの男たちの声が重なった。怒号も聞こえる。

ビルの斜《なな》め前あたりで、タイヤが鋭く鳴った。御影がアストロハイルーフ・コンバージョンを急発進させたのだろう。

「殴り込《カチコミ》みだ、殴り込《カチコミ》みだ！」

「ぶっ殺せ」

木刀や散弾銃を手にした男たちが叫びながら、本部ビルから次々に飛び出してきた。消火器を抱えている者もいた。

誰もが表通りの左右をうかがうだけで、鳴海の存在には気がつかない。

鳴海は逆鉤を手首で回しはじめた。

勢いがつくと、すぐさま投げ放った。ユニバーサルフックは、首尾《しゅび》よく本部ビルの屋上の鉄柵を嚙んだ。

鳴海は踊り場の手摺を跨《また》ぎ、ロープを張った。逆鉤は、しっかり鉄柵に引っかかっている。

鳴海はジャンプした。

すぐに本部ビルの外壁が迫った。片足で振幅を抑《おさ》え、両手でロープをよじ登る。屋上に這い上がると、逆鉤付きのロープを手早く束ねた。

それを目に触れない場所に隠し、サイレンサー付きの短機関銃を構えた。鳴海は中腰で、屋上の昇降口に走り寄った。

ドアはロックされていた。

鳴海はヘッケラー＆コッホＭＰ５ＳＤ６で、ドア・ノブを弾《はじ》き飛ばした。本部ビルの中は真っ暗だった。

鳴海は階段を静かに降り、会長室に近づいた。

会長室の前には、懐中電灯を持った男が立っている。右手に段平《だんびら》を持っていた。鍔《つば》のない日本刀だ。

「騒ぐと、ミンチにしちまうぞ」

鳴海は、男にサブマシンガンを向けた。

男が声を呑《の》み、段平を足許に置いた。鳴海は懐中電灯をベルトの下に突っ込んで、男に問いかけた。

「小杉は会長室だなっ」

「ああ。おまえ、何者なんだ？」

男が震え声で訊く。

鳴海は薄く笑って、男に会長室のドアを開けさせた。

「おい、まだ電気は点かねえのか」

「会長、おかしな奴が忍び込んでたんです」

男が小杉に告げた。

鳴海は男の腰を蹴りつけ、会長室に躍《おど》り込んだ。小杉は机のそばに立っていた。机の上では、キャンドルライトの炎が揺れていた。

「てめえ、誰なんだ⁉」

「小杉だな？」

「ああ。おめえは北陸小鉄会だなっ」

「おれは、ただの番犬さ。小日向あかりを迎えにきた」

鳴海は言うなり、段平を持っていた男の頭部に九ミリ弾を撃ち込んだ。男は棒のように倒れた。声ひとつあげなかった。

「てめえ、何しやがるんだっ」

小杉が息巻いた。

「そっちにも、二、三発浴びせてやろうか。痛みを感じねえ体らしいから、どうってことねえだろうがな」

「てめえ、いい度胸してるじゃねえか。ここから生きて帰れると思ってんのかっ」

「田舎《いなか》の地回りは、脅し文句も垢抜《あかぬ》けねえな」

「な、なめやがって」

「一緒に四階まで降りてもらおうか」

「こ、このおれを弾除《たまよ》けにするつもりなのか。ふざけんじゃねえ!」

「遊んでる時間はねえんだ」

鳴海はサブマシンガンの引き金《トリガー》を絞った。

発射音は小さい。圧縮空気の洩れる音がしただけだ。放った銃弾は、小杉の右腕に命中した。二の腕だった。

小杉が横倒しに転がった。だが、すぐに起き上がった。

「痛くねえぞ。ちっとも痛くねえや。もっと撃ちやがれ！」

小杉が怒鳴りながら、立ち向かってきた。

鳴海は二弾目を見舞った。狙《ねら》ったのは左の肩口だった。小杉が、ふたたび床に倒れた。

「おれに協力する気がねえなら、それでもいいさ。弾除けは、てめえだけじゃねえからな」

「くそっ」

「念仏を唱《とな》えな。いま、顔面を吹っ飛ばしてやる」

鳴海は消音器を小杉の顔に近づけた。小杉がサイレンサーを払いのけ、のろくさと立ち上がった。

鳴海は小杉の体を探《さぐ》った。武器は何も持っていなかった。

「歩け！」

鳴海は消音器の先端で、小杉の背を小突いた。小杉が歩きはじめる。

二人は会長室を出て、階段を降りた。五階の廊下には、三人の男がいた。

鳴海は小杉を楯《たて》にしながら、男たちを撃ち殺した。男たちの呻き声と絶叫を聞きつけ、四階から幾つかの影が走ってきた。

「てめえら、逆《さか》らうんじゃねえ。おとなしくしてろ」

小杉が若い衆をなだめた。

鳴海は小杉を短機関銃で威嚇《いかく》しながら、階段を降りきった。あかりのいる部屋に入ると、二人の見張りが躍りかかってくる気配を見せた。ランタンが灯っていた。

「小杉を殺《や》っちまってもいいのかっ」

鳴海は声を張った。見張りの男たちが舌打ちして、少し退《さ》がった。

「その声は……」

ランジェリー姿のあかりが椅子から立ち上がった。

「ああ、おれだよ。早く服を着ろ」

「どこから入ったの？」

「話は後だ。急いで服を着るんだっ」

鳴海は急《せ》かした。

あかりが長袖のブラウスとチノクロスパンツを身にまとった。鳴海は小日向あかりを廊下に出すと、小杉たち七人の男を壁の前に立たせた。

セレクターを全自動《フルオート》に入れ、扇撃《ファンニング》ちしはじめた。男たちは順番に倒れた。狙ったのは頭部だった。

濃い血の臭いが鼻腔を撲《う》つ。硝煙も厚く立ちこめていた。

「全員、撃ち殺しちゃったの⁉」

あかりが驚きの声をあげた。

「どいつもクズばかりだ。生かしておいても、意味ないからな」

「だけど、人殺しは危《ヤバ》いんじゃない？」

「気にすることはねえさ。おれから離れるなよ」

鳴海はリリースボタンを押し、空《から》になったバナナ形の弾倉を捨てた。すぐに予備のマガジンを叩きこむ。

鳴海は背の後ろにあかりを庇《かば》いながら、三階まで降りた。すると、奥の一室からリボルバーを手にした男が飛び出してきた。

「屈《かが》め！」

鳴海は演歌歌手に言って、十発ほど連射した。腕に伝わる反動《キック》が快《こころよ》い。

敵の男は声をあげ、廊下で奇妙なダンスを披露した。倒れると、今度は二階から数人の男が階段を駆け上がってきた。

鳴海は振り向くなり、掃射しはじめた。男たちは相次《あいつ》いで被弾し、ステップから逆さまに転げ落ちていった。

「あなた、クレージーだわ」

「そうかもしれないな」

鳴海はあかりの手を取って、二階に駆け降りた。敵の姿はなかった。

二人は一階に降りた。広い玄関ホールには、コンクリートの塊《かたまり》が転がっていた。やはり、人の姿はなかった。

鳴海はフェイスマスクを取り、ベストも脱いだ。上着でサブマシンガンを包み隠し、本部ビルを出る。

大勢の野次馬が群れていた。遠くで、パトカーのサイレンが鳴っている。

「顔を隠して歩くんだ」

鳴海はあかりに耳打ちし、裏通りに走り入った。あかりの手を引きながら、幾度も路地を曲がった。

誰も追ってこない。鳴海は裏道を選びながら、御影の待つ場所に急いだ。

「わたしが誘拐されたこと、どうして鳴海さんが知ったわけ？」

あかりが小走りに走りながら、荒い息遣いで訊いた。鳴海は経緯《いきさつ》を手短に話した。

「そうだったの。もし警察で事情聴取されても、あなたのことは絶対に喋らないわ」

「そう願いたいね」

「このまま走って逃げるの？」

「いや、香林坊の中央公園で相棒がおれたちを拾ってくれることになってるんだ」

「相棒？」

「北陸小鉄会の野町会長のボディガードをやってる御影って男だよ。花田社長が野町会長に頼んで、そいつを助っ人に付けてくれたんだ」

「そうだったの」

二人は休み休み香林坊をめざした。
十五、六分で、中央公園の裏通りに達した。御影が目敏《めざと》く鳴海たち二人を見つけ、アストロハイルーフを滑らせてきた。
鳴海とあかりは、二列目のシートに並んで腰かけた。

「こっちの用心棒さんも素敵な男性ね」

あかりが御影に熱い眼差《まなざ》しを向けた。御影は軽く聞き流し、鳴海に話しかけてきた。

「小杉はどうされました？」

「子分ともども始末してきた。会長の小杉がいなくなりゃ、竜神連合会の結束は崩れるだろう」

「ええ、多分ね。後始末は、北陸小鉄会に任せてください」

「よろしく頼む」

鳴海は言って、マールボロをくわえた。

御影が車を走らせはじめた。

金沢のホテルに着いたのは八時前だった。予定されていた公演は中止になり、すでに入場料の払い戻しを済ませたという。

　鳴海は小日向あかりをデラックスルームに落ち着かせると、自分の部屋から花田に事の経過を電話で報告した。

「ありがとう。心から礼を言うよ。もちろん、約束した成功報酬は払う」

「二千万は貰い過ぎです。せっかくですから、一千万円だけいただくことにします。先日の五百万円を差っ引いてくださって結構です」

「いいのかね、それで？」

「ええ。花田社長、このまま巡業を続行するのは少々、危険だと思います。竜神連合会が何か仕返しをする気になるかもしれませんからね」

「そうだな。地元の協力者たちには迷惑をかけることになるが、残りの公演はすべて延期させてもらおう」

「そのほうがいいでしょう」

「さっそく関係各位に謝罪文をファクスで流すよ。明日、荷と一緒に東京に戻ってくれないか」

「わかりました」

「今夜はゆっくり寝《やす》んでくれ」

　老興行師が電話を切った。鳴海も受話器を置いた。

　数秒後、電話が着信音を奏《かな》ではじめた。受話器を取ると、麦倉の声が響いてきた。

「ついさっき、保険調査員の桑原から連絡が入ったんだ」

「で、どうだったって?」

「全日本生命の定期保険加入者リストの中に、八木正則の名はなかったらしいぜ」

「そんなはずねえな。八木の奥さんが、二千万円の保険に入ってると言ったんだ」

「プロの桑原がリストの名を見落とすはずはないと思うがな。もちろん、嘘をつく必要もない」

「そうだな」

「桑原の情報によると、第三生命目黒営業所がおととい、本社に八木正則の保険金支払い請求の書類を回してたっていうんだよ。その保険額は一億五千万円で、保険金受取人は八木智奈美になってるそうだ。ただ、奇妙なことに、その書類は審査部を素通りして、何とかって役員に直《じか》に届けられたらしいんだよ」

「ふうん。その話は初耳だな」

「一億五千万円の保険だと、保険料の支払いも高額だったと思うよ。鳴やんの昔のボクサー仲間は愛妻家だったんだろう。洋風居酒屋の経営がどんなに苦しくても、奥さんのために保険料だけはせっせと払い込んでたようだな」

「そうなんだろうか」

鳴海は何か釈然としないものを感じていた。

なぜ智奈美は、加入もしていない全日本生命の定期保険のことをわざわざ話したのか。しかも、もっともらしく二千万円という額まで打ち明けた。そのくせ、第三生命の高額生命保険のことには一言も触れなかった。何か疚《やま》しさがあるのかもしれない。

智奈美は不倫相手の二村孝政に唆《そそのか》されて、夫の八木に強引に一億五千万円の保険を掛けさせたのだろうか。そして彼女は二村とつるんで、八木を転落死に見せかけて巧みに葬ったのか。

そう疑えなくもない。推測通りだとしたら、智奈美は救いようのない悪女だ。

「何か思い当たるようなことでもあるのか？」

麦倉が問いかけてきた。

「いや、ちょっと別のことを考えてたんだよ」

「ひでえな」

「麦さん、おれ、明日、東京に戻ることになったんだ。ある事情から、地方公演は延期になったんだよ」

「ふうん」

「それから、思いがけないことで少しまとまった金が入ることになってんだ。だから、回してもらった百万、近いうちに返すよ」

「そいつはありがたい。ちょっとカッコつけて鳴やんに百万円回してやったけど、実はあれが全財産だったんだよ」

「そうだったのか。それじゃ、なるべく早く返さないとな」

「ひとつ頼むよ。そりゃそうと、小日向あかりをコマして、まとまった銭を引っ張り出そうってんじゃないだろうな？」

「麦さん、怒るぜ。おれが女を喰いものにするような男に見えるのかい？」

「冗談さ。東京に帰ってきたら、電話くれよな」

「ああ」

鳴海は受話器を置いた。

そのとき、脳裏に智奈美の顔が明滅した。美しい未亡人は何か陰謀を秘めているのか。少し探りを入れてみる必要がありそうだ。

鳴海は、ひとり掛けソファに坐り込んだ。

# 第四章　邪悪な陰謀

## 1

老興行師が朝刊を差し出した。

鳴海は新聞を受け取り、社会面を開いた。花田芸能社の社長室だ。

地方巡業の一行とともに七尾市から帰京したばかりだった。鳴海は小日向あかりを広尾のマンションに送り、花田の自宅兼オフィスを訪ねたのである。

竜神連合会本部での事件は、セカンド記事になっていた。

小杉会長を含め、十数人の者が射殺されたことが報じられている。本部の玄関に手榴弾が投げ込まれたことも書かれていたが、犯人については一行も触《ふ》れていない。

逃げるとき、自分とあかりは大勢の野次馬に顔を見られた。しかし、警察は目撃証言だけでは、犯人を特定できなかったのだろう。

鳴海は、ひと安心した。

だが、捜査の手が自分に伸びてこないとも限らない。小日向あかりが竜神連合会本部に監禁されていたことは時間の問題で警察に知られるだろう。そうなったら、捜査線上に自分の名が挙がるにちがいない。

「そのうち、捜査の手がこっちに伸びてくるかもしれませんね」

「おれの知り合いのセカンドハウスにしばらく隠れてるといいよ。セカンドハウスといっても、天現寺《てんげんじ》の分譲マンションの一室なんだがね」

「そういう隠れ家《かくれが》があるとありがたいな」

「部屋の鍵を預かってる。後で、運転手にそのマンションに送らせよう」

「お手数をかけます。ところで、北陸小鉄会の御影のことが心配なんですが、あの男はどうしてます？」

「野町会長の話によると、御影という男は昨夜《ゆうべ》のうちに大阪に出て、今朝《けさ》の一番機でマニラに飛んだらしい」

「ほとぼりが冷めるまで、フィリピンに潜伏するわけですね？」

「そういうことだ」

「竜神連合会の残党どもの動きは、どうなんでしょう？」

「いまのところ、北陸小鉄会に何か仕掛けてくる様子はないそうだ。会長の小杉が死んだんで、まとまりがつかないんだろう」

「そうなのかもしれませんね」

「鳴海、よくやってくれたな。改めて礼を言うよ。ありがとう」

応接ソファに坐った花田が背筋を伸ばし、深く頭を下げた。きょうは背広姿だった。

「自分は番犬として、小日向あかりを奪い返したかっただけです。そんなふうに改まって礼を言われると……」

「竜神連合会にひと泡吹かせてやれたのは、鳴海のおかげだよ。本当に感謝してるんだ」

「なんか照れ臭《くさ》いな」

鳴海はマールボロに火を点けた。

「ところで、巡業中にあかりと何かあったのかね？」

「何かと言いますと？」

「どうも彼女は、そっちに惚《ほ》れたようだな。きのうの晩、和倉温泉のホテルから電話してきたんだが、鳴海のことを騎士《ナイト》のように言ってた。それはそれは、大変な誉《ほ》め方だったよ」

「こっちが彼女を救い出してやったんで、感謝してくれてるんでしょう。小日向あかりとの間に特別なことは何もありません」

「そうかい。たとえ何かがあったとしても、大人同士なんだ。おれが、とやかく言う気はない。そうそう、成功報酬を受け取ってくれ」

花田がそう言い、かたわらのソファの上に置いてある茶封筒を摑《つか》み上げた。中には百万円の束が十個入っていた。

「先日借りた五百万円を差っ引いてほしいと言ったはずですが……」

「こないだの金は、出所祝いとして受け取っといてくれ」

「それはまずいですよ。借金は借金です。半分だけ貰《もら》います」

鳴海は茶封筒から五つの札束を取り出し、コーヒーテーブルの上に積み上げた。

「律儀《りちぎ》な奴だ」

「当然のことです」

「わかった。貸した金は確かに返してもらった。それはそうと、中途半端な時間だが、どこかで一緒に飯を喰《く》うか？」

花田が言った。

鳴海は腕時計を見た。午後四時五分過ぎだった。

「あまり腹は空《す》いてないんですよ。できたら天現寺の隠れ家に……」

「そうするかい」

「わがままを言って、すみません」

「いや、いいんだ。気にしないでくれ」

花田が立ち上がり、執務机に歩み寄った。内線電話をかけ、お抱え運転手に短く何か指示を与えた。

鳴海は喫《す》いさしの煙草の火を揉《も》み消した。

花田が机の引き出しからキーホルダーを取り出し、ソファセットのある場所に戻ってきた。

「これが天現寺のマンションの鍵だ」

「その部屋のオーナーは、花田社長とはどういったお知り合いなんです？」

「名前は明かせないが、ある大物芸人が愛人との密会に使ってた部屋なんだ。その女性は元赤坂《あかさか》の芸者で、大手製紙会社の会長に囲われてたんだよ。大物芸人は半年以上も前に肺《はい》癌《がん》で入院して、その部屋はずっと使われてないんだ。彼はセカンドハウスのことを家族には内緒にしてたんで、おれが鍵を預かったというわけさ」

「そういうことだったんですか」

「月に二度、ハウスクリーニング業者に部屋の掃除をしてもらってるから、埃《ほこり》だらけということはないだろう。部屋は２ＬＤＫなんだ。生活に必要な物はひと通り揃《そろ》ってるから、当分、隠れ家として使ってくれ」

「そうさせてもらいます」

「運転手《ドライバー》に車を玄関前に回すよう言っといたよ」

「何から何までお世話をかけてしまって……」

鳴海は五百万円の入った茶封筒を手にし、社長室を出た。

一階に降りると、お抱え運転手が待っていた。旧型のメルセデス・ベンツで天現寺に向かう。

目的のマンションは、天現寺交差点の近くにあった。十一階建てだった。

鳴海は九〇五号室に入った。

室内は割にきれいだった。だが、冷蔵庫の中には何も入っていない。シンクも乾いていた。鳴海は部屋の中をざっと点検し、情報屋の麦倉に電話をかけた。すぐに麦倉が受話器を取った。

「鳴やん、東京に戻ってきたようだな」

「そう、少し前にね。麦さん、借りた銭を返すよ」

「いま、どこから電話してるんだい？」

「天現寺のマンションにいるんだ」

鳴海は経緯《いきさつ》をかいつまんで話し、マンション名と部屋番号を教えた。

「外で落ち合うのは避けたほうがいいだろう。二階堂組の連中が、まだ鳴やんを血眼《ちまなこ》になって捜《さが》してるからさ」

「麦さん、ここに来ないか？　他人《ひと》のマンションだけどね」

「オーケー、これから天現寺に向かうよ」

麦倉が電話を切った。

鳴海はふと思い立って、死んだ八木の自宅マンションに電話をしてみた。だが、固定電話はすでに使われていなかった。

智奈美は落ち着いたら、借りているマンションを引き払うと言っていた。早くも、もうどこかに引っ越したのだろうか。

転居を急いだのは、和倉温泉のホテルで偶然に顔を合わせたからなのか。智奈美は第三生命の二村との関係を知られたくなくて、逃げるように自宅マンションを引き払ったのか。

ひょっとしたら、彼女は道玄坂の店の片づけをしているのかもしれない。

鳴海は、八木が経営していた洋風居酒屋に電話をかけてみた。コール音が虚《むな》しく響くだけで、先方の受話器は外れない。

鳴海は諦《あきら》め、居間のテレビの電源を入れた。

遠隔操作器《リモート・コントローラー》を手にして、長椅子に腰かける。幾度かチャンネルを変えると、ニュースを流している局があった。

ＪＲの電車事故のニュースが終わると、画面に見覚えのある五十男の顔写真が映し出された。先夜、四谷の歩道橋の階段で短い会話を交わした人物だ。

「きょうの午後二時過ぎ、品川区大崎《しながわくおおさき》の路上で轢《ひ》き逃げ事件がありました」

男性のアナウンサーがいったん言葉を切り、すぐに言い継《つ》いだ。

「歩行中に後ろから来た四輪駆動車に撥《は》ねられたのは、品川区豊町《ゆたかちょう》の平沼満夫《ひらぬまみつお》さん、五十一歳です。平沼さんは頭を強く打ち、運び込まれた救急病院で亡くなりました。逃走した四輪駆動車は、数日前に都内の路上で盗まれたものでした。平沼さんが四谷署に勤務していたことから、警察では職務絡《がら》みの犯行の可能性があるという見方を強めています。そのほか詳しいことは、まだわかっていません」

画面が変わった。

鳴海はテレビの電源スイッチを切った。歩道橋で見かけた平沼という男が警察官だったと知り、八木の死と何か関わりがあるのではないかと思った。

平沼は、娘が落としたコンタクトレンズを探していると言っていた。それはとっさに思いついた嘘だったのだろう。彼は階段の手摺の突起部分に懐中電灯の光を当てていた。

平沼がコンタクトレンズを探していたのだとしたら、ステップに目を凝《こ》らしていたはずだ。彼は、八木の転落死に他殺の疑いがあると睨《にら》んでいたのではないだろうか。

轢き逃げは偶発的な事件ではなく、計画的な犯行だったと考えられる。

智奈美と一緒に八木の遺体を確認したとき、平沼の顔は見かけなかった。八木の事故死の処理には関わっていなかったのだろう。

しかし、平沼は八木の事故死には何か納得できないものを感じていたのではないか。そして、職務を離れた時間に密《ひそ》かに事故の状況を個人的に調べてみる気になったにちがいない。

平沼という警官が殺されたのは、八木が誰かに始末されたという裏付《ウラ》けを固めたからなのだろう。

鳴海は確信を深めた。

麦倉が部屋にやってきたのは六時過ぎだった。両手にスーパーのビニール袋を提《さ》げていた。

「鳴やんのことだから、歯ブラシ一本買ってないと思って、日用雑貨品を適当に買ってきてやったよ。それから、酒とつまみもな」

「そいつはありがたい」

鳴海は二つのビニール袋を受け取り、麦倉を居間に導いた。

「いいマンションじゃないか。ビジネスホテルを泊まり歩くより、ずっといいよ」

「そうだね」

「家賃や光熱費を払わなくてもいいんだから、最高じゃないか」

麦倉は室内を眺め回してから、ソファに腰かけた。鳴海は、まず借りていた百万円を麦倉に返した。

「鳴やん、大丈夫なのか？　なんだったら、半分返してくれりゃいいって」

「いや、全額返すよ。それから、こいつはほんの気持ちだ」

「ちょっと待った！　利息代わりに、色をつけるなんて言い出すなよ」

「おれの気持ちだから、黙って十万受け取ってくれないか」

「水臭いこと言うなって。鳴やんとおれの仲じゃないか。礼とか、利息なんて必要ない。困ったときはお互いさまだよ」

麦倉は頑《かたく》なに謝礼の十万円を受け取ろうとしなかった。

鳴海は友情に甘えることにした。麦倉がスーパーの袋から、サントリーの山崎《やまざき》と数種のつまみを取り出した。

「とりあえず、軽く飲もう」

「いいね」

鳴海はダイニングキッチンの食器棚から、二つのグラスを取り出した。

二人はウイスキーをストレートで飲みはじめた。すでにミックスナッツ、棒チーズ、裂《さ》き烏賊《いか》の袋の封は切られていた。

鳴海は頃合を計って、四谷署の平沼が何者かに轢き殺されたことを話した。麦倉は、その事件のことを知らなかった。

鳴海は、八木が転落した現場で平沼を見かけたことも喋った。さらに彼は、自分の推測を語った。

「おれ、その平沼ってお巡《まわ》りのことを少し調べてやるよ。四谷署に知り合いの刑事が何人かいるんだ」

「そう。しかし、同僚の刑事たちが平沼って男のことをどこまで話してくれるか。それに、おそらく轢き殺された平沼は職場のみんなには覚《さと》られないよう、こっそり八木の死の真相を調べてたんじゃねえのかな」

「そうなら、遺族に探《さぐ》りを入れてみるよ。平沼って奴、妻には何か話してたかもしれないからな」

「そうだね。麦さん、ひとつ頼むよ」

「ああ、任せてくれ」

麦倉が胸を叩いてみせた。

二人は取り留《と》めのない話をしながら、酒を酌《く》み交わした。ボトルが空《から》になったのを汐《しお》に、情報屋は腰を上げた。八時半ごろだった。

鳴海は少し酔いを醒《さ》ましてから、部屋を出た。

交差点の近くまで歩き、タクシーで八木の自宅マンションに向かった。

六〇六号室のインターフォンを鳴らしても、なんの応答もなかった。ドアはロックされていた。

鳴海はドアに耳を押し当てた。

人のいる気配はうかがえない。メーターボックスを開け、電気の針を見る。回転式のメーターは静止していた。

メーターボックスを閉めたとき、隣の六〇五号室から三十代の太った女が姿を見せた。

「ちょっとうかがいます。隣の八木さんは引っ越されたんですか？」

鳴海は女に訊《き》いた。

「ええ、そうみたいですよ。きのうの午後、リサイクルショップの人たちが家財道具を運び出してたから」

「引っ越し業者が家財道具を運び出したんじゃないんですね？」

「ええ。リサイクルショップの店名入りのトラックが駐車場に駐《と》めてあったから、間違いないわ」

「八木の奥さんは立ち会ってました？」

「ううん、いなかったわね。引っ越しの挨拶《あいさつ》もなかったの。ちょっと非常識よね？」

「このマンションを管理してるのは？」

「駅前の明光《めいこう》不動産よ。失礼だけど、あなた、八木さんとはどういうお知り合いなの？」

女が問うた。

「友人だったんです」

「なら、奥さんもご存じだったんでしょ？」

「ええ」

「常識や礼儀をわきまえた方だったのに、黙って引っ越したのは何か事情があったのかしらねえ。あなたにも何もおっしゃらなかったわけでしょ？」

「ええ。妙なことを訊きますが、八木が生きてたころ、夫婦仲はどうでした？」

「仲は良かったみたいよ。少なくとも、派手な夫婦喧嘩なんかしたことなかったんじゃないかな」

「そうですか。駅前の不動産屋に行ってみます。奥さんの転居先がわかるかもしれませんので」

「もう営業時間を過ぎてるから、店には誰もいないんじゃないかしら？　いつも八時にはシャッターが閉まるの」

「行くだけ行ってみますよ。どうも！」

鳴海は片手を挙げ、エレベーターホールに足を向けた。

2

張り込んで、三時間が過ぎた。

全身の筋肉が強張《こわば》りはじめた。腰も少々、痛い。同じ姿勢で坐っているせいだろう。

鳴海はプリウスのフロントガラス越しに、斜《なな》め前にある第三生命目黒営業所に視線を向けていた。

午後五時過ぎだった。数十分前からセールスレディーたちが、相次いで営業所に吸い込まれていった。

所長の二村は、どのくらい残業するのだろうか。仮に十時、十一時になっても、ここで粘《ねば》ることにした。

鳴海はルームミラーを仰《あお》いだ。変装具合を確認する。やや長めのヘアウィッグを被《かぶ》り、黒縁眼鏡《くろぶちめがね》をかけているが、別に不自然ではなかった。

和倉温泉のホテルのバーで二村と目が合ったのは、ほんの一瞬だった。これだけ変装していれば、まず彼に気づかれることはないだろう。

黒いプリウスはレンタカーだった。鳴海は借りた車で、まず中目黒の明光不動産を訪ねた。前夜は、やはり店が閉まっていた。

不動産屋の従業員は、八木智奈美の転居先を知らなかった。一昨日、智奈美の代理人と称する四十代の男が現われ、部屋の賃貸借契約を解除したらしい。

その男は、田中《たなか》と名乗っていたという。年恰好《としかっこう》から察して、二村と思われる。なぜ、智奈美は自分でマンションを引き払わなかったのか。それが謎だった。

彼女は自分と顔を合わせることを恐れたのかもしれない。

鳴海は、マールボロに火を点けた。

智奈美に不倫相手がいたことがいまも信じられない。確かに彼女は魅惑的な美女だ。人妻と知りながらも、智奈美を口説《くど》こうとした男たちは大勢いただろう。

しかし、彼女は浮気に走るようなタイプには見えなかった。死んだ八木を大事にしているように映った。現にマンションの隣室に住む女性は、夫婦仲は良かったと証言している。

だが、それは見せかけだったのか。

夫婦のことは、他人にはうかがい知れない部分がある。智奈美は、商才のなかった夫に愛想を尽かしていたのかもしれない。あるいは、八木が女遊びをしていたのだろうか。どちらにしても、夫婦の間には隙間風《すきまかぜ》が吹いていたのかもしれない。

短くなった煙草を灰皿に突っ込んだとき、プリペイド式の携帯電話が鳴った。麦倉からの連絡だろう。

鳴海は急いで携帯電話を耳に当てた。すると、小日向あかりの声が流れてきた。

「うふふ。驚いた？」

「この携帯のナンバー、花田社長に教えてもらったのか？」

「そう。社長、ちょっと迷ってたみたいだけど、しつこく頼んだら、教えてくれたの」

「そうか。怯《おび》えは、だいぶ薄れたようだな？」

「ええ。東京に戻ったら、金沢でひどい目に遭《あ》ったことがまるで嘘のように……」

「それはよかった」

「こうしていられるのは、あなたのおかげよ。わたし、鳴海さんにはほんとに感謝してるの。それから、あなたを愛しはじめてる気がする」

「えっ」

鳴海は返答に窮《きゆう》した。美人演歌歌手に熱い想《おも》いを打ち明けられたことは、まんざら悪い気持ちではなかった。

しかし、特定の誰かと愛情を紡《つむ》ぐ気にはなれなかった。女性に対する不信感が心のどこかにこびりついていた。一種の心的外傷《トラウマ》か。

少年時代に、父の友人と密《ひそ》かに情事を重ねていた母親のことを知って以来、鳴海の内面には女性不信の念が居坐りつづけていた。

青年期に憧れに似た思慕《しぼ》を寄せた女性たちは何人かいた。しかし、本気で相手にのめり込むことはなかった。

こと恋愛に関しては、いつもどこかで醒《さ》めていた。そのくせ、肉の交わりを求める欲求は強かった。柔肌に触れていると、不思議に心が安らぐ。

肌を貪《むさぼ》り合っている間は、生の実感がある。ベッドパートナーに愛《いと》しさも覚える。

しかし、欲情の嵐が凪《な》いだとたん、つい身構えてしまう。いつ相手に裏切られるかもしれないという疑心暗鬼《ぎしんあんき》を深め、一緒にいることさえ苦痛になってくる。

「迷惑なのね」

「え？」

「わたしがあなたを好きになったら、迷惑なんでしょ？」

あかりが哀《かな》しげに言った。

「そんなことはないが……」

「口ごもらないで、最後まで喋《しゃべ》って」

「そっちとおれとじゃ、棲《す》んでる世界が違いすぎるよ」

「どこが、どこがそんなに違うってわけ？」

「きみは名の売れた演歌歌手で、稼《かせ》ぎも悪くない。それに引き換え、おれは、その日暮らしの用心棒だ」

「そんなことは恋愛に関係ないわ。そうでしょ？」

「きみには黙ってたが、おれは元組員なんだよ。前科《ホシ》だって、しょってる」

「それがなんだって言うの？　わたしだって、バツイチよ。生意気なことを言っちゃうけど、恋愛って、地位とか財産とか、もっと言えば、肌の色の違いなんかも気にならなくなる感情の高まりなんじゃない？　永遠《とわ》の愛なんてものはないかもしれないけど、男と女が死ぬ気で惚れ合える季節はあると思うの」

「そのことを否定する気はないんだが」

「そう、わかったわ。和倉温泉のホテルでのことは、ただの遊びだったのね。わたしはハートも触れ合えたと感じてたんだけど、ひとり相撲《ずもう》だったんだ？」

「こっちも優しい気持ちになれたよ。あの晩のことは忘れないと思う。しかし……」

鳴海は、また言い澱《よど》んだ。

「ね、もう一度だけ会って。きょうはオフで、広尾のマンションにいるの。できたら鳴海さんにマネージャーになってもらいたかったんだけど、そのことはいいわ。ただ、わたしが真剣な気持ちだってことはわかってほしいの」

「それは充分に伝わってくるよ。しかし、今夜は用事があるんだ。それに、もう会わないほうがいいだろう。おれは、きみに何もしてやれないからな」

「嫌われちゃったのね、わたし。わかったわ。ちょっと辛いけど、もう鳴海さんにつきまとったりしない。お元気でね」

あかりが涙でくぐもった声で言って、静かに通話を切り上げた。

鳴海は何か言ってやりたかった。だが、適当な言葉が見つからなかった。

こんな自分に惚れたら、彼女は後で泣くことになる。

鳴海は通話終了アイコンをタップした。

携帯電話を懐《ふところ》に戻しかけたとき、ふたたび着信音が響きはじめた。今度の発信者は麦倉だった。

「例の平沼刑事のことだが、やっぱり八木正則は酔って歩道橋の階段から転げ落ちたんじゃないと思ってたようだぜ。四谷署の知り合いの刑事の話によると、平沼は他殺の疑いもあるから、遺体を司法解剖に回すべきだと主張してたらしいんだ」

「しかし、上司は検視官の見立てから事故死という結論を出したんだね？」

「そういう話だったよ。で、平沼は職務以外の時間に八木正則の死の真相を独りで調べてたというんだ」

「やっぱり、そうだったか。麦さん、平沼の自宅にも行ってみた？」

鳴海は訊いた。

「行ってはみたんだが、遺族に接触する機会がなかったんだ。奥さんも二人の子供も、だいぶ取り乱してたんでさ」

「当然だろうな。平沼って刑事が葬《ほうむ》られたのは、八木が殺されたという証拠を何か摑《つか》んだからにちがいない」

「そう考えてもいいだろうな。鳴やん、誰か思い当たる奴は？」

「怪しいのは、第三生命目黒営業所の二村所長だな。実はいま、目黒営業所の斜め前で張り込んでるんだ」

「二村って男を痛めつけて口を割らせようってわけだな?」

「そう」

「鳴やん、油断するなよ。敵は現職刑事まで始末してるんだ。凄腕《すごうで》の殺し屋《プロ》を雇ったと考えたほうがいいな」

「おそらく、そうなんだろう」

「何か手伝えることがあったら、遠慮なく言ってくれ」

「その必要があるときは、麦さんに連絡するよ」

「ああ、そうしてくれ」

麦倉が先に電話を切った。

鳴海はプリペイド式の携帯電話を上着の内ポケットに入れ、買っておいたラスクとビーフジャーキーで空腹感を充《み》たした。

それから、また時間が虚《むな》しく流れた。

鳴海は幾度となく第三生命目黒営業所に乗り込み、二村の胸倉を締め上げたい衝動に駆られた。そのつど、自分を戒《いまし》めた。

焦《あせ》りは禁物だ。部下たちのいる前で二村を痛めつけたら、警察沙汰《ざた》になりかねない。

恩義のある花田のためには敢《あ》えて危険を冒《おか》して竜神連合会本部に乗り込んだが、ここで無茶をしたら、刑務所に逆戻りさせられることになる。それは避けたかった。

自分は仮出所の身だ。慎重に二村を締め上げないと、まずいことになる。

鳴海は逸《はや》る気持ちを鎮《しず》め、ゆったりと紫煙をくゆらせた。

マークした営業所の専用駐車場からクラウンが走り出てきたのは、九時数分前だった。

鳴海はドライバーの顔を見た。二村だった。

クラウンはJR目黒駅方面に向かった。鳴海は一定の車間距離を保《たも》ちながら、二村の車を尾《つ》けはじめた。クラウンは駅の横を走り抜《ぬ》け、権之助坂《ごんのすけざか》を下《くだ》った。目黒川を渡ると、大《おお》鳥《とり》神社交差点を右折した。

山手《やまて》通りだ。道なりに進めば、東急東横線《とうきゆうとうよこ》の中目黒駅前に出る。八木夫妻が住んでいた賃貸マンションに何か忘れ物でもしたのか。

鳴海はそんなふうに思ってみたが、クラウンは山手通りを直進しつづけた。玉川《たまがわ》通りの下を潜《くぐ》り、富ヶ谷《とみがや》交差点を左に折れた。

井《い》ノ頭《かしら》通りをしばらく走り、大原《おおはら》二丁目交差点の数百メートル手前で今度は右に曲がった。

このまま進むと、確か京王《けいおう》線の笹塚《ささづか》駅にぶつかるはずだ。二村の家は、このあたりにあるのか。そうだとしたら、自宅に入る前に二村を取《と》っ捕《つか》まえたい。

鳴海は少し加速した。いつの間にか、クラウンとの間には軽自動車が一台走っているだけだった。

クラウンは笹塚駅の近くで、左に折れた。

それから間もなく、真新しい中層マンションの地下駐車場に入った。鳴海はマンションの表玄関を見た。

リースマンションだった。二村の自宅ではなさそうだ。智奈美は週単位か月単位で、このリースマンションの一室を借りているのかもしれない。

鳴海はプリウスを路上に駐め、リースマンションの地下駐車場まで走った。駐車場は半分ほど埋まっている。

クラウンから降りた二村が、リースマンションの表玄関に足を向けた。

鳴海は車と車の間を抜け、二村の首に背後から片腕を回した。二村が喉の奥で呻《うめ》き、苦しげにもがいた。

鳴海はアームロックを掛けたまま、二村を駐車場の陰に引きずり込んだ。道路からは死角になる場所だった。

「大声出したら、首をへし折るぞ」

鳴海は凄んでから、アームロックを少し緩《ゆる》めた。

「金、か、金が欲しいのか？」

二村が喘《あえ》ぎ喘ぎ言った。

「おれは辻強盗なんかじゃねえ」

「誰なんだ？」

「死んだ八木正則の友達《ダチ》だよ」

「ええっ」

「八木夫婦が住んでた中目黒のマンションを引き払わせたのは、あんただな！」

「な、なんの話をしてるんだ⁉」

「二村さんよ、空とぼける気かい？　なら、そっちの家族や会社の連中に八木智奈美との関係を話すことになるぜ」

「そ、それだけはやめてくれ」

「八木の妻とは、いつから男と女の関係になったんだ？」

「もう勘弁《かんべん》してくれよ」

「世話を焼かせやがる」

鳴海はふたたび二村の喉を圧迫し、膝頭で尾骶骨《びていこつ》を蹴り上げた。二村が唸《うな》り、腰を落としそうになった。

「まだ頑張《がんば》る気かい？」

「一年と少し前だよ。わたしは智奈美に誘惑されたんだ」

「誘惑されただと⁉」

「そうなんだ。彼女は夫に高額の生命保険を掛けたいからと接近してきたんだよ」

「保険の額は一億五千万円だな？」

「な、なんで、おたくがそこまで知ってるんだ⁉　ひょっとしたら、おたくは智奈美の新しい彼氏なんじゃないのか？　だとしたら、気をつけたほうがいいぞ。彼女は悪女だからな」

「悪女だって⁉」

「ああ、とんでもない女さ。智奈美は夫の高額保険の加入の話を餌《えさ》にして、わたしに性的な奉仕を強《し》いたんだ」

「もっとわかりやすく言え！」

「智奈美は、男をいじめるのが好きなんだよ」

「そっちは縄で縛られて、鞭《むち》で叩《たた》かれたって言うのか？」

「そこまではされなかったが、パンティーストッキングで両手首をきつく縛られて、さんざん体を踏みつけられたよ。それから蒸《む》れた足の指や女性自身を何十分も舐めさせられたな」

「そんな話、おれは信じねえ」

鳴海は言下《げんか》に否定した。

「嘘じゃない。事実なんだよ。わたしはノーマルだから、とても屈辱的だった。しかし、耐えたよ。大口の契約を取りたかったんでね」

「で、加入してもらえたのか？」

「ああ、それはね。しかし、その後が地獄だったよ。智奈美はわたしが変態プレイの相手を務《つと》めたことを脅しの材料にして、夫に掛けた一億五千万円の生命保険の保険料を月々、わたしに肩代わりしろと……」

「それで、どうしたんだ？」

「わたしは自分のスキャンダラスな行為を暴《あば》かれるのが怖くって、営業接待費の中から保険料を払ってたんだ」

「そんな話、やっぱり信じられねえ。彼女は、そんなことやれる女じゃない」

「最初はわたしだって、そう思ってたよ。観音《かんのん》さまのような女だとさえ感じてたんだ。ところが、素顔は毒婦顔負けだった。あんな性悪女《しょうわるおんな》に引っかかってしまったのは、一生の不覚だ」

　二村がぼやいた。

「彼女に唆《そその》かされて、あんたが四谷の歩道橋の階段を降りかけてた八木正則の首筋にゴム弾かスリングショットの鋼鉄球を撃《う》ち込んだんじゃねえのかっ」

「な、なんてことを言い出すんだ⁉　自分は、そんなことしてない。八木正則氏が転落事故で亡くなった日、わたしは会社の出張で京都《きょうと》にいたんだ。大口の契約者たち数人を祇園《ぎおん》の『おなつ』という和風クラブに連れていって、接待してたんだよ。疑うなら、その店に問い合わせてもらってもいい」

「平沼満夫の轢き逃げ事件にも関与してないって言うのかっ」

「被害者は何者なんだ？」

「四谷署にいた刑事だ。平沼は八木が誰かに殺《や》られたと睨《にら》んで、職務時間外に転落事故を洗い直してたんだよ。ところが、何者かに車で轢き殺されてしまった。おれは八木と平沼を葬ったのは、同一人物だと思ってる」

「そ、そ、それがこのわたしだと言うのか⁉　冗談じゃない。わたしは、どっちの事件にもまったく関与してないっ」

「あんたが正直者かどうか、体に訊いてみよう」

鳴海は二村を自分の方に向き直らせると、強烈なボディブロウを放った。

二村が呻いて、体を屈《かが》めた。すかさず鳴海は、得意のショートアッパーで二村の顎を叩いた。

二村がいったん大きく身を反らせ、そのまま地べたに引っくり返った。鳴海は前に踏み込んで、半身を起こしかけた二村の胸板を蹴った。

靴の先が深くめり込み、肋骨《ろっこつ》の折れる音が響いた。二村が手脚《てあし》を縮め、転げ回りはじめた。散弾を喰《く》らった小動物のように、のたうち回りつづけた。

「さっきの話は事実なんだなっ」

　鳴海は確かめた。

　二村は唸るだけで、返事をする余裕もないようだ。鳴海は少し待ってやることにした。数分が経《た》ったころ、二村が弱々しく呟いた。

「わ、わたしは潔白だ。京都の『おなつ』に電話をしてくれ。そ、そうすれば、わたしのアリバイは成立する」

「一応、あんたの話を信じてやらあ。このリースマンションに、八木智奈美が住んでるんだな？」

「そうだよ」

「部屋は何号室なんだ？」

「三〇三号室だよ」

「あんた、スペアキーを持ってるな？」

「上着の右ポケットの中に入ってる」

　二村が答えた。

　鳴海は屈《かが》み込んで、二村のポケットを探った。すぐに指先に鍵が触れた。

　鍵を抓《つま》み出したとき、二村が小声で言った。

「智奈美が誰かに頼んで、夫と平沼とかいう刑事を始末させたのかもしれないぞ。彼女は一億五千万円を手に入れるためなら、そこまでやりかねない女だからな」

「一億五千万円は、もう彼女の手に渡ってるのか？」

「いや、まだだよ。高額の保険金は審査に時間がかかるんだ。それでも近日中には、八木正則氏の保険金は下りると思うよ」

「急に中目黒のマンションを引き払ったのは、なぜなんだ？」

「理由はよくわからないが、智奈美がそうしたがったんだよ。わたしは彼女に言われるままに部屋にあった家財道具をリサイクルショップに引き取ってもらって、賃貸借契約の解除の手続きを代行したんだ」

「八木の遺骨はどうした？」

「智奈美の部屋にあるよ。あの女、頭がおかしいのかもしれない」

「頭がおかしい？」

「ああ。夫を誰かに殺《や》らせた疑いがありそうなんだが、きのう、わたしが部屋を訪ねたとき、骨壺《こつつぼ》の蓋《ふた》を開けて、死んだ夫の骨に愛《いと》しそうに何か語りかけてたんだ。薄気味悪かったよ。早く智奈美と縁を切りたいんだが、スキャンダルの主になるのも厭《いや》だから、渋々、言いなりになってるんだ」

「和倉温泉に行ったのは、ただの浮気旅行だったのか？」

鳴海は訊いた。

「智奈美が急に能登半島に行きたいと言い出したんだ」

「おたくらは珠洲岬まで行ったようだな?」

「そこまで調べ上げてたのか。確かに行ったよ。岬の崖っぷちに立ったとき、わたしは智奈美に背中を強く突かれるんじゃないかと内心びくついてたんだ」

「なんで、あんたがビビるんだ?　彼女があんたを殺す必要はないだろうが」

「あるさ」

二村が言った。

「どんな理由が?」

「智奈美は、わたしに月々の保険料を肩代わりさせてたんだ。そのことが発覚すれば、当然、会社は死亡保険金の支払いを拒絶する。わたしを消してしまえば、保険料の肩代わりのことは誰にも知られずに済むじゃないか」

「なるほど。一応、話の筋は通ってるな」

「これから、智奈美に会うつもりなのか?」

「まあな。あんた、余計なことを彼女に言ったら、今度は殺《や》っちまうぞ。とっととてめえの家に帰りな」

鳴海は二村の腹を蹴り、リースマンションの地下駐車場を出た。

# 3

エレベーターが停止した。

三階だ。函《ケージ》には、自分のほかは誰も乗っていない。

鳴海はウィッグを外して、上着のポケットに突っ込んだ。エレベーターを降り、今度は黒縁眼鏡を外す。

鳴海は足音を殺しながら、三〇三号室に近づいた。たたずみ、ノブに手を掛けてみる。ロックされていた。

鳴海は、二村から奪ったスペアキーで静かに解錠した。素早く部屋の中に入り、シリンダー錠を倒す。

靴を脱《ぬ》ぎかけたとき、奥から智奈美が姿を見せた。彼女は鳴海を見ると、安堵と困惑の入り混じった顔つきになった。

「鳴海さんが、どうしてここに⁉」

「二村を目黒営業所から尾行してきて、奴からスペアキーを奪ったんだよ」

「そうなの」

「いろいろ説明してもらいたいことがある。ちょっと上がらせてもらうぜ」

鳴海は玄関ホールに上がった。

智奈美は少しためらってから、鳴海を居間に導いた。間取りは1LDKだった。十五畳ほどのLDKに接して十畳あまりの寝室がある。半開きのドアから、ダブルベッドが見えた。

智奈美が慌《あわ》てた様子で寝室のドアを閉めた。

鳴海は勝手に布張りのリビングソファに腰かけた。智奈美が立ったまま、うつむきがちに問いかけてきた。

「二村から何か聞いたんでしょ？」

「ああ。二人は一年以上も前から深い関係だったんだってな？　驚いたぜ。八木ちゃんはあの世で、もっとびっくりしてるはずだ」

「二村は、ほかにどんなことを鳴海さんに言いました？」

「あんたに性的な奉仕をしたって言ってたよ、八木ちゃんの一億五千万円の生命保険の契約を取りたくてな。それから、奴はセックス・スキャンダルを脅しの材料にされて、八木ちゃんの保険料の肩代わりをさせられたとも言ってた」

「そう」

「ついでに言っちまおう。二村は、あんたが誰かに八木ちゃんを歩道橋の階段から転落させた疑いもあると口にしたな」

「そ、そんな！」

「奴の話が事実だとすりゃ、そっちは相当な悪女だな」

「鳴海さんは、あの男の話を信じたのね？」

「奴の話を鵜呑《うの》みにしたわけじゃない。しかし、そっちの行動に不審の念を抱いたことは事実だ」

「当然よね」

「まず第一に、そっちが言ってた全日本生命の定期保険のことは事実じゃなかった。間接的な知り合いの保険調査員に頼んで、八木ちゃんが二千万円の保険に加入してるかどうかチェックしてもらったんだ。加入者リストの中に、八木正則の名はなかった」

「その件では、わたし、謝ります。あなたに定期保険の話をした後、八木が三カ月ほど前に保険を解約してることがわかったの」

智奈美が真剣な表情で言い訳した。

「そうだったとしても、なぜ第三生命の高額保険のことを言わなかったんだっ。そっちは色仕掛けで二村を取り込んで、奴に保険料の支払いを肩代わりさせてたんじゃないのか？」

「………」

「黙ってないで、答えてくれ。おれは、そっちがそこまでやってたとは思いたくないいんだ。何か事情があって、そうせざるを得なくなったんじゃないのか？」

「わたしがいけないんです。無防備すぎたんです」

「何があったんだ？　力になるから、話してみてくれないか」

鳴海は口調を和《やわ》らげた。

そのとき、智奈美が泣き崩れた。鳴海は反射的に立ち上がり、智奈美に駆け寄った。しかし、身を揉んで泣いている智奈美に声をかけることは憚《はばか》られた。

鳴海は無言で智奈美の肩を二度軽く叩き、ソファに戻った。煙草に火を点け、智奈美の嗚咽《おえつ》が熄《や》むのを待つ。

マールボロを喫《す》い終えても、まだ智奈美は涙にむせていた。鳴海は、さらに待った。

やがて、智奈美の涙は涸《か》れた。

「わたし、二村の罠に嵌《は》まってしまったんです」

「二村はそっちとの不倫関係を清算したくて、何か仕掛けたんだな」

「わたし、誰とも浮気なんかしてません。二村が一年以上も前から、このわたしと不倫の仲だと言ったことは大嘘です。あいつと初めて会ったのは、主人の告別式の夜なんです。鳴海さんが帰られて一時間ぐらい経ったころ、二村が中目黒のマンションに訪ねてきたの」

「その話は、事実なんだね？」

「ええ、もちろん。そのとき、二村は夫がわたしに内緒で第三生命に一億五千万円の生命保険を掛けてると言ったんです。その話を聞いても、わたしは半信半疑でした。高額保険の保険料を八木が払いつづけるゆとりはなかったので」

「それで?」

鳴海は先を促した。

「わたしが信じられない話だと言うと、二村は営業所で八木の保険証書を預かってるから、それを見せると言いだしたんです」

「で、二村と一緒に第三生命目黒営業所に行ったんだな?」

「ええ。営業所には、もう誰もいませんでした。わたしは一刻も早く保険証券を見せてほしかったんだけど、二村はコーヒーを淹《い》れてくれたんです。そのコーヒーを飲んで少ししたら、急に睡魔が襲ってきたんです」

「二村はコーヒーの中に、強力な睡眠導入剤か何か入れやがったんだろう」

「ええ、そうだったの。後でわかったことなんですけど、二村はコーヒーの中に向精神薬《こうせいしんやく》を混ぜたというんです。さらに昏睡状態に陥《おちい》ったわたしに、あの男は静脈麻酔薬を注射したと言ってました」

「意識を失ってる間に、何かされたんだな?」

「え、ええ」

　智奈美が下を向き、懸命に涙を堪《こら》えている。

「思い出したくないことなら、別に喋らなくてもいいんだ」

「ええ、でも……」

「とにかく、ひどいことをされたんだな？」

「そうです。わたし、話します。意識を失ってる間に、西アジア系と思われる口髭を生やした男と暴力団員っぽい奴の二人に代わる代わる二度ずつ体を穢《けが》されたんです。それから男たちに性具でいたずらされたようです」

「ひでえことをやりやがる」

「二村は、そういうシーンをすべてデジタルカメラで撮《と》ってたんです。動画を観《み》せられて、わたしは絶望的な気持ちになりました。何度も警察に駆け込もうとしましたけど、恥ずかしい映像を刑事さんたちに観られることになると考えると……」

「結局、泣き寝入りすることになったんだな？」

　鳴海は確認した。

「ええ」

「その動画は、いまも二村が持ってるのか？」

「だと思います。だから、わたしは二村に言われるままに、和倉温泉まで同行せざるを得なかったんですよ」

「奴は、ホテルでそっちの体を弄《もてあそ》んだんだな？」

「ええ。それも、変態じみたことばかり要求しました」

「泊まった翌日、二村と珠洲岬に行ったな？」

「はい。二村に強引に連れて行かれたの。あいつは、岬の突端からわたしを突き落とそうと思ってたんじゃないかしら？　でも、近くに観光客が何人もいたんで、それを諦《あきら》めたようです」

「二村は、逆のことを言ってた。そっちに崖っぷちから落とされるような気がして、すごく怖かったとな」

「嘘です！　二村は、このわたしを突き落としたかったにちがいありません。鳴海さん、どうか信じて！」

智奈美がまっすぐ見つめてきた。表情に濁りはうかがえない。瞳も澄んでいた。

二村と智奈美の言い分は、真っ向から対立する形だ。どちらの言葉を信じるべきなのか。

鳴海は思い悩みはじめた。

どう考えても、智奈美が自分を騙《だま》しているとは思えない。恥辱的な弱みを二村に握られていれば、彼女は逃げるに逃げられなかったのだろう。

「蛇足になるけど、八木が一億五千万円の保険を第三生命に掛けてたという話はわたしを罠に嵌《は》めるための撒《ま》き餌《え》だったの」

「ああ、わかってる。話は飛ぶが、八木ちゃんは誰かに殺された疑いが濃くなってきたんだよ」

「ええっ、ほんとですか⁉」

「おそらくね」

「いったい誰が夫を殺したんでしょう？」

智奈美がハンカチで目頭を押さえ、放心したような顔で呟いた。

鳴海は八木の首の青痣のことを最初に喋《しゃべ》り、四谷署の平沼刑事の事件についても語った。

「気が動転してたんで、わたしは首の打撲傷にはまったく気づきませんでした」

「無理もないさ。ここに来るまで、おれは二村とそっちが結託して、八木ちゃんと平沼を誰かに始末させたと思ってたんだ」

「わたし、八木をかけがえのない男と思ってました。そんな人間を殺そうとなんか考えません」

「ああ、いまはそう思ってるよ。八木ちゃんと二村は面識があったのかな？」

「多分、なかったと思うわ」

「なら、二村が言ってたことは嘘じゃないのかもしれない。奴は八木ちゃんが死んだ晩、京都で大口契約者たちの接待をしてたと言ってたんだ」

「わたしは二村の言葉は、すべて信じないわ」

智奈美が憎々しげに言った。

念のために、二村のアリバイを調べてみる気になった。

鳴海は懐からプリペイド式の携帯電話を摑み出し、祇園の和風クラブ『おなつ』のホームページで電話番号を調べた。店に電話をかけると、若いホステスが受話器を取った。

鳴海は四谷署の刑事になりすまし、ママに替わってもらった。

四十代らしきママは、事件当夜、二村が複数の連れと九時半ごろから午前零時近い時刻まで陽気に飲んでいたことを証言した。二村と口裏を合わせているようには感じられなかった。

鳴海は礼を言って、通話を切り上げた。そのとき、智奈美が声を発した。

「二村には一応、アリバイがあるようね?」

「ああ。少なくとも、奴は八木ちゃん殺しの実行犯じゃねえな。ただ、誰かに殺しを依頼した疑いは依然として残ってる。能登半島の珠洲岬で、そっちを突き落とそうともしたようだからな。二村は面識もなかった八木夫婦に、なぜ殺意を抱かなければならなかったのか。そいつが見えてこねえんだ」

「考えられるのは、主人が何か見てはならないものを見てしまったか、知ってはいけないものを知ったかのどちらかだと思います」

「なるほどな。八木ちゃんが生前、何かを探ってた気配は？」

鳴海は問いかけ、煙草をくわえた。

「断定的なことは言えませんけど、主人が『プチ・ビストロ・ジャポン』の経営状態を数カ月前から調べてるような節《ふし》はありました」

「なぜ、八木ちゃんは本部の経営状態のことを知りたがったんだろう？」

「そのことについては、主人は何も言わなかったの。でも、去年の秋ごろから『プチ・ビストロ』の加盟店が売上不振や違約行為を理由に次々にＦＣ契約を一方的に解除されたことを訝《いぶか》しがってたのは間違いないわ。そのとき、彼が『本部は案外、火の車なのかもしれないな』と呟いたことを憶《おぼ》えています」

「加盟店オーナーたちが本部の経営状態をチェックするような機会は？」

「そういう機会はありませんでした。加盟店の経営状態は完璧《かんぺき》に本部に把握《はあく》されてましたけどね」

「それはそうだろうな。八木ちゃんが言ってたことは正しいんじゃないかな。本部は逼迫《ひっぱく》してて、少しまとまった金が必要だったんだろう」

「だから、強引なやり方で加盟店オーナーたちとのＦＣ契約を次々に解除してたのかしら？」

「おそらく、そうなんだろう。それで、本部は新規のオーナーから保証金や成約預託金を集めてたんじゃねえのかな。新規オーナーはがむしゃらに働くだろうから、売上目標額は達成されるにちがいない。そうなりゃ、本部には新規加盟店から安定した額のロイヤルティーが転がり込む」

「ええ、そういうことになるわね。主人は、本部の強引なやり方に腹を立てて、何か不正の事実を握ろうとしてたのかしら？」

　智奈美が問いかけてきた。

「おおかた、そうなんだろう」

「だとしたら、主人は本部の樋口社長あたりに命を狙《ねら》われたことになるんじゃありません？」

「そうだな。ちょっと知り合いに情報を集めてもらおう」

　鳴海は短くなった煙草を灰皿に捨て、ふたたび上着の内ポケットから携帯電話を取り出した。電話をかけたのは麦倉の自宅だった。

　少し待つと、先方の受話器が外れた。

「麦さん、おれだよ」

「おう。二村って野郎、素直に口を割った？」

「詳しいことは会ったときに話すが、ちょっと予想外の展開になってきたんだ」

「二村も八木智奈美も、昔のボクサー仲間の事件《ヤマ》には関与してなかったのか」

「まだ断定はできないが、どっちも実行犯じゃなさそうなんだ」

「ふうん。で、新たな容疑者は誰なの？」

「そこまで絞《しぼ》り込めてないんだが、ちょっと『プチ・ビストロ・ジャポン』の経営状態を調べてもらいてえんだ。確か麦さんの知り合いが、調査会社に勤めてたよな？」

「『東京保険リサーチ』の桑原のことだな？」

「そう。その男に頼んで、負債額や債権者を調べてもらってほしいんだ」

「わかった。今夜中に桑原に連絡とってみるよ。たいした時間はかからないと思うな、その程度のことを調べるのは」

「よろしく頼むね」

　鳴海は先に電話を切った。

　それを待っていたように、智奈美が早口で言った。

「本部と第三生命に何か接点があるんじゃないかしら？」

「洋風居酒屋のフランチャイズ本部と大手生保会社に、どんな接点があると思う？」

「考えられるのは、本部が加盟店オーナーに内緒で団体生命保険に加入させてることね」

「加盟店オーナーが死んだら、本部はこっそり保険金を受け取るって寸法なのか。そういえば、数年前に会社が社員にその種の保険を掛けてて、遺族と裁判沙汰になったことがあるな」

「ええ、知っています。主人は、そういう不正を知ったのでしょうか？　わたしには何も話してくれなかったけど」

「八木ちゃんが何か摑んだことは間違いなさそうだ。だから、奥さんも罠に嵌められたんだろう。二村が珠洲岬で奥さんを本気で突き落とす気だったとしたら、八木ちゃんに握られた不正の証拠物件が奥さんに渡ってるかもしれねえと判断したにちがいない」

「いま話を聞いてて思ったんですけど、本部の樋口社長と第三生命の二村が個人的に繫《つな》がってるとも考えられますよね」

「そうだな。奥さん、二村の自宅はどこにあるんだい？」

「一度訊いたことがあるんだけど、あの男、警戒したらしくて、教えてくれなかったの」

「そうなのか。奥さん、このリースマンションを出たほうがいいな。ここに殺し屋が来るかもしれないから」

「二村が刺客を差し向けて、わたしを殺させようと？」

「考えすぎかもしれないが、用心しといたほうがいいだろうね」

「それじゃ、どこかホテルに移ります」

「ホテルよりも、おれの隠れ家のほうが安全かもしれない。おれ、知り合いが提供してくれた天現寺のマンションを塒《ねぐら》にすることにしたんだ。２ＬＤＫだから、奥さんの泊まる部屋もある」

　鳴海は言って、智奈美を見た。困惑顔だった。

「もちろん、寝室のドアは内側からロックできる。それでも不安だって言うんだったら、おれは近くのホテルに部屋を取るよ」

「ううん、違うの。わたし、そういうことを心配したんじゃないんです。鳴海さんには甘えっぱなしなんで、これ以上迷惑をかけるのは心苦しいと……」

「奥さんさえよかったら、当分、おれの塒に隠れてなよ。そのほうが、こっちも安心できる」

「本当に、いいんですか?」

「おれも居候《いそうろう》なんだ。だから、遠慮することはねえさ」

「それじゃ、そうさせてください。いま、荷物をまとめます」

　智奈美はフローリングの床から立ち上がると、寝室に走り入った。

　明日にでも二村をもう一度痛めつけて、からくりを吐かせてやろう。淫《みだ》らな動画データも奪って、焼却したい。

　鳴海はそう思いながら、またもや煙草をくわえた。

　半分ほど喫《す》ったとき、胸に骨箱を抱えた智奈美が寝室から現われた。右手には、トラベルバッグを提げていた。

鳴海は喫いさしの煙草の火を揉み消し、ソファから腰を浮かせた。智奈美に歩み寄り、無言でトラベルバッグを捥《も》ぎ取《と》る。

「すみません」

「八木ちゃんをしっかり胸に抱えてやれよ」

「はい」

智奈美が白布にくるまれた骨箱を両腕で抱え込んだ。

「それじゃ、行こう。電気は、このまま点けといたほうがいいな」

鳴海は先に玄関に急いだ。

靴を履《は》き、ドアを細く開ける。怪《あや》しい人影は見当たらなかった。二人はエレベーターで一階に降りた。リースマンションを出る前に、鳴海は暗がりを透《す》かして見た。誰かが潜《ひそ》んでいる様子はなかった。

鳴海はレンタカーの助手席に智奈美を乗せると、穏《おだ》やかに車を走らせはじめた。

## 4

照れ臭い。

実際、目のやり場に困った。それでいて、何か仄々《ほのぼの》とした気分だった。

鳴海は智奈美と差し向かいで朝食を摂《と》っていた。天現寺の隠れ家だ。

食卓には、塩鮭《しおざけ》、明太子《めんたいこ》、蒲鉾《かまぼこ》、海苔《のり》、浅蜊《あさり》の佃煮《つくだに》、漬物、生卵などが並んでいる。どれも前夜、近くのスーパーマーケットで智奈美が買い求めたものだ。

味噌汁の具は、豆腐と若布《わかめ》だった。炊《た》きたてのご飯は少し甘かった。一粒一粒が光っている。

新潟《にいがた》県魚沼《うおぬま》産のコシヒカリだった。きのうの晩、十キロ入りの袋を買ったのだ。

「お口に合うかしら？」

智奈美が訊いた。やはり、彼女も気恥ずかしそうだった。

「うまいよ、どれも」

「ほんとに？」

「ああ。八木ちゃんは毎朝、こんなにうまい朝飯を喰ってたのか。果報者《かほうもの》だったな」

鳴海は言って、顔を上げた。

智奈美は箸《はし》を手にしたまま、下を向いていた。どうやら亡夫のことを思い出し、新たな悲しみが、込《こ》み上げてきたらしい。

「ごめん！　辛《つら》い思いをさせるつもりじゃなかったんだが……」

「ええ、わかっています。こういうオーソドックスな朝食をこしらえたのは、久しぶりなんです。たいてい朝はパンでしたので」

「そういえば、八木ちゃんはパン好きだったよな。あっ、いけねえ！　また、故人のことを話題にしてしまった」

鳴海は頭を掻《か》いた。

「いいんです、気にしないで。だって、わたしたちの共通の話題といえば、八木のことなんですから」

「それはそうなんだが」

「鳴海さん、わたし、迷ってることがあるんです。生前、八木は自分にもしものことがあったら、遺灰を五島列島の海に撒《ま》いてほしいと言ってたんです。けど、そうしてもいいのかどうかと……」

「八木ちゃんの親族は、どう言ってるんだい？」

「先祖代々の墓の横に新仏《しんぼとけ》の墓石を建ててもいいと言ってくれているんです。でも、八木は故郷を棄《す》てた人間だから、そういうことは望まないんじゃないかと思うんですよ」

「難しいとこだな。故郷の海に散骨してくれって言ってたんなら、完全に故郷と縁を切ったわけでもないんだろうからな」

「多分、そうなんでしょうね」

「といって、親族に供養されつづけるのも肩身が狭いだろうしな」

「だと思います。八木は、親兄弟には不義理しっぱなしでしたんでね」

「おれが奥さんなら、遺灰を五島列島の海に撒いてやるだろうな」

「鳴海さんのいまの言葉を聞いて、わたし、迷いが消えました。彼の身内には恨まれるかもしれませんけど、故人の遺志を尊重することにします」

智奈美が言った。

「そう。仏式では納骨は四十九日にやるケースが多いようだが、いつ散骨するつもりなのかな？」

「当分、一緒にいたい気持ちだから、半年か一年先になるかもしれません」

「好きなだけ一緒にいてやりなよ。散骨するときは、おれも五島列島に同行する。友達らしい友達は、八木ちゃんだけだったんだ」

「わかりました。五島列島に出かけるときは、必ず鳴海さんに声をかけます」

「そうしてくれないか」

鳴海は言って、明太子に箸を伸ばした。智奈美も味噌汁を啜《すす》った。

鳴海は先に食べ終え、ダイニングテーブルを離れた。居間のソファに移り、煙草に火を点ける。

前夜から鳴海は何か気持ちが浮き立っていた。不謹慎《ふきんしん》なことだが、未亡人になったばかりの智奈美と一緒に過ごしている時間が愉《たの》しかった。ときめきさえ感じる。

自分は智奈美に惹《ひ》かれかけているのだろうか。本気で女性を好きになったことのない自分が、よりによって親友だった男の妻を好きになるとは。

鳴海は幾分、後ろめたかった。八木は、すでに他界している。自分が智奈美を特別な女性と意識しても、別に何も問題はないはずだ。

そう思いつつも、ある種の疚《やま》しさは拭えなかった。前夜の寝苦しさを思い起こすと、一層、疚しさを感じた。

昨夜、二人は別々の部屋で寝た。

智奈美は洋室のベッドを使い、鳴海は和室で寝《やす》んだ。二つの部屋の間には、ＬＤＫがある。

寝室のドア越しに智奈美の寝息やマットレスの軋《きし》み音が聞こえてきたわけではない。それでも鳴海は、容易に寝つけなかった。

といっても、智奈美に邪《よこしま》な欲望を覚えていたのではない。

肉欲の渇《かわ》きに悩まされたわけではなかった。悲しみに打ちひしがれている若い未亡人が気がかりだったのである。

夫を失った彼女の悲しみを自分が癒《いや》してやることはできないだろう。せめて二村から妙なビデオを回収して、智奈美の不安を取り除いてやりたい。

鳴海は一服し終えると、洗面所に入った。

手早く髭《ひげ》を剃《そ》り、手櫛《てぐし》で寝癖《ねぐせ》のついた頭髪を整える。洗面所を出ると、智奈美はシンクに向かって食器を洗っていた。

「ちょっと出かけてくるよ。インターフォンが鳴っても、絶対に玄関のドアは開けないほうがいいな」

「はい」

「それから、できるだけ外出は控《ひか》えてほしいんだ。二村が人を使って、奥さんを捜《さが》させてるはずだからな」

「わかりました。鳴海さんは、二村の営業所に乗り込むつもりなのね？」

「いや、奴は仕事には出てないはずだ。昨夜《ゆうべ》、かなり痛めつけたから、自宅で唸ってると思う。あるいは、どこかに入院してるかもしれないな」

「わたしのために危険な思いをさせることになってしまって、ごめんなさいね」

「相手は堅気なんだ。どうってことねえさ」

鳴海は和室に入り、身仕度《みじたく》をした。ほどなく部屋を出た。九時四十八分過ぎだった。

鳴海はエレベーターで地下駐車場に降り、レンタカーのプリウスに乗り込んだ。マンションを出てから、第三生命目黒営業所に電話をする。

受話器を取ったのは若い女性だった。

鳴海は二村の大学の後輩を装《よそお》い、相手に問いかけた。

「二村先輩、まだ出社してないかな？」

「きょうは出社しないと思います。きのう、ちょっと怪我《けが》をしたらしいんですよ」

「怪我って、何があったの？」

「詳しいことはわかりませんけど、誰かに蹴られて肋骨を折ったようなんです。何日か入院することになったそうです」

「先輩の入院先は？」

「西原《にしはら》の久住《くすみ》外科医院です。あのう失礼ですが、お名前は？」

相手が訊いた。

「中村《なかむら》です。これから、二村先輩の見舞いに行ってみますよ。そうだ、先輩の自宅は杉並《すぎなみ》の浜田山《はまだやま》だったよね？」

「いいえ、違います」

「それじゃ、引っ越されたんだな。いまの住まいは、どこなんです？」

「世田谷《せたがや》区の桜新町《さくらしんまち》一丁目です。細かい番地まではわかりませんけど、間違いないはずです」

「ありがとう」

鳴海はほくそ笑《え》みながら、電話を切った。

プリウスを近くの明治《めいじ》通りに向ける。渋谷橋《しぶやばし》から山手通りに抜け、元代々木町《もとよよぎちょう》の住宅街に入った。

数分走ると、西原に達した。目的の久住外科医院は造作なく見つかった。

鳴海はレンタカーを外科医院の近くの路上に駐めた。医院は四階建てだった。

二村は三階の特別室に入院していた。個室だ。

鳴海は見舞客の振りをして、三階のワークステーションの前を通過した。特別室は、いちばん奥にあった。

鳴海はドアに耳を寄せた。

人の話し声はしない。素早く病室に入る。

二村は窓辺に置かれたベッドの上にいた。顔中《かおじゅう》、痣《あざ》だらけだった。

「お、おまえは⁉」

二村が肘《ひじ》で上半身を起こそうとして、顔をしかめた。あばら骨に痛みが走ったのだろう。

鳴海はベッドに歩みより、点滴のチューブを引き千切った。点滴袋から栄養剤の溶液が、ぽたぽたと床に落ちはじめた。

「な、何をしに来たんだ？」

「大嘘つきやがって。てめえが昨夜《ゆうべ》言ったことは、でたらめじゃねえかっ」

「智奈美に何を言われたのか知らないが、おたくは彼女に丸め込まれたのさ」

二村が断定口調で言った。

鳴海は左目を眇《すが》め、マットレスを両手で浮かせた。二村はベッドから転げ落ち、長く呻いた。

鳴海はベッドを回り込み、パジャマ姿の二村を摑《つか》み起こした。

「盗撮映像はどこにあるんだっ」

「なんのことを言ってるんだ？」

「てめえは睡眠導入剤と麻酔薬で八木智奈美の意識を奪って、西アジア系の外国人の男とどこかの組員の二人に彼女を犯させたはずだ。そのとき、てめえが撮影した動画だよ！」

「ばかを言うな。わたしがそんなことをさせるわけないじゃないか」

二村が言った。

「そうかい。ま、いいさ。おれを怒らせたら、もっと痛い思いをするだけだぞ」

「わ、わたしを殴《なぐ》る気なのか⁉」

「そういうことだ」

鳴海は言いざま、左のロングストレートを放った。サウスポーの彼の必殺パンチだった。

二村は後ろの壁まで吹っ飛び、そのまま尻《しり》から床に落ちた。鼻血が口許を赤く染めていた。鳴海は口の端をたわめ、二村の胸部に鋭い蹴りを入れた。二村は前屈《まえかが》みに倒れ、ひとしきり呻いた。

「ここで死ぬか。え？」

「もう乱暴なことはやめてくれーっ」

「八木正則が一億五千万円の保険を第三生命に掛けてたなんて嘘の話で釣って、なんで智奈美の体を穢《けが》させたんだっ」

「わたしは気が進まなかったんだよ。しかし、上司の命令には逆《さか》らえなかったんだ」

「その上司ってのは、誰のことなんだっ」

「それだけは言えない。言ったら、わたしは会社にいられなくなるからな」

「命よりも、会社のほうが重いか？」

「わ、わたしを本気で殺すつもりなのか⁉」

「そうだ」

「こ、こ、殺さないでくれ。わたしは、会社の針貝幸次《はりがいこうじ》専務に頼まれたんだよ」

「そいつは、八木正則に何か弱みを握られてたんだな？」

「ああ、おそらくね。しかし、詳しいことは何も知らない」

「智奈美をレイプした二人は、てめえが自分で見つけたのか？」

「ああ、そうだよ。歌舞伎町で二人に声をかけて、協力してもらったんだ」

二村が答えた。

「口髭を生やしてるという奴は、イラン人なんだろう？」

「そうだよ。アリと名乗ってた。もうひとりは極和会《きよくわかい》の光岡《みつおか》って男だよ。二人に三十万円ずつ渡して、智奈美を輪姦《マワ》してもらったんだ」

「その六十万は、針貝って野郎から貰ったわけか？」

「うん、そう」

「針貝に別のことも頼まれたんじゃねえのか？」

「別のこと？」

「そうだ。針貝って専務は、八木正則がどこかに隠した録音音声か写真データを見つけろと言ったんじゃねえのかっ」

「言われたよ。しかし、八木の自宅にも店にも、その種の物は隠されてなかったんだ。智奈美も何も預かってないと繰り返した」

「てめえは、能登の珠洲岬から八木智奈美を突き落とす気だったんだろっ」

「針貝専務に彼女を始末しろと言われたんだ。しかし、わたしにはできなかった。恐ろしかったし、智奈美をしばらくセックスペットにしたかったんだ。だから、笹塚のリースマンションに……」

「下種《げす》野郎が！」

鳴海は怒りに駆られ、二村の喉笛を蹴りつけた。二村がベッドの支柱を摑んで、苦痛の声をあげた。

「針貝って奴が八木と四谷署の平沼刑事を誰かに殺《や》らせたんだな？」

「そのあたりのことは、わたしは何も知らないんだ。嘘じゃない」

「針貝と『プチ・ビストロ・ジャポン』には、何か繋がりがあるなっ」

「えっ、そうなのか⁉」

「てめえ、本当に何も知らねえのかっ」

「ああ、知らないよ。生保会社と洋風居酒屋にビジネスの繋がりはないからね」

「『プチ・ビストロ・ジャポン』が加盟店オーナーに団体生命保険を掛けてるんじゃねえのか？」

「そういう話は聞いたことがないな」

「ま、いいさ。動画のデータはどこにあるんだ？」

「目黒営業所のわたしの机の中に入ってる」

「着替えろ！　おれと一緒に営業所に行くんだっ」

「無茶を言うな。わたしは大怪我をして、入院中の身なんだぞ」

「たいした怪我じゃねえだろうが」

　鳴海は鼻先で笑い、病室の隅のロッカーに近づいた。ロッカーの中からパーカを取り出し、二村に投げつけた。

「そいつをパジャマの上に羽織《はお》れ」

「おたくひとりで行ってくれよ。データは最下段の引き出しに入れてある。鍵が掛かってるわけじゃないんだ」

「部外者のおれが勝手にてめえの机の中を物色できるわけねえだろうが！　早くコートを着やがれ」

「わかったよ」

二村が起き上がり、格子柄のパジャマの上にオフホワイトの綿パーカを重ねた。

鳴海は二村を特別室から引っ張り出した。近くに非常階段があった。二村を先に歩かせ、階段を降りる。

鳴海は二村をレンタカーの助手席に坐らせると、グローブボックスから細い針金を取り出した。針金で、二村の手の親指と親指をきつく縛った。こうしておけば、絶対に自分でドア・ロックは外せない。

鳴海は大急ぎで運転席に乗り込んだ。

車をスタートさせると、二村がおずおずと話しかけてきた。

「針貝専務も痛めつける気なのか？」

「まあな。針貝のことをもう少し詳しく喋ってもらおうか。いくつなんだ？」

「五十七か、八だよ」

「顔つきや体型は？」

「丸顔で、額がだいぶ後退してる。中肉中背だよ」

「ふだんは本社にいるんだな？」

「そうだよ」

会話が途切れた。

鳴海は来た道を逆に走りつづけた。

三十分ほどで、第三生命目黒営業所に着いた。鳴海は二村とともに、営業所に足を踏み入れた。

二村の部下たちは一様《いちよう》に驚いたが、誰も話しかけてこなかった。狼のような風貌の鳴海に気圧《けお》されたのだろう。

所長室は奥にあった。十五、六畳のスペースで、机のほかに応接ソファセットが置かれている。大型テレビもあった。

二村が机の最下段の引き出しから、動画のメモリーを取り出した。

「録画を再生しろ」

鳴海は命じた。二村は言われた通りにした。

やがて、画像が映し出された。気を失っている智奈美の裸身にイラン人の男がのしかかり、荒々しく腰を躍《おど》らせている。思わず鳴海は目を背《そむ》けた。

すぐに動画を停止させ、メモリーを抜かせた。

「ダビングしてねえな？」

「ああ」

「複製してることがわかったら、スプーンでてめえの目玉を抉《えぐ》り出すぜ」

「本当だよ」

「針貝に余計なことを喋ったら、てめえはもちろん、家族も皆殺しにしちまうからなっ」

「せ、専務には何も言わないよ」

二村が震え声で言い、メモリーを差し出した。鳴海はメモリーを受け取ると、二村の眉《み》間《けん》に体重を乗せた左ストレートを見舞った。骨と肉が重く鳴った。

二村はソファに倒れ、コーヒーテーブルの下に落ちた。鳴海は営業所長室を出た。七、八人の事務職スタッフの男女が一斉に目を伏せた。

鳴海はプリウスに乗り込むと、丸《まる》の内《うち》をめざした。第三生命の本社ビルに着いたのは、正午過ぎだった。

電話で針貝専務が社内にいることを確かめてから、張り込みを開始した。

麦倉から電話がかかってきたのは午後二時過ぎだった。

「ついさっき、『東都商工サービス』の富樫から連絡があったよ。鳴やん、いい勘《かん》してるな。『プチ・ビストロ・ジャポン』は金融派生商品《デリバティブ》取引で、三百億円近い損失を出してたらしいぜ」

「それは、いつのこと？」

「去年の春だってさ。デリバティブのことはよく知らないんだが、なんでも金利スワップ取引で約百二十億円、新株引受権証券《ワラント》取引で約八十億円、株価指数先物取引で約百億円のマイナスが出たんだってさ」

「こっちもデリバティブのことはさっぱりわからないが、『プチ・ビストロ・ジャポン』にとって、でっけえ損失なんだろうな？」

「そりゃ、致命傷を負ったようなもんだろう。三百億円だからな、なにしろ」

「本部は少しでも損失を補いたくて、加盟店オーナーとのFC契約を強引なやり方で解除し、新規オーナーから保証金や成約預託金、ロイヤルティーを集める気になったんだな」

「きっとそうだよ。しかし、それだけじゃ、とても三百億円の穴は埋められない」

「だろうな。本部は何か危《ヤバ》い裏ビジネスをやってたんじゃないのか。それを八木ちゃんが嗅《か》ぎつけた。だから、消されることになったんだろう」

　鳴海は言った。

「おれも、そう思うよ。それから、面白い情報も入手したんだ。『プチ・ビストロ・ジャポン』の樋口社長は去年の五月ごろから毎週のように北海道に出かけてるらしいんだよ」

「加盟店回りにしちゃ、回数が多すぎるな。樋口は北海道で何か裏ビジネスをやってるんだろう」

「ああ、おそらくな」

「麦さん、第三生命と樋口の会社に接点はなかった?」

「直接的な繋がりはないという話だったが、『プチ・ビストロ・ジャポン』はデリバティブ取引の資金を主に第三生命の子会社の『第三ファイナンス』から借りてたんだってさ」

「間接的だが、やっぱり双方に接点はあったわけか」

「そういうことになるな。鳴やん、そっちの動きは?」

麦倉が訊いた。鳴海は経過をつぶさに話した。口を結ぶと、すぐに麦倉が言った。

「目黒営業所長の二村を動かしてたのが第三生命の針貝って専務なら、樋口の会社と第三生命は裏で繋がってるな」

「どうもそうらしいな。針貝から何も手がかりを得られないようだったら、樋口をマークしてみるよ」

鳴海は電話を切った。

# 第五章　凶悪犯罪の黒幕

## 1

機が高度を下げた。

鳴海は気密窓に顔を寄せた。眼下に新千歳《しんちとせ》空港が小さく見える。その左側には、千歳国道と道央《どうおう》自動車道が並行する形で延びていた。

ベルト着用のサインが出た。

鳴海はベルトを掛けながら、中央席の斜《なな》め前列を見た。『プチ・ビストロ・ジャポン』の樋口社長が瞼《まぶた》を擦《こす》り、慌《あわ》てて体をベルトで固定した。

二村を痛めつけた翌日の夕方である。

きのう、鳴海は第三生命の本社前で午後九時過ぎまで張り込んだ。ようやく姿を見せた針貝専務はお抱え運転手付きの大型国産車で、世田谷区成城《せいじょう》五丁目の自宅にまっすぐ帰った。針貝に接近するチャンスはなかった。

鳴海は二村から奪った動画メモリーを焼却し、虚《むな》しく自分の塒《ねぐら》に戻った。

動画メモリーを処分したことを告げると、智奈美は安堵した表情を見せた。鳴海たち二人は、なんとなく酒を飲むことになった。

智奈美は、それほどアルコールに強くなかった。ウイスキーの水割りを三杯ほど飲むと、目許《めもと》がほんのり赤くなった。

酔いが智奈美の理性を麻痺《まひ》させたのか、彼女は無防備に鳴海にしなだれかかってきた。鳴海は衝動的に智奈美を強く抱きしめた。

智奈美は一瞬、身を硬くした。

だが、抗《あらが》うことはなかった。その反応が鳴海の自制心を緩《ゆる》めた。唇を重ねると、智奈美は控《ひか》え目に応えた。

鳴海は勇気づけられ、舌を絡《から》めた。智奈美は拒《こば》まなかった。

二人は長椅子の上で幾度もくちづけを交わした。その後《あと》、鳴海は智奈美を両腕で抱え上げ、和室に運んだ。

部屋には、鳴海の夜具が敷いてあった。

二人は横たわると、ごく自然に肌を求め合った。鳴海は奥の寝室にある八木の遺骨のことが頭から離れなかったが、もはや欲望には克《か》てなかった。

二人は互いの傷口を舐め合うように、静かに交わった。

鳴海は妙な技巧はいっさい用《もち》いなかった。

その気になれば、すぐにも智奈美を極《きわ》みに押し上げることはできた。だが、そうしてしまったら、二人の行為が薄汚れてしまうような気がしたのだ。

智奈美も同じ気持ちだったのではないか。男の体を識《し》り尽くしているはずだが、鳴海の昂《たか》まりを口に含もうとはしなかった。

二人は十代のカップルのように、ひたすら体を重ね、唇を吸い合った。それでも鳴海は、たっぷり充足感を味わえた。

熱い一刻《ひととき》が去ると、急に智奈美が声を殺して泣きはじめた。後悔の念が胸に拡《ひろ》がったのかもしれない。だが、智奈美は何も言わなかった。

鳴海は、敢《あ》えて何も訊《き》かなかった。言葉の代わりに、智奈美を全身で抱きしめてやった。智奈美は泣きやむと、衣服を丸めて奥の寝室に引きこもった。

鳴海は朝まで眠れなかった。

八木はすでに故人だが、その遺骨は奥の寝室にある。自分の行為が浅ましく思え、冷静ではいられなかったのだ。

智奈美と顔を合わせるのも辛《つら》い気がした。鳴海は彼女が起き出す前に部屋を出て、『プチ・ビストロ・ジャポン』にレンタカーを走らせた。

第三生命の針貝専務に張りつくよりも、樋口をマークしたほうが早く手がかりを摑めると判断したからだ。

午前十時前に出社した樋口は、午後三時過ぎまで社内にいた。アプリで呼んだタクシーで羽田《はねだ》空港に向かったのは、三時半ごろだった。

鳴海は樋口を乗せたタクシーを追尾《ついび》し、羽田空港で新千歳空港行きの旅客機に乗り込んだのである。

幸いにも、空席があった。鳴海は搭乗前にウィッグを被《かぶ》り、黒縁眼鏡《くろぶちめがね》をかけた。機が離陸して間もなく、樋口は手洗いに立った。短く目が合ったが、彼はまったく鳴海に気がつかない様子だった。

機がさらに高度を下げ、着陸態勢に入った。

鳴海は少し緊張した。数えきれないほど飛行機は利用していたが、本来、あまり好きな乗り物ではなかった。

自分は臆病なのか。鳴海は苦く笑った。

機は滑《なめ》らかに着陸した。着地のショックも、ほとんど感じなかった。鳴海も空車を拾い、樋口は空港ターミナルビルを出ると、すぐにタクシーに乗った。鳴海も空車を拾い、樋口の乗ったタクシーを追った。

マークした車は千歳ＩＣ《インターチェンジ》に向かい、道央自動車道に入った。いつしか夕闇が濃くなっていた。六時を回っている。

樋口の行き先は、多分、札幌《さっぽろ》市内だろう。

鳴海は走るタクシーの中で、そう見当をつけた。

それは正しかった。樋口の車は札幌ＩＣを降り、札幌駅近くのシティホテルの玄関前に横づけされた。

鳴海は急いでタクシー料金を払い、樋口の後からホテル内に入った。樋口は広いロビーにたたずみ、視線を泳がせた。

奥のソファに坐っていた四十前後の男が弾《はじ》かれたように立ち上がり、樋口に頭を下げた。

ひと目で暴力団関係者とわかる風体《ふうてい》だ。ペンシルストライプの入った黒いダブルのスーツを着込み、右手首には太いゴールドのブレスレットを光らせている。

樋口は軽く片手を掲《かか》げただけで、男に歩み寄ろうとしない。男が小走りに樋口に走り寄り、何か短く語りかけた。樋口が無言でうなずいた。

二人は奥のチャイニーズ・レストランに入り、個室《コンパートメント》に消えた。角のブースだった。

鳴海は店に入り、樋口たちのいる個室《コンパートメント》のそばのテーブル席に着いた。北京《ペキン》料理の店だった。

鳴海はマトンの北京風ソテー、鮑《あわび》とアスパラガスの旨煮《うまに》、車海老《くるまえび》のチリ・ソースなどを注文した。飲みものは、ビールを選んだ。

これを持ってきて、正解だった。

鳴海は煙草に火を点け、綿ジャケットの内ポケットを軽く押さえた。右側の内ポケットだった。そこには、俗に〝コンクリート・マイク〟と呼ばれている盗聴器が入っていた。

直径二・五センチの円錐《えんすい》形のマイクを壁に押し当て、煙草《たばこ》の箱ほどの大きさの受信機で密室の音声を拾う造りになっている。

イヤフォンは耳栓型《みみせんがた》で、補聴器そっくりだ。厚さ五メートルのコンクリート壁の向こう側の会話も、鮮明にキャッチできる代物《しろもの》だった。

一服し終えると、ビールと料理が運ばれてきた。

鳴海は料理に少し箸をつけると、さりげなく立ち上がった。トイレを探す振りをしながら、樋口たちのいる個室《コンパートメント》に近づく。

個室《コンパートメント》の仕切り壁の外側には、大きな観葉植物の鉢が置いてあった。通路の一隅だ。少し離れた場所には、テレフォンブースがある。

鳴海は周《まわ》りに人の姿がないことを目で確かめてから、観葉植物と仕切り壁の間に入り込んだ。

イヤフォンを耳に突っ込み、円錐形の集音マイクを仕切り壁に押し当てる。内ポケットに片手を滑《すべ》り込ませ、チューナーをゆっくり回す。

雑音《ノイズ》が急に消え、男同士の話し声が響いてきた。

——樋口社長、そう心配しないでください。囮《おとり》の超高速艇がエンジントラブルを起こしてロシアの監視船に拿捕《だほ》されちゃったけど、根室《ねむろ》の漁民は一週間か十日で釈放されますよ。

——ロシア国境警備隊には、ちゃんと鼻薬をきかせてあるんだろうね？

——その点、抜《ぬ》かりはありませんや。隊長の家には日本製の家電製品やTVゲーム、それから裏ビデオが山をなしてまさあ。

——特攻船の連中は、北洋漁場でちゃんと赤いダイヤを密漁する振りをしてるんだろうね？

——ええ、大丈夫です。十三隻の超高速艇には一応、蟹籠《かにかご》を積ませてます。ロシアの国境警備隊も日本の海上保安部も、単なる蟹の密漁船と思ってるはずです。

——そうかね。

樋口が言って、空咳《からぜき》をした。

遠くでウェイターの声がした。個室《コンパートメント》に料理が運ばれてきたようだ。

しばらく会話は中断されるだろう。

鳴海はいったん盗聴を打ち切り、テレフォンブースに足を向けた。緑色の受話器を耳に当て、電話をかける真似《まね》をする。

北海道の暴力団は二十数年前から、北方四島近海での蟹密漁を大きな資金源としてきた。根室や知床《しれとこ》の命知らずの漁師たちを二百馬力の高性能エンジンを四基も積んだ高速小型船に乗せ、ロシア領域でタラバ蟹、毛蟹、花咲蟹《はなさきがに》を密漁させて、年間数百億円の利益をあげていた。

赤いダイヤの別名で呼ばれる北洋の蟹は、ひと山当てると、ビルやマンションが建つ。しかし、それもソ連邦崩壊までだった。

経済危機に陥《おちい》ったロシアは水産ビジネスで外貨を稼《かせ》ぐ目的で、自国産の蟹を大量に日本に輸出するようになったのである。輸出量は年々増え、現在はタラバ蟹約二千トン、毛蟹約千三百トン、ズワイ蟹約三百トンにも及ぶ。

いまや蟹の輸入ビジネスは五千億円市場に成長し、大手水産会社、商社、外資系企業が鎬《しのぎ》を削《けず》っている。日露合弁会社も増える一方だ。

表《おもて》ルートのない暴力団は危険《リスク》の多い特攻船による密漁に見切りをつけ、ロシア漁業公団の横流しの蟹をオホーツク沖で買い付けるようになった。ロシア人漁民に密漁させるケースも少なくない。

裏ルートでの買い付け値は、驚くほど安い。毛蟹を十トン買い付ければ、二千万円前後の粗利《あらり》が出る。高いタラバ蟹なら、その数倍は儲《もう》かるわけだ。いずれも洋上取引で、海霧《ガス》の濃い夜に行われている。

おおかた樋口は道内の暴力団を使って、ロシアから不正な方法で各種の蟹を買い付けさせていたのだろう。その儲けで、『第三ファイナンス』の負債を少なくしているにちがいない。

鳴海は受話器をフックに戻し、ふたたび観葉植物の陰に入った。集音マイクを個室《コンパートメント》の仕切り壁に宛《あて》がう。

――そう遠くないうちに、川鍋組《かわなべぐみ》も自社ビルをもう一棟建てそうだな。

――社長、ご冗談を。わたしの組は北辰会《ほくしんかい》の第三次の下部団体《エダ》なんです。もう一棟など夢のまた夢ですよ。社長のお手伝いで、少しは懐《ふところ》が温かくなりましたがね。

――赤いダイヤもそうだが、メインの裏ビジネスのほうもしっかりやってくれよ。そっちは絶対に失敗は許されないんだ。

――わかってますよ。ところで、イリーナさんはお元気ですか？

――ああ。

――社長が羨《うらや》ましいですよ。あんなにきれいなロシア女性を囲えるんですから。

――なあに、たいした手当を弾んでるわけじゃないんだ。川鍋君だって、その気になれば、イリーナ以上の金髪美人を愛人にできるさ。ロシアにいたら、彼女たちは日本円にして二、三万の月収しか稼げないんだ。月に三十万円も渡せば、至《いた》れり尽《つ》くせりのサービスをしてくれるよ。

——しかし、わたしはロシア語も英語も話せませんので。

——男と女がベッドで愉《たの》しむのに、言葉はそう必要ないさ。

——それもそうですね。そのうち、わたしも小柄なロシア女を回してもらうかな。

——そうしたまえ。

樋口が言って、何か口の中に入れた。川鍋と呼ばれた男はビールを傾けたようだ。

また、話が中断した。

ふと鳴海は、背中に他人の視線を感じた。集音マイクを掌《てのひら》の中に隠し、ゆっくりと振り返る。すぐそばに、ウェイターが立っていた。

「お客さま、そこで何を？」

「ゴキブリ、ゴキブリがいたんだよ」

鳴海は、とっさに言い繕《つくろ》った。

「ほんとですか!?」

「ああ、壁面を這《は》ってたんだが、潰《つぶ》し損《そこ》なっちゃってな」

「わたくしが退治します。お客さまは、どうぞお席に」

ウェイターが恐縮した表情で言った。

鳴海はうなずき、何事もなかったような顔で自分のテーブルに戻った。ビールを飲みながら、北京料理を平らげる。

　樋口たち二人が個室《コンパートメント》から出てきたのは、八時二十分ごろだった。

　鳴海は少し間《ま》を取ってから、おもむろに立ち上がった。樋口と川鍋はチャイニーズ・レストランを出ると、ホテルの玄関前でタクシーに乗った。

　鳴海もすぐにタクシーに乗り込み、ふたたび樋口たちの車を追った。前走のタクシーは大通《おおどおり》公園方向に進み、すすきのの飲食ビルの前で停《と》まった。

　鳴海はタクシーを降りた。

　樋口と川鍋は、七階にある会員制クラブに入っていった。鳴海はそれを見届け、エレベーターで一階に降りた。

　飲食ビルの斜め前にカフェがある。

　鳴海は店に入り、道路側の席に坐った。窓は嵌《は》め殺しのガラスになっていた。斜め前の飲食ビルの出入口が見通せる。

　鳴海はコーヒーをオーダーし、店に備えてあった全国紙と地方紙をゆっくりと読んだ。

　全国紙の社会面を隅まで見たが、四谷署の平沼刑事の関連記事は一行も載っていなかった。

　それはそうと、金沢の竜神連合会の事件《ヤマ》はどうなったのか。その後、マスコミでは何も報じられていない。ということは、まだ捜査線上にこちらや御影のことは浮かんでいないのだろう。

鳴海は、小日向あかりのことを思い出した。すでに美人演歌歌手の存在は想い出の中に埋もれかけていた。

コーヒーが運ばれてきた。ブラックで啜《すす》っていると、脈絡もなく智奈美の顔が脳裏《のうり》に浮かんだ。

天現寺のマンションで、彼女は時間を持て余しているのではないか。それとも、昨夜のことで自分の軽率《けいそつ》さを責めているのだろうか。

智奈美は漠《ばく》とした不安と淋《さび》しさに圧《お》し潰されそうになり、鳴海に縋《すが》っただけなのかもしれない。

仮にそうだったとしても、魅《み》せられた女性に頼られるのは悪い気持ちではなかった。智奈美が何かを望むなら、できる限り力になってあげたい。

鳴海は新聞を読み終えると、店の週刊誌のページを繰りはじめた。じっくり読みたくなるような記事はなかった。

樋口がひとりで飲食ビルから出てきたのは、十時数分前だった。『プチ・ビストロ・ジャポン』の社長は通りを斜めに横切り、喫茶店に入ってきた。

尾行に気づかれていたのか。

鳴海は一瞬、うろたえた。だが、そうではなかった。樋口はレジの横のガラスケースを覗《のぞ》き込み、ケーキを選びはじめた。

イリーナとかいう名のロシア女性へのお土産《みやげ》にするのだろう。

鳴海は卓上の伝票を抓《つま》み上げた。

ほどなくケーキの箱を抱えた樋口が店を出た。鳴海は大急ぎで支払いを済ませ、外に飛び出した。

樋口はすすきのの表通りに向かっていた。

鳴海は十五、六メートル後ろから尾《つ》けはじめた。広い車道に出ると、樋口は空車をつかまえた。

鳴海も車道の端に立ち、流しのタクシーを拾った。樋口を乗せたタクシーは中島《なかじま》公園の先を左折し、豊平川《とよひらがわ》沿いに建つ三階建てのマンションの前で停止した。

鳴海は少し後ろでタクシーを停めさせ、樋口の動きを目で追った。

樋口は馴《な》れた足取りで低層マンションの階段を上がり、三階の角部屋の前で立ち止まった。各戸の玄関は、道路に面していた。

鳴海はタクシーを降り、低層マンションの歩廊《ほろう》を見上げた。

三階の三〇一号室のドアが開き、金髪の白人女性が出迎えに現われた。イリーナだろう。

樋口が二十二、三歳の女にケーキの箱を渡し、後ろ手に玄関ドアを閉めた。

少し経《た》ったら、あの部屋に押し入ろう。

鳴海は上着のポケットから、手製の万能鍵を取り出した。服役中に空《あ》き巣《す》の常習犯から、万能鍵の造り方を教わったのである。

耳搔《か》き棒ほどの長さだが、平べったい金属板だ。溝が三つあった。

2

金属が嚙《か》み合った。

手応えは確かだった。すぐ解錠できそうだ。

鳴海は万能鍵を捻《ひね》った。

シリンダー錠の外れる音がした。樋口が三〇一号室に入ってから、およそ二十分が過ぎていた。

鳴海は素手ではなかった。布手袋を嵌《は》めていた。前科者が犯行現場に指紋や掌紋《しょうもん》を遺《のこ》したら、身の破滅だ。

鳴海は左右に目を配ってから、ドアを細く開けた。

チェーンは掛かっていなかった。鳴海はにんまりし、素早く室内に入った。息を詰め、耳をそばだてる。

奥から女のなまめかしい呻き声がかすかに響いてきた。どうやら樋口はロシア女性と情事に耽《ふけ》っているようだ。

鳴海は玄関ホールに上がった。

土足だった。爪先《つまさき》に重心を掛け、奥に進む。

間取りは1LDKだった。居間のコーヒーテーブルには、ケーキ皿や紅茶茶碗が載っている。LDKに人の姿はない。

鳴海は右手の寝室に近づいた。寝室のドアは半開きだった。

ドアの隙間から、寝室を覗き込む。

ダブルベッドの上に、金髪の白人女性が仰向《あおむ》けに横たわっていた。全裸だった。

樋口は女の股の間に這《は》って、性器を舐め回していた。湿った音が淫猥《いんわい》だった。樋口も素っ裸だ。

寝室の電灯は煌々《こうこう》と灯《とも》っている。

十畳ほどのスペースだった。窓と反対側に、ルーバータイプのクローゼットがある。

「イリーナ、どうなんだ？　いいのか？《ハラショー》」

樋口が口唇愛撫を中断させ、女に日本語で訊いた。

「ええ《ダー》」

「女のここは、ロシア語でなんと言うんだね？」

「その日本語、わかりません。英語で喋って」

イリーナが日本語で言った。樋口が英語で言い直す。

すると、イリーナが嬌声《きょうせい》をあげた。彼女は母国語で短く何か言って、切なげに腰を迫《せ》り上げた。

樋口がふたたびイリーナの股間に顔を埋《うず》め、喉《のど》を鳴らしはじめた。秘めやかな肉片を口いっぱいに吸い込み、犬のように首を左右に振った。

イリーナが甘やかに喘《あえ》ぎ、自分の乳房を両手でまさぐりはじめた。量感のある隆起は、さまざまに形を変えた。

乳首は淡紅色だった。乳暈《にゅううん》は腫《は》れたように盛り上がっている。バター色の飾り毛は、それほど濃くない。樋口の唾液で濡れ、ところどころ紐《ひも》のように固まっていた。

イリーナの喘ぎが呻きに変わった。

鳴海はドアをノックした。樋口がぎょっとして、上体を起こした。

「だ、誰だ?」

「おれだよ」

鳴海はウィッグと黒縁眼鏡を外し、ベッドに歩み寄った。

「お、おまえは……」

「そう、八木正則の友達《ダチ》だよ」

「東京から、わたしを尾《つ》けてきたのか⁉」

樋口が呻くように呟いた。イリーナが怯《おび》えた表情で裸身を毛布で隠した。

鳴海は左腕を耳の後ろまで引き、樋口の顔面にロングフックを放った。パンチは、まともにヒットした。

樋口がダブルベッドから転げ落ちる。

「あなた、何しに来た？」

イリーナが、たどたどしい日本語で問いかけてきた。

「そっちのパトロンに訊きてえことがあるんだ。ちょっとおとなしくしててほしいな」

「わたし、静かにしてる。だから、暴力《バイオレンス》、困ります」

「女を殴《なぐ》ったりしないよ」

鳴海はイリーナに言い、ベッドを回り込んだ。

「わ、わたしが何をしたと言うんだっ」

樋口が半身を起こし、声を張った。迫《せ》り出した腹が大きく弾《はず》んでいる。

「てめえが八木と四谷署の平沼刑事を誰かに殺《や》らせたんだなっ」

「な、何を言ってるんだ⁉　八木氏は歩道橋の階段から足を踏み外して、転落死したとマスコミで報道されてたじゃないか」

「事実は、そうじゃない。八木ちゃんの首筋には青痣があった。四谷署はその打撲傷に特に気を留めることなく、事故死と処理しちまった。けど、平沼って刑事は他殺と睨《にら》んで、職務外の時間に単独で事件《ヤマ》の洗い直しをしてた。それで、他殺を裏付ける証拠を摑みかけてたんだろう。だが、平沼も口を封じられちまった。どっちも殺人指令を出したのは、てめえじゃねえのか」

　鳴海は樋口に鋭い目を向けた。

「なんで、そうなるんだっ。わたしは八木氏とFC契約のことで少し揉《も》めてたが、彼を殺させる必要なんかない。現に先日、あんたが同席してるところで八木氏の奥さんと和解したじゃないか」

「ああ、それはな。しかし、てめえは八木正則を始末しなけりゃならなかった」

「なぜ、なぜなんだ？」

「てめえは、八木ちゃんに弱みを握られてたんだろうな」

「弱みだって⁉　わたしに、そんなものはない」

　樋口が興奮気味に叫んだ。イリーナがベッドで体を丸め、頭から毛布を引っ被《かぶ》った。

「去年、てめえはデリバティブ取引で三百億円近い損失を出したよな？」

「誰から、その話を聞いたんだ⁉」

「いいから、こっちの質問に答えろっ」

「あんたの言った通りだよ」

「てめえはデリバティブ取引の資金の多くを第三生命の子会社の『第三ファイナンス』から調達してた。そうだな？」

「なんで、そこまで知ってるんだ⁉」

「巨額の負債を抱え込んだ『プチ・ビストロ・ジャポン』は少しでも赤字を埋めたくて、加盟店オーナーに難癖《なんくせ》をつけて、次々にＦＣ契約を解除した。その目的は新規オーナーから保証金、成約預託金、ロイヤルティーをぶったくることだ」

「おい、臆測で物を言うな。わたしがそんな汚いビジネスをするわけないじゃないか」

「小悪党め！」

鳴海は樋口の肩を蹴った。

樋口が呻いて、床に引っくり返った。ペニスは縮こまっていた。

「そんな方法だけじゃ、焼け石に水だった。そこで、てめえは北辰会川鍋組を使って、ロシアで密漁された蟹を大量に買い付けさせるようになった。そのほかにも、何か裏ビジネスをやらせてるなっ」

「ばかばかしくて、答える気にもなれない」

「ロシアから麻薬や銃器も密輸入してるんじゃねえのかっ」

鳴海は怒鳴《どな》った。樋口は何も答えなかった。

現在、旧ソ連全土には約一万組のマフィアが群雄割拠《ぐんゆうかっきょ》し、縄張り争いに明け暮れている。全体の組員数は五十万人にも及ぶ。マフィアの数はロシア連邦が最も多く、六千近い。総組員数は二十万人を超えると言われている。

その次に勢力があるのは、チェチェン・マフィアだ。二大勢力はソ連邦が解体されて以来、凄《すさ》まじい殺戮戦《さつりくせん》を繰り返している。

この二派のほかに、グルジア（現・ジョージア）・マフィアやアゼルバイジャン・マフィアたちも暗躍している。その予備軍も多い。

ロシアのマフィアたちは四千数百の企業を支配し、多くの国営企業からも甘い汁を吸っている。銀行、運輸会社、貿易会社、不動産会社の大半が彼らと何らかの関わりがある。

各派の幹部たちは元将校や元KGB工作員だ。現職の軍人や警官もたくさん混じっている。

マフィアの親分たちは悪徳官僚と深く結びついて、悪行《あくぎょう》を重ねている。

兵器、石油、水産物の横流し品を堂々と密売し、外国人相手の高級コールガール組織や違法カジノも経営している。それだけではない。企業を乗っ取り、新興財閥からは巨額のみかじめ料を脅し取っている。

ロシアの闇社会から入手できない物はない。

現地でなら、トカレフは一挺《いっちょう》二万円で買える。将校用拳銃のマカロフでも三万円、カラシニコフ自動小銃が四万円という安さだ。

核物質も例外ではない。

〝アトム・マフィア〟と呼ばれる核専門の密売組織はバルト三国経由で濃縮ウランやプルトニウムを百万ドル以下で外国に流している。ウクライナから大量に流出した中距離弾道ミサイルＳＳ－20の核弾頭などは値崩れを起こし、いまや七万ドルだ。

荒っぽいマフィアのボスは殺人請負会社を設立し、年に二千件もの殺人依頼をこなしている。実行犯はロシア軍の現役特殊部隊員や破壊活動専門の将校たちだ。依頼人の大半は企業家や銀行家である。

鳴海は、そうした情報を刑務所仲間や情報屋の麦倉などから得ていた。

「下着だけでも穿《は》かせてくれないか」

樋口が弱々しく言った。

鳴海は黙殺して、イリーナの毛布を乱暴に剝《は》いだ。イリーナの裸身が露《あらわ》になった。血管が透《す》けて見えるほど肌が白い。

「そっちはモスクワ生まれなのか？」

鳴海はイリーナに訊いた。

「それ、違《ニェート》う。もっと東の小さな町ね。モスクワに大学があった。わかります？」

「ああ。日本には、いつ来た？」

「それは……」

イリーナの青い瞳に、戸惑《とまど》いの色が宿った。ロシア娘は樋口に救いを求めるような眼差《まなざ》しを向けた。

樋口が小さく首を横に振った。

「密入国だなっ」

鳴海はイリーナを見据《す》えた。

「その日本語、わかりません。ごめんなさいね」

「その意味も、わたし、わからない。あなた、英語喋《しゃべ》れますか?」

「空とぼける気か」

「日本語だけだ」

「それ、困りましたね。わたしたち、会話できない」

イリーナが肩を竦《すく》めた。

鳴海は舌打ちして、イリーナの腰を抱き寄せた。イリーナがロシア語で何か喚《わめ》き、全身で暴れた。動くたびに、豊満な乳房が揺れた。

「おい、何をする気なんだ⁉」

樋口が驚き、膝立ちになった。

「てめえが口を割らなきゃ、この女を姦《や》っちまうぞ」

「無茶を言うな。わたしは何も悪いことなんかしてないんだ。もちろん、八木氏や平沼とかいう刑事の事件には、まったく関わってない」

「そうかい」

鳴海はイリーナを片腕でホールドし、彼女のはざまの肉を弄《もてあそ》びはじめた。ベッドに這《は》う形になったイリーナは白桃のような尻《しり》を振って、鳴海の手を外そうとした。

鳴海は逆に引き寄せ、敏感な突起に指を当てた。その部分は、すぐに硬く張り詰めた。

鳴海は芯《しん》の塊《かたまり》を指の腹で圧《お》し転がしつづけた。時々、二本の指で抓《つま》んで揉む。残りの指でフリル状の合わせ目を打ち震わせ、奥の襞《ひだ》を刺激した。

いつしかイリーナは、甘やかな呻きを洩《も》らすようになっていた。体の芯は熱く潤んでいた。

「その男から離れろ。イリーナ、早く離れるんだ」

樋口が愛人を叱《しか》りつけた。イリーナは尻をもぞつかせるだけで、返事をしない。

「喋る気になったかい?」

鳴海は樋口に声をかけた。

「金をやるから、部屋から出てってくれ」

「話を逸《そ》らすんじゃねえ!」

「身に覚えのないことは話しようがないじゃないか。高級ソープで二、三度遊べるぐらいの金を渡すから、イリーナにおかしなことはしないでくれ」

「この女は別段、迷惑がっちゃいないようだぜ。それどころか、感じてるようだ。てめえにもわかるよな？」

「うん、まあ」

樋口が絶望的な溜息《ためいき》をついて、床に胡坐《あぐら》をかいた。

いつからか、鳴海の下腹部は熱を孕《はら》んでいた。チノクロスパンツのファスナーを引き下ろし、猛《たけ》ったペニスを摑み出した。

「あっ、よせ！　やめてくれーっ」

樋口が悲痛な声を発した。

鳴海は取り合わなかった。イリーナの縦筋を押し開き、刺すように貫《つらぬ》いた。

イリーナが短く呻き、背を反らした。

鳴海は愛らしい突起を愛撫しながら、ワイルドに突きはじめた。イリーナは、すぐにリズムを合わせた。

「なんてことだ。なんだって、こんなことに……」

樋口が嘆《なげ》いて、顔を背《そむ》けた。

イリーナがロシア語で何か口走りながら、切なげに腰をくねらせはじめた。鳴海は突き、捻《ひね》り、また突いた。

器《うつわ》はやや緩《ゆる》めだが、とば口の締まりは悪くない。イリーナが息を吸い込むたびに、ぐっと狭《せば》まった。鳴海は抽送しつづけた。

六、七分後、不意にロシア娘は頂《いただき》に駆け昇った。体を幾度も硬直させながら、悦《よろこ》びの声を高く轟《とどろ》かせた。

イリーナは裸身を痙攣《けいれん》させながら、顔をフラットシーツに埋めた。ヒップを高く突き出す恰好《かっこう》になった。

鳴海は両腕でイリーナの腰を抱え込み、がむしゃらに突いた。肉と肉が激しくぶつかり合い、ベッドマットが弾んだ。

イリーナがブロンドヘアを振り乱しながら、盛んに迎え腰を使った。

鳴海はラストスパートをかけた。イリーナが先に二度目のクライマックスを迎えた。少し遅れて、鳴海も爆《は》ぜた。その瞬間、脳裏で智奈美の顔が閃《ひらめ》いた。

鳴海は余韻《よいん》を味わってから、萎《な》えた分身を引き抜いた。

イリーナは、そのまま俯《うつぶ》せになった。鳴海は毛布で汚れたペニスを拭《ぬぐ》ってから、トランクスの中に収めた。

「もう気が済んだだろっ。早く消えてくれ」

樋口が喚《わめ》いた。

鳴海は左目を眇《すが》め、ベッドを回り込んだ。樋口が怯《おび》え、後ろに退《さ》がった。坐ったままだった。

「一からやり直しだ」

鳴海は言って、樋口を蹴りはじめた。急所を外し、靴で何度も蹴った。

足を飛ばしているうちに、馴染《なじ》み深い旋律《せんりつ》が頭のどこかで鳴り響きはじめた。アルバート・アイラーの『精霊《ゴースト》』だった。

殺意と闘志が漲《みなぎ》り、全身の筋肉が勇み立つ。血の流れも速《はや》い。

大脳皮質の下で、何かが烈《はげ》しく波立っている。頭の中はマグマのように熱い。大胸筋や上腕三頭筋が沸《わ》き立っている。肥大した肺と動脈がいまにも破裂《はれつ》しそうだ。

すぐ樋口を殺《や》ってしまったら、せっかくの苦労が水の泡になる。ここはぐっと堪《こら》えよう。

鳴海は幾度も深呼吸し、興奮を鎮《しず》めた。

樋口は口から血を流しながら、ぐったりとしていた。鳴海はふと思いついて、イリーナに声をかけた。

「樋口のペニスを大きくしてくれ」

「わたし、それ、できない。恥ずかしいね」

「やらなきゃ、あんたの大事なとこに靴の先をめり込ませるぜ」

「本気なの、それ!?」

「もちろんだ」

「いいわ。わたし、やる《ダー》」

イリーナが肚《はら》を括《くく》り、ベッドを滑り降りた。逃げようとしたパトロンの腰を抱え込み、ペニスの根元を握り込んだ。

亀頭が膨《ふく》らむと、イリーナは樋口の男根《だんこん》を呑《の》んだ。ひとしきり熱っぽいフェラチオがついた。鳴海はベッドの端に腰かけ、煙草をくわえた。一服し終えると、イリーナが樋口の股間から顔を上げた。

樋口はエレクトしていた。といっても、硬度は高くない。

「どうすればいいの？」

「ペニスを噛み千切るんだ」

「そ、そんなこと……」

「やるんだっ」

鳴海はイリーナの尻を爪先で軽く蹴った。

イリーナが渋々、ふたたび樋口の分身に赤い唇を被せた。ちょうどそのとき、寝室の出入口で足音がした。

鳴海は上体を捩《ねじ》った。大柄の白人男が立っていた。髪の毛は栗色だ。三十代の半《なか》ばだろうか。スラブ系の顔立ちだ。

「ロシア人だなっ」

鳴海は立ち上がった。

ほとんど同時に、男の手の中でかすかな発射音がした。鳴海は腹部に何か撃《う》ち込まれた。ふつうの銃弾ではない。麻酔弾だろうか。

イリーナが身を起こし、寝室から逃げ出した。

「てめえ、殺し屋なのかっ」

鳴海は身構えながら、ベッドを回り込んだ。

そのとき、急に視界が大きく揺れた。体に痺《しび》れも感じた。鳴海は足を踏んばった。

しかし、体に力が入らない。頽《くずお》れたとたん、意識が混濁《こんだく》した。

それから、どれほどの時間が経過したのか。

鳴海は我に返った。意識を失った場所から少し離れた床に倒れていた。

イリーナと栗毛の白人男の姿はない。

寝室には濃い血の臭《にお》いが漂《ただよ》っていた。

鳴海は、血糊《ちのり》と脂《あぶら》でぎとつく日本刀を握らされていた。素手だった。日本刀を投げ捨て、敏捷《びんしょう》に跳ね起きる。

背筋が凍った。なんとベッドの上に、樋口の斬殺体《ざんさつたい》が横たわっていた。

ほぼ全身を撫《な》で斬りにされ、喉と心臓部を突かれている。血達磨《ちだるま》だった。寝具もフラットシーツも真っ赤だ。

大柄な白人男が自分を樋口殺しの犯人に仕立てようとしたのだろう。

鳴海はハンカチで日本刀の柄《つか》を何度も拭い、急いで寝室を出た。衣服にも血が付着していた。

鳴海は洗面所に走り、まず両手の血を水で洗い落とした。濡らしたタオルで、衣服に付いた血をぼかす。

あらかた汚れが消えたころ、パトカーのサイレン音が響いてきた。複数だった。

鳴海はドア・ノブをタオルで拭《ふ》き、急いで三〇一号室から離れた。低層マンションの階段を一気に駆け降り、すぐさま裏通りに走り入った。

いくらも走らないうちに、耳の真横を何かが疾駆《しっく》していった。

衝撃波から、銃弾だとわかった。銃声は聞こえなかった。サイレンサー付きの拳銃で狙《ねら》われたのだろう。

鳴海は身を屈《かが》めながら、民家の門柱に身を寄せた。

すぐ近くの辻に、栗毛の大男が立っていた。サイレンサーピストルを手にしている。マカロフPbだろう。

ロシア人と思われる男が二発連射してきた。どちらも的《まと》から少し逸《そ》れていた。

不意に男が身を翻《ひるがえ》した。鳴海は追った。辻まで走ったとき、暗がりから地味な色の乗用車が急発進した。

ドライバーは栗毛の男だろう。車内には、イリーナもいるのかもしれない。

鳴海は懸命に車を追いかけた。

だが、瞬《またた》く間に引き離された。じきに車は闇に紛《まぎ》れてしまった。こうなったら、北辰会川鍋組の組長をマークするほかない。

鳴海はサイレンとは逆方向に走りはじめた。

3

小さなビルだった。

四階建てで、一階店舗は不動産屋になっていた。その上の各階の窓ガラスには、川鍋商事という文字が見える。北辰会川鍋組の事務所だ。

ビルは狸小路《たぬきこうじ》に面していた。不動産屋も、組長の川鍋が経営しているのだろう。ビルの前には、ドルフィンカラーのメルセデス・ベンツと黒のキャデラック・エクシードが縦《じゅう》列《れつ》に駐《と》めてあった。

鳴海は白いアルファードのフロントガラス越しに川鍋組の事務所を注視していた。車はレンタカーだった。

午後二時過ぎだ。張り込んだのは、ちょうど一時間前だった。

昨夜、鳴海は北海道大学の近くにあるビジネスホテルに泊まった。めざめたのは午前九時前だった。

鳴海は、すぐにテレビの電源スイッチを入れた。地元のテレビ局は、前夜、『プチ・ビストロ・ジャポン』の樋口社長が斬殺された事件を大きく取り上げていた。

報道によると、イリーナが住んでいた低層マンションの部屋の借り主は樋口だったという。月々の家賃も彼が払っていたらしい。

警察は、まだ犯人の手がかりを摑んでいないようだった。

鳴海は午前十時にホテルを出ると、札幌市内のデパートで衣服を買い求めた。すぐにトイレのブースの中で新しい服に着替え、クラフトショップで牛革《ぎゅうがわ》の端切《はぎ》れと金属鋲《セスタス》を購入した。革細工の工具一式も買った。

鳴海はレンタカーを借り、北海道大学植物園の裏通りに車を停めた。

一服してから、ハードグローブを造りはじめた。革をバンデージほどの幅にカットし、ピラミッド形の金属鋲《きんぞくびょう》を裏側から打ち込む。それで、出来上がりだ。たいして手間はかからなかった。

手造りのハードグローブを甲《こう》に巻くだけで、ナックルの数倍は相手にダメージを与えられる。パンチが当たるたびに敵の皮膚は破れ、肉も抉《えぐ》れるだろう。

手製の喧嘩道具をこしらえると、鳴海は時計台の並びにある食堂でジンギスカンを二人前、食べた。早目の昼食だった。その後、この場所にやってきたのである。

　プリペイド式の携帯電話がウールジャケットの内ポケットで鳴った。

　鳴海は携帯電話を耳に当てた。麦倉の不安定な音声が途切れ途切れに流れてきた。電波状態がよくないらしい。

「もしもし、聴《き》こえる？」

「ああ、なんとかな」

「ずいぶん声が遠いなあ。鳴やん、どこにいるんだい？」

「札幌だよ」

　鳴海は経緯《いきさつ》を手短に話した。

「樋口まで殺されちまったのか。意外な展開になったな」

「そうだね。おそらく樋口は、共犯者に消されたんだろう」

「第三生命の針貝とかいう専務かい？」

「多分ね。そうじゃないとすれば、『第三ファイナンス』の役員クラスの人間だろう。まだ根拠があるわけじゃないんだが、殺された樋口は『第三ファイナンス』の借金を棒引きにしてもらうという条件で、北辰会川鍋組にロシア海域で密漁された蟹を洋上で買い付けさせてたんだろう。さらに樋口は、ロシア人を密入国させてたのかもしれない」

「ロシア人を密入国？」

麦倉が反問した。

「ああ。ロシア経済はずっとガタガタだよな。いい思いをしてるのは企業家やマフィアどもだけで、一般国民の暮らしは貧しい」

「そうだね。女医でさえも暮らしがきつくなって、高級娼婦をやってるって話だからなあ」

「ヨーロッパ各地に出稼ぎに行く連中も多いらしいぜ。日本にもだいぶ前から、密入国したと思われるロシア娘が増えてる。六本木《ろつぽんぎ》や赤坂には、秘密ロシアン・クラブが何軒もある」

「新宿にも、二、三軒あるぜ。そうか、蛇頭《スネークヘッド》ビジネスのロシア版は確かに将来性があるよな」

「だね。密入国者たちに麻薬や銃器を運ばせりゃ、もっと儲かるわけだ」

「なるほどな。そうだ、肝心なことが後回しになった。二階堂組の森内組長がついさっき死んだぜ」

「ほんとかい⁉」

「ああ。森内は昨夜《ゆうべ》、職安通りで上海マフィアの連中とちょっとした喧嘩《ゴタ》を起こして、トカレフで撃《ハジ》かれたんだ。すぐに救急病院に担《かつ》ぎ込まれたんだが、意識不明のまま……」

「死んだか」

「鳴やん、よかったな。森内がくたばっちまったんだから、二階堂組の奴らはもう鳴やんを追ったりしないよ」

「別にビビってたわけじゃないよ、おれは。連中が何か仕掛けてきたら、ぶっ殺してやるつもりだったんだ」

「そんなふうに短気になると、何かと損だぜ。鳴やん、もっと大人になれや」

「言ってくれるじゃねえか。ギャンブルと女で身を持ち崩した麦さんが人生訓を垂れるのかい？」

「そうオーバーに考えるなよ。それより、あまり無鉄砲なことやるなよな」

「おれは、八木ちゃんに借りを返したいだけさ」

鳴海は通話を終わらせた。

長い時間が過ぎた。

川鍋が単身で姿を見せたのは、夕方の五時ごろだった。きちんとスーツを着込んでいる。これから誰かと会うことになっているのか。

川鍋は黒いキャデラック・エクシードに乗り込んだ。

鳴海はハンドブレーキを外した。川鍋の車が発進した。鳴海も借りたアルファードを走らせはじめた。

キャデラック・エクシードは三越《みつこし》デパートの横を抜け、札幌駅南口方面に向かっている。十分ほど走り、川鍋の運転する米国車は北海道庁のそばにある高層ホテルの地下駐車場に潜《もぐ》った。

鳴海もアルファードを地下駐車場に入れた。車を降りた川鍋は階段を使って、一階ロビーに上がった。

鳴海は川鍋を追った。

川鍋は、ロビーから庭園を眺めている五十年配の白人男性に近づいた。砂色の頭髪の外国人が両手を大きく拡《ひろ》げ、親しげに川鍋の肩を抱いた。

二人は改めて握手し、隅のソファセットに腰かけた。

鳴海は物陰から、白人男性の顔をよく見た。目が鷹《たか》のように鋭い。アングロサクソン系やラテン系の顔立ちではなかった。多分、スラブ系だろう。

ロビーを見回すと、近くにホテルの女性従業員が立っていた。鳴海はさりげなく近づき、相手に話しかけた。

「奥のソファに坐ってる五十絡《がら》みの外国人は、ロシアの有名なピアニストのウラジミール・ストロエフさんでしょ？」

「どの方でしょうか？」

女性従業員が視線をさまよわせた。鳴海は控え目に指さした。

「ウラジミールさんだよね？」

「いいえ、あの方はピアニストではありません。ロシアの方ですが、水産関係の仕事をされているミハイル・カリニチェンコさんです」

ホテルの女性従業員は言ってから、慌《あわ》てて口を押さえた。客の個人的な事柄まで喋ってしまったことを後悔したのだろう。

「なあんだ、人違いだったのか。それにしても、ウラジミール・ストロエフさんによく似てるなあ」

「そうですか」

「あのロシア人は、このホテルをよく利用してるようだね?」

「ええ、月に一度はウラジオストクから商用ビザで……」

「そう。仕事の邪魔をしちゃったな。ごめん!」

鳴海は相手に詫《わ》び、フロント寄りのソファに腰を沈めた。脚《あし》を組む。

ミハイル・カリニチェンコは、いったい何者なのか。ロシア漁業公団か、日ロ合弁の水産会社のスタッフなのだろうか。

あの砂色の髪の男がロシア漁民にタラバ蟹なんかを密漁させているのか。ただ、それだけではなさそうだ。

鳴海はそう思った。

男は川鍋と談笑しながらも、しきりに周囲を気にしている。なんとなく徒者《ただもの》ではなさそうな雰囲気だ。やくざの川鍋と親交があることを考えると、何らかの犯罪組織のメンバー臭《くさ》い。

十数分後、川鍋とロシア人がほぼ同時に立ち上がった。

二人はフロントの前を通り、地下駐車場に通じる階段を降りはじめた。鳴海は腰を浮かせ、川鍋たちを追尾《ついび》した。

地下駐車場に降りると、ちょうど二人がキャデラック・エクシードに乗りかけていた。ミハイル・カリニチェンコは助手席に坐った。

川鍋の車が駐車場のスロープに向かうと、鳴海はアルファードを発進させた。キャデラック・エクシードは札幌ＩＣ方面に走っている。

鳴海は慎重に尾行した。

ウィッグも黒縁眼鏡も付けていなかった。どちらもグローブボックスの中に入っている。

やがて、川鍋の車は札幌ＩＣから道央自動車道に入った。行き先の見当はつかなかった。

鳴海はひたすら追走した。

大型米国車は千歳ＩＣで降り、千歳国道に入った。どうやら川鍋たちの目的地は新千歳空港らしい。二人は釧路《くしろ》あたりに飛ぶのか。

川鍋は空港ターミナルビルの前に車を停め、自分だけ外に出た。ハザードランプが灯《とも》っている。誰かを出迎えるようだ。鳴海はキャデラック・エクシードの三十メートルほど後方に四輪駆動車を停止させた。

一瞬、助手席のロシア人を拉致《らち》しようかと思った。だが、すぐに思い留まった。

ミハイル・カリニチェンコが拳銃を所持している可能性もある。拉致できなかったら、元も子もない。

川鍋がターミナルビルの中に消えた。

数分待つと、組長は二人の男と一緒に表に現われた。ひとりは二村だった。

もう片方は、初めて見る顔だ。五十一、二歳で、小太《こぶと》りだった。縁なしの眼鏡をかけている。

二村は胸を押さえながら、ゆっくりと歩いていた。肋骨がまだ痛むのだろう。二村と小太りの男は、助手席のロシア人に目礼した。

ミハイルが片手を挙げて応えた。それぞれ面識があるらしい。

二村と小太りの男は、キャデラック・エクシードの後部座席に乗り込んだ。川鍋が運転席に入り、車を走らせはじめた。

二村の隣にいる男は、第三生命の人間なのかもしれない。そうではなく、子会社の『第三ファイナンス』の関係者なのか。

　鳴海はレンタカーを発進させた。

　川鍋の車は札幌に引き返すのか。そう見当をつけたが、キャデラック・エクシードは支《し》笏《こつ》湖《こ》方面に向かった。湖まで、数十キロしか離れていない。

　支笏湖は恵庭岳《えにわだけ》の裾野《すその》にある日本最北の不凍湖だ。水深は全国の湖の中で第二位だった。

　鳴海は短い間だったが、道内に住む弁護士の用心棒を務めたことがある。そのとき、支笏湖と洞爺湖《とうやこ》を訪れていた。

　原生林に覆《おお》われた山々が湖岸に迫る支笏湖は、どこか神秘的だった。藍色《あいいろ》の水を湛《たた》えた湖面は美しかった。

　支笏湖か洞爺湖の近くに何かアジトめいたものがあるのかもしれない。鳴海は、そんな気がした。

　支笏湖に通じる道路は、思いのほか空《す》いていた。車の数は少ない。鳴海は少し減速した。

　キャデラック・エクシードは支笏湖温泉の旅館街を抜けると、しばらく湖に沿って走った。恵庭岳の東麓《とうろく》から山道に入り、ほどなく第三生命の保養所の敷地内に吸い込まれた。

　敷地はかなり広い。優《ゆう》に千坪はあるだろう。奥まったところに、三階建ての建物が見える。

鉄筋コンクリート造りだが、それほど新しくはない。ベージュの外壁はくすんでいる。

鳴海は保養施設の前を素通りし、百メートルほど先の暗がりにアルファードを停めた。

ハードグローブを上着のポケットに突っ込み、静かに車を降りる。

周りは原生林で、民家もリゾートマンションもない。葉擦《はず》れの音が潮騒《しおさい》のように聞こえる。

鳴海は少し山道を下《くだ》り、保養所の上の原生林の中に分け入った。羊歯《しだ》が地表を埋め尽くし、新緑の濃い匂いが立ちこめている。むせそうだった。

漆黒《しっこく》の闇に近い。だが、目はじきに暗さに馴れた。鳴海は夜目《よめ》も利《き》くほうだ。

山道と並行する形で斜面を下り、第三生命の保養施設に接近した。建物の屋上の手摺には、どういうわけか、青いシートが張り巡《めぐ》らされている。

目隠しだろう。鳴海は山の斜面を登り、屋上を見下ろした。パラボラアンテナが林立し、小型レーダーのような物も見える。

ここは何かのスパイ基地なのだろう。

鳴海は、そう直感した。建物を仔細《しさい》に眺めると、三階の窓はすべてブラインドで閉ざされていた。電灯の光は、まったく見えない。一、二階には電灯が点いているが、窓はドレープのカーテンで塞《ふさ》がれていた。

車寄せにはキャデラック・エクシードのほかに、四台の車が駐めてある。すべてワンボックスカーで、シールドはスモークになっていた。

保養所の中に忍び込むことにした。鳴海は迂回《うかい》し、建物の裏手に回った。

敷地と原生林の境は、切り通しのようになっていた。段差は三メートルもない。

鳴海は保養所の敷地内に飛び降りた。着地し、すぐに建物の外壁にへばりつく。誰かに怪《あや》しまれた様子はうかがえない。

それでも鳴海は、警戒心を緩《ゆる》めなかった。

建物の周囲に防犯赤外線センサーが設置されているかもしれない。鳴海は足許の小石を手早く拾い集めた。

それを投げながら、一歩ずつ横に移動しはじめた。幸運にも警報アラームは鳴らなかった。

鳴海は勝手口に近づいた。

万能鍵を取り出し、鍵穴に差し込む。だが、なぜだか溝が金属を捉《とら》えない。特殊な錠が使われているようだ。

鳴海は諦《あきら》め、空調の室外機を踏み台にして二階のベランダに這い上がった。

その部屋は暗かった。鳴海はサッシ戸の隙間《すきま》に万能鍵を滑り込ませ、クレセント錠を外した。サッシ戸を浮かせながら、そっと横に払う。

何も異変は起こらなかった。

鳴海は室内に忍び込んだ。レクリエーションルームだった。三台のテレビゲーム機と卓球台があった。

鳴海は手探《てさぐ》りで隣室との仕切り壁に近寄り、盗聴器の集音マイクを押し当てた。すると、イヤフォンに女たちのロシア語が響いてきた。

隣室には、少なくとも三人の女がいるようだ。揃《そろ》って声は若かった。むろん、鳴海には話の内容はわからなかった。密入国者たちではないか。

鳴海は反対側の隣室に歩《ほ》を運んだ。

さきほどと同じように、仕切り壁に〝コンクリート・マイク〟を押し当てた。と、男たちの気合が耳に届いた。ロシア語だった。

人の倒れる音や唸《うな》り声もした。何か格闘技の訓練をしているらしい。

旧ソ連の国技だったサンボだろうか。サンボは柔道やモンゴル相撲を取り入れた投げ技と関節技を主体にした格闘技で、蟹挾《かにばさ》みは必殺技だ。

ロシアン・マフィアたちは、格闘や殺人のプロ集団を日本に密入国させているのか。そして、殺人請負会社でも設立するつもりなのだろうか。考えられないことではなかった。

鳴海は仕切り壁から離れ、廊下の様子をうかがった。

階段の降り口の近くで、イリーナと栗毛の大男が何か談笑していた。廊下を抜けて三階に上がるのは難しそうだ。

鳴海はベランダに出た。

手摺に片足を掛け、三階のベランダに取り付いた。体を振り子のように揺すり、反動を利用して上階のベランダによじ登る。

鉄柵を跨《また》ぎ越え、すぐに腹這いになった。外壁に集音マイクを当てると、パソコンを使っている音が伝わってきた。その操作音はうるさいほどだった。サーバルームだろう。ロシア語も飛び交っている。

ハッカーたちが軍事衛星や国際電話回線を使って、インターネットのネットワークに潜《もぐ》り込んで、国家機密や巨大企業の秘密を盗み出しているのか。

名うてのハッカーなら、米国防総省《ペンタゴン》にも侵入できる。民間企業のコンピューターに侵入して、さまざまなデータを盗み出すことはたやすいだろう。

旧ソ連が解体されて以来、東側の軍事スパイたちは産業スパイに転じはじめているらしい。第三生命は〝赤いダイヤ〟の闇取引を通じて知り合ったロシアのマフィアと共謀して、日本に殺人請負会社と企業恐喝組織を密《ひそ》かに作ろうとしているのではないか。

ミハイル・カリニチェンコは、マフィアのボスなのかもしれない。

急に二村の声が耳に届いた。

「みなさん、ご苦労さま！　ここで二、三年働けば、一生遊んで暮らせるだけ稼げます。カリニチェンコさん、通訳してくれませんか」

「はい、わかりました」

ミハイル・カリニチェンコが日本語で言って、すぐにロシア語で喋りはじめた。通訳し終えると、拍手と歓声があがった。

「みなさん、わたしは『第三ファイナンス』社長の沖弘幸《おきひろゆき》と申します。巨額の不良債権を抱えて苦戦していましたが、みなさんのおかげで経営が安定しそうです。ひと言お礼を申し上げたくて、陣中見舞いにうかがった次第です」

中年の男の声が日本語で挨拶《あいさつ》した。小太りの男かもしれない。ミハイルが、すかさず通訳した。

また、盛大な拍手が鳴り響いた。

鳴海はブラインドの隙間から何とか室内を覗き込みたかった。サッシ戸に顔を近づけると、警報アラームがけたたましく鳴った。

ひとまず逃げることにした。

鳴海は急いでベランダの鉄柵を乗り越え、縁《へり》にぶら下がった。二階の手摺に足を乗せ、同じ要領で下の階に降りる。

二階から裏庭に飛び降りたとき、保養施設の窓が次々に開いた。ロシア語の喚《わめ》き声が重なり、懐中電灯の光が幾つも落ちてきた。

切り通しの崖を登る余裕はない。

鳴海は裏庭のすぐ横の原生林に逃げ込んだ。樹間を縫《ぬ》いながら、ひた走りに走った。七、八十メートル建物から遠ざかるように駆け、それから斜面を下《くだ》りはじめた。

4

鳴海は無心に蔓《つる》を糾《あざな》いつづけた。通草《あけび》と馬酔木《あしび》の蔓だった。

原生林の中だ。第三生命の保養施設から、五、六百メートルは離れているのではないか。恵庭岳の麓《ふもと》だった。眼下に湖岸道路と暗い湖面が見える。

鳴海は左手の甲に手製のハードグローブを巻いていた。追っ手が現われたら、顔面に金属鋲《セスタス》を叩き込むつもりだ。

闘《たたか》うほかない。

ようやく蔓の投げ縄ができた。

首輪を縮めてみる。滑りが悪い。鳴海は蔓を手で何度もしごいた。しなやかになった。

鳴海は輪の部分を拡《ひろ》げ、即席の投げ縄を肩に掛けた。右肩だ。左利きだが、右手も自由に操れる。ペンも箸も、どちらの手でも持てた。

鳴海は灌木《かんぼく》の幹《みき》を手折《たお》って、手製の武器をこしらえた。先端部分を嚙み千切って、槍《やり》のように尖《とが》らせる。長さは二十センチぐらいにした。

短い槍を五本作ったとき、遠くで男たちの呼びかけ合う声がした。ロシア語だ。追っ手にちがいない。

鳴海は手製の武器をベルトの下に差し込み、地べたに耳を当てた。

複数の足音がかすかに伝わってくる。追跡者たちは、斜面の上の方にいるようだ。

少し待つと、一つの靴音が次第に高くなってきた。

追っ手のひとりがこちらに来るようだ。

鳴海は立ち上がって、すぐ近くにそびえるニセアカシアの大木に走り寄った。太い枝がほぼ水平に張り出している。

鳴海は、枝までよじ登った。蔓でこしらえた投げ縄を肩から外し、首輪の部分を大きく拡《ひろ》げる。

地上までは二メートル六、七十センチだ。投げ縄は二メートルそこそこの長さだった。人間の首に引っ掛けるつもりだ。長さは足りるだろうか。

鳴海は樹幹《じゅかん》に片腕を回し、じっと獲物を待った。

数分が流れたころ、下生えを踏みしだく靴音が中腹の方から響いてきた。鳴海は息を殺して、暗がりを凝視した。

少し待つと、黒っぽい服を着た赤毛の男がゆっくり斜面を降りてきた。

上背があり、胸も厚い。日本人ではなかった。

スラブ系の顔立ちだ。赤毛の男は、右手に拳銃を握りしめていた。銃身は筒状だ。サイレンサーピストルのマカロフPbだろう。旧ソ連時代から使われていた将校用の高性能拳銃で、銃器と消音器が一体化されている。

装弾数は八発だ。銃身は木炭色で、銃把《グリップ》には茶色の合板が貼られている。

なんとかマカロフを奪いたい。鳴海は追っ手の動きを目でなぞった。

赤毛の男は中腰で、樹木や繁みの陰をしきりに透《す》かして見ている。頭上に注意を払う気配はうかがえない。裏をかくことができた。

鳴海はほくそ笑《え》んだ。

それから間もなく、赤毛の男がニセアカシアに近づいてきた。

立ち止まれ。立ち止まってくれ。鳴海は密かに祈った。

祈りは通じた。男が、ほぼ真下にたたずんだ。チャンス到来だ。

すぐさま鳴海は投げ縄を落とした。

首輪は首尾よく赤毛男の首に引っ掛かった。鳴海は蔓の縄を両手で勢いよく引いた。首輪が相手の喉に喰《く》い込んだ。

鳴海は、なおも縄を手繰《たぐ》った。男が喉を軋《きし》ませ、全身でもがいている。

弾みで一発、暴発した。発射音は、子供のくしゃみよりも小さかった。銃弾は針葉樹の幹に埋まった。

赤毛男の両足が地表から離れた。垂直に張った蔓の縄は、いまにも切れそうだ。男が下肢《し》をばたつかせるたびに、鳴海はひやりとした。

やがて、男は動かなくなった。棒のように垂れ下がったまま、呻き声ひとつあげない。

右手から、サイレンサーピストルが零《こぼ》れ落ちた。羊歯《しだ》の上で小さく撥《は》ねたが、今度は暴発しなかった。

鳴海は用心しながら、両腕の力を緩《ゆる》めた。吊《つ》るされた赤毛男は、水を吸った泥人形のように膝から崩れ、前屈《まえかが》みに地面に倒れた。

鳴海は蔓の縄を投げ落とし、ニセアカシアの巨木から滑り降りた。

真っ先に追っ手が落とした自動拳銃を拾い上げる。やはり、マカロフＰｂだった。

鳴海はサイレンサーピストルを構えながら、ゆっくり屈んだ。そのとたん、赤毛男の下半身から便臭《べんしゅう》が立ち昇ってきた。

頸動脈に触《ふ》れてみる。肌の温《ぬく》もりはあるが、脈動は熄《や》んでいた。

鳴海は足で赤毛男を仰向けにし、体を探った。男は予備の弾倉《マガジン》とアーミーナイフを持っていた。

両方を自分のポケットに移し、鳴海は死体を灌木の陰まで足で転がした。赤毛男のズボンの前は、洩らした小便で濡れていた。

サイレンサーピストルが手に入れば、もう逃げ回る必要はなくなる。

鳴海は斜面を駆け上がりはじめた。大きく迂回《うかい》しながら、保養施設に近づいていく。数百メートル行くと、鳴海は不意に後ろから組みつかれた。すぐに太い腕が巻きついてきた。

鳴海は体を捻《ひね》って、すぐさま手製の槍を相手の腹に突き刺した。背後の男が呻いて、棒立ちになった。鳴海は振り向きざまに、ハードグローブを相手の顔面に叩き込んだ。

白人の男がのけ反《ぞ》り、太い樹木に頭をぶつけた。超短機関銃《スーパー・サブマシンガン》を手にしている。ヘッケラー＆コッホ社のＭＰ５ＫＡ１だ。全長は三十センチもない。

男が銃口を上げた。

鳴海はマカロフの引き金を絞《しぼ》った。少しも迷わなかった。

放った銃弾は、相手の眉間《みけん》に命中した。湿った着弾音が響いた。

顔面は西瓜《すいか》のように砕け散った。三十歳前後の男は断末魔の叫びもあげなかった。

鳴海は超小型の短機関銃《サブマシンガン》を死んだ男の手から捥《も》ぎ取り、敵の牙城《がじょう》を目指した。

ほどなく山道に出た。

川鍋が山道に立ち、原生林の中を覗き込んでいる。後ろ向きだった。

鳴海は川鍋に忍び寄り、サイレンサーピストルを後頭部に押し当てた。

「騒いだら、撃《ハジ》くぞ」

「お、おまえ、まだ……」

「生きてるぜ」

「お、おれをどうする気なんだ⁉」

川鍋の声は震えを帯びていた。

鳴海は川鍋を原生林の奥まで歩かせ、下草の上に腹這いにさせた。体を検《しら》べてみたが、武器は何も持っていなかった。

「あんた、その武器《ドウグ》をロシアの奴らから奪《と》ったんだな？」

「ああ、いただいた物だ。おれを追ってきた連中は、ロシアのマフィアどもだなっ」

「…………」

「てめえと遊んでる時間はねえんだ！」

「連中をそんなふうに呼ぶ奴もいるようだな」

川鍋が答えた。

「組織の名は？」

「『小さな矢《ストレルカ》』だよ。ウラジオストク周辺を縄張り《シマ》にしてる組織だ」

「ミハイル・カリニチェンコがボスなんだな？」

「そうだよ」

「やっぱり、そうか。樋口が囲ってたイリーナってロシア娘は何者なんだ？」

「樋口？　イリーナだって？」

「ばっくれるんじゃねえ！」

鳴海は左手の甲で、川鍋の側頭部を殴打した。金属鋲が外耳に穴を空《あ》けた。川鍋が呻いて、体を左右に揺すった。

「イリーナのことを喋ってもらおう」

「彼女は、ただの軽薄な娘さ。ロシアの暮らしに飽《あ》き飽きして、日本に稼ぎに来たんだよ」

「イリーナの部屋で、おれに麻酔弾を撃ち込んだ栗毛の大男の名は？」

鳴海は訊いた。

川鍋が、また黙り込んだ。鳴海はマカロフPbの銃口を川鍋の太腿《ふともも》に押し当て、無造作に引き金を絞った。

空薬莢《からやつきょう》が斜め後ろに飛んだ。

川鍋が左の太腿に手を当て、転げ回った。鳴海は川鍋の脇腹を蹴り、ふたたび俯《うつぶ》せにさせた。

「あの男は、ニコライ・ブハーリンだよ。ニコライはミハイルさんの用心棒なんだ。あいつは元警官で、ロシアでは外国人相手の売春婦《インテル・ジェーボチカ》たちの管理をしてたらしい」

「おれがイリーナのマンションで意識を失ってる間に、日本刀《ポントウ》で樋口をめった斬りにしたのは、てめえなのかっ」

「ち、違う。おれじゃない。おれはニコライに日本刀を貸してやっただけだ。嘘じゃねえって」

「ま、いいさ。てめえは樋口に頼まれて、ロシアで密輸された蟹を洋上取引で大量に買い付けたり、ロシア人の密航の手引きをしてたなっ」

「ああ。すべて樋口社長に頼まれてやったことだよ」

「樋口は『第三ファイナンス』の負債を棒引きにしてもらうって条件で、裏ビジネスに手を染めたんだろっ」

「そのあたりのことは、よくわからねえんだ」

「肝心《かんじん》なとこは、とぼけようって魂胆《こんたん》か。気に入らねえな」

鳴海は毒づき、川鍋の右の太腿に銃弾を撃ち込んだ。弾は貫通し、土の中にめり込んだ。

川鍋が、また、のたうち回りはじめた。

「いつまでも粘《ねば》る気なら、頭《ペテン》を吹っ飛ばすことになるぞ」

「多分、そうなんだと思うよ」

「ニコライに樋口を始末させたのは誰なんだっ。『第三ファイナンス』の沖って社長か、第三生命の二村なのか。それとも、第三生命の針貝専務が直《じか》にミハイル・カリニチェンコに殺しの依頼をしたのかい？」

「樋口社長を消してくれってミハイルさんに頼んだのは二村さんだよ。二村さんはメッセンジャーで、ほんとの依頼人は……」

「どっちなんだっ」

「『第三ファイナンス』の沖社長だろうな。沖さんは樋口社長にダーティービジネスをやらせて、焦げ付きの穴を埋めようとしたわけだから」

「てめえは樋口を裏切ったわけだな？」

「樋口社長とは十年来のつき合いだったんだが、あの旦那、金にセコいところがあってな。ううっ、痛《いて》え。くそーっ」

「話をつづけろ！」

「わかったよ。おれにさんざん危ない橋を渡らせて、儲けの九割を自分で取って、沖社長にはその半分しか渡してなかったんだ。それに、加盟店オーナーの八木正則って奴に裏ビジネスのことを嗅ぎつけられたみてえだったから」

「四谷の歩道橋の階段から八木を転落させたのは、樋口なのかっ」

「いや、それは……」

「てめえなんだな！」

　鳴海は語気を強めた。

「樋口社長に泣きつかれて、おれが八木って奴の首にゴム弾を当てたんだ。その衝撃で、八木は階段から転げ落ちたんだよ」

「やっぱり、そうだったのか。四谷署の平沼刑事を轢き殺したのも、てめえなのかっ」

「それは、おれの犯行《ヤマ》じゃねえ。おそらく二村さんが誰か殺し屋《プロ》に頼んだんだろうな」

「てめえは『第三ファイナンス』や第三生命に寝返って、ロシアン・マフィアどもを日本に招いたんだなっ」

「ま、そういうことになるな」

川鍋が言って、高く低く唸りはじめた。

「第三生命の針貝専務が黒幕なんだなっ」

「ああ、そうだよ。沖さんの話だと、針貝専務が他の役員たちの反対を押し切って、好景気のころに子会社の『第三ファイナンス』を設立させたらしいんだ。それで針貝専務は腹心の部下だった沖さんを子会社の社長にしたんだよ」

「デフレ不況になったとたん、『第三ファイナンス』は巨額の不良債権を抱え込むことになった。何か手を打たねえと、子会社は倒産に追い込まれ、親会社の針貝専務も進退伺《しんたいうかが》いを出さなきゃならなくなる。そこで針貝と沖はミハイル・カリニチェンコと手を組んで、本格的にダーティー・ビジネスに乗り出す気になった。そうなんだな？」

鳴海は後の言葉を引き取った。

「そ、そうだよ」

「針貝たちは、ロシアのハッカーたちにサイバーテロをやらせて、狙った巨大企業から〝身代金〟をせしめてるんだな?」

「その通りだよ」

「それだけじゃなく、殺人請負会社も興《おこ》す気なんだろう?」

「ああ。でも、そっちはミハイルさんが受け持つことになってんだ」

「保養所には、何人のロシア人がいるんだ?」

「全部で四十人弱だよ」

「そうかい。八木は、樋口の弱みをどこまで握ったんだ?」

「おれと樋口社長が密談してるとこを盗聴されて、録音されたようなんだ。けど、その音声データはどこにもなかった。二村さんが八木の妻に罠を掛けて探りを入れてみたんだが、女房は何も預かってなかったんだ。二村さん、とんだ無駄骨を折ったと嘆いてたよ」

「そうかい。二村は出世欲から、針貝や沖の使い走りをしてるんだな?」

「だと思うよ。おれは何もかも自白《ウタ》ったんだ。もう撃《ハジ》かねえよな?」

川鍋が呻きながら、弱々しい声で訊いた。

「だいぶ痛みが強くなったみてえだな?」

「痛くて気が遠くなりそうだ」

もあるんでな。くたばれ！」


「なら、楽にしてやろう」

「お、おれを殺す気なのか⁉」

「そういうことだ。八木ちゃんは、おれの親友《マブダチ》だったんだよ。それに、ちょっとした借りもあるんでな。くたばれ！」

鳴海は少し退《さ》がり、マカロフPbの残弾をすべて川鍋の頭部に撃ち込んだ。

血の塊や肉片が飛び散った。脳味噌も舞っている。

鳴海は空になった弾倉を足許に落とし、予備のマガジンをサイレンサーピストルの銃把に叩き込んだ。

右手に超短機関銃、左手にマカロフを握って山道に躍《おど》り出た。

そのとき、暗がりから二つの人影が飛び出してきた。ひとりは、栗毛の大男だった。ニコライ・ブハーリンだ。

鳴海はサイレンサーピストルの引き金を四度絞った。

二人の敵は相前後して倒れた。鳴海は山道を駆け上がりはじめた。レンタカーに近づいたとき、さらに原生林の中からロシア人の追っ手が現われた。

鳴海は走りながら、連射した。

三発目で、敵が倒れた。鳴海はサイレンサーピストルの指紋を拭って、林の中に投げ込み、レンタカーに駆け寄った。

アルファードに乗り込み、車首を麓に向けた。

保養所の前まで一気に下《くだ》り、超小型の短機関銃を握って車を降りる。車寄せの近くまで走り、ＭＰ５ＫＡ1でファンニングした。

四台のワンボックスカーの車体に穴が開き、一台が爆発炎上した。

鳴海はレンタカーに駆け戻り、すぐさま発進させた。湖岸道路をしばらく走ってから、車を路肩《ろかた》に寄せた。

鳴海は一一〇番通報し、超小型の短機関銃の指紋も拭った。それを窓から投げ捨て、アルファードで新千歳空港に向かった。

最終便を待たなくても、キャンセル席はあるだろう。

鳴海はアクセルペダルを踏み込んだ。

空港に着いたのは、およそ三十分後だった。レンタカーは道内のどこに乗り捨ててもいいことになっていた。

鳴海は空港ターミナルビルの駐車場にアルファードを駐め、搭乗カウンターに走った。

幸運にも二十数分後に離陸予定の便に空席があった。鳴海は、その便で帰京した。

羽田に到着したのは十一時前だった。

羽田空港から、タクシーで天現寺のマンションに戻った。部屋のドアはロックされていなかった。玄関に入ると、室内が乱れていた。

鳴海は禍々《まがまが》しい予感を覚えながら、智奈美の名を呼んだ。返事はなかった。

鳴海は部屋の中を走り回った。智奈美は、どこにもいなかった。

敵に連れ去られたようだ。

鳴海は歯嚙みした。

そのすぐ後、上着の内ポケットでプリペイド式の携帯電話に着信があった。携帯電話を耳に当てると、落ち着きのある男の声が響いてきた。

「鳴海一行君だな？　第三生命の針貝だ」

「あんたが、なんでこの携帯のナンバーを知ってるんだ!?」

「きみの友達は欲深《よくぶか》だね」

「まさか麦さんが……」

「そのまさかだよ。麦倉という男は、きみの隠れ家を教えるから、一千万円の情報料を出してくれないかとわざわざ会社に電話をしてきたんだ」

「信じられねえ」

鳴海は呻いた。

「だろうな。ところで、八木智奈美を預かってる。きみといろいろ相談したいと思ってね、ちょっと乱暴な招待の仕方をさせてもらったんだ」

「彼女は無事なんだなっ」

「ああ。少し怯《おび》えてるが、元気は元気だよ」

「どこに行けばいい？」

「いま、真鶴《まなづる》の別荘に来てるんだよ。これから来てもらえないかね？」

針貝が別荘のある場所を詳しく喋った。

「わかった。すぐ行く。智奈美に指一本でも触れたら、あんたを殺すぞ」

「わたしは、女性を悲しませるようなことはしないよ」

「待ってやがれ」

鳴海は電話を切ると、部屋を飛び出した。

天現寺交差点でタクシーを拾った。行き先を告げると、初老の運転手はにわかに愛想がよくなった。この不況下では、めったに長距離の客に恵まれないのだろう。

「考えごとをしたいんだ。少し黙っててくれないか」

鳴海はうっとうしくなって、運転手に言った。運転手は口を閉じ、運転に専念しはじめた。車内は静寂に支配された。

真鶴に着いたのは、一時間数十分後だった。

針貝の白いセカンドハウスは、真鶴漁港を見下す高台に建っていた。南欧風の洋館だった。崖の下は相模湾《さがみ》だ。

鳴海は別荘の少し手前でタクシーを降りた。

タクシーが走り去ってから、針貝の別荘に忍び寄った。

敷地は百五十坪ほどで、雛壇《ひなだん》になっていた。両隣も別荘で、人気《ひとけ》はなかった。

鳴海は姿勢を低くして、石段を上がった。白い垣根の隙間から、西洋芝の植わった広い庭を覗く。

ガーデンチェア・セットを庭園灯が淡く照らしているだけで、動く人影はない。鳴海は垣根を乗り越え、洋館の裏側に回った。

海側に勝手口があった。

鳴海は万能鍵を使って、ロックを解《と》いた。キッチンに入ると、血の臭《にお》いが鼻腔《びこう》を撲《う》った。それは浴室の方から漂ってくる。

鳴海は、キッチンの向こう側にある浴室に足を向けた。脱衣室の前には、帯状の血痕があった。まだ生乾きだった。洗面台の下には、小型のエンジン・チェーンソーが置いてある。

浴室内を見て、鳴海は叫びそうになった。浴槽の中には、智奈美の死体が入っていた。心臓部を撃ち抜かれていた。白い長袖《ながそで》ブラウスは半分近く鮮血に染まっている。

洗い場のタイルの上に転がっているのは、麦倉の血みどろの死体だった。頭部と腹部を撃たれていた。

どちらも、まだ血糊は凝固《ぎょうこ》していない。殺されて間がないようだ。

自分を裏切った麦倉は殺《や》られて当然だが、なんの罪もない智奈美まで始末するとは赦《ゆる》せない。

鳴海は両手の拳《こぶし》をぶるぶると震わせ、血痕を逆にたどりはじめた。

それは一階の大広間《サロン》まで、延々と繋がっていた。鳴海は玄関ホールの床にわざとライターを落とし、大広間のドアの横に身を隠した。

すぐにマカロフPbを握った針貝が、大広間から飛び出してきた。鳴海はサイレンサーピストルを捥《も》ぎ取《と》り、針貝の顔面に右のショートフックを浴びせた。

針貝は玄関ホールの壁にぶつかり、その反動で床に倒れた。鳴海は無言で、針貝の腹と太腿に銃弾を見舞った。

「やめろ、撃たないでくれ」

「腐った野郎だっ」

「きみには、ちゃんと口止め料をやる。五千万でも、六千万円でも用意するよ。だから、殺さないでくれーっ」

針貝が肘《ひじ》で上体を支え起こし、泣きそうな顔で命乞いした。

鳴海は唾《つば》を吐きかけ、針貝の肩口を銃弾で砕いた。針貝が泣き喚《わめ》きはじめた。

醜悪だった。神経を逆撫でした。

不意に頭の奥で、サックスの荒々しい音色が響きはじめた。アルバート・アイラーの例の旋律だ。

殺《や》っちまえ、殺っちまえよ。

どのフレーズも、そう囁《ささや》いているように聴こえた。殺しのBGMは、頭の中で一段と高くなった。

針貝をあっさり殺してしまったら、後悔することになりそうだ。八木や智奈美も、それ
では成仏《じょうぶつ》できないだろう。

鳴海はサイレンサーピストルをベルトの下に突っ込み、脱衣室に駆け込んだ。エンジ
ン・チェーンソーを抱え上げ、玄関ホールに取って返す。

「そ、それで、わたしの体を切断するつもりなのか⁉」

針貝が這って逃げはじめた。

鳴海はチェーンソーのエンジンを始動させた。鋸《のこぎり》が震動しはじめた。

首を刎《は》ね落とすまで、たっぷり殺しの快感を味わってやる。

鳴海は舌嘗《したな》めずりしてから、血みどろの獲物を追った。

全身が興奮で火のように熱かった。

# 掟《おきて》破り

# 1

背後で何かが爆《は》ぜた。

銃声だった。拳銃の発射音だ。音は重かった。

鳴海《なるみ》一行《いっこう》は、本能的に身を屈《かが》めた。

背が高い。百八十二センチある。体重は七十五キロだった。筋肉質で、体つきは逞《たくま》しい。全身、肉瘤《にくこぶ》だらけだ。

ことに肩と胸の筋肉が厚い。

二の腕はハムの塊《かたまり》よりも、はるかに太かった。それでいて、贅肉《ぜいにく》は数ミリも付いていない。

脚《あし》はすんなりと長かった。そのため、シルエットはすっきりしている。服を着ているときはスリムそのものだった。

鳴海は、連れの寺尾《てらお》勉《つとむ》を見た。

勉はうずくまって、怯《おび》えていた。新宿《しんじゅく》区役所通りの歩道だ。鳴海たちは近くのスナックから出てきて、歩きだしたところだった。

真冬の深夜である。

二時を回っていた。さすがに人影は疎《まば》らだった。ひどく寒い。夜気《やき》は凍《い》てついていた。吐く息が、たちまち白く固まる。

ふたたび銃声が轟《とどろ》いた。

鳴海の長めの頭髪が揺らいだ。衝撃波のせいだった。放たれた弾丸が頭の真上を掠《かす》めたのだ。

鳴海は不敵に笑って、乱れた前髪を掻《か》き上げた。

緩《ゆる》くウェーブのかかった黒々とした髪は、ほぼ真ん中で分けられている。だが、櫛目《くしめ》は見えない。洗った髪を自然乾燥させたままだった。

鳴海は振り返った。

街灯の光が浅黒い精悍《せいかん》な顔に淡い影を刻む。

鳴海は彫《ほ》りが深かった。ぐっと迫《せ》り出した太い眉《まゆ》の下に、暗い翳《かげ》りをたたえた落ちくぼんだ両眼がある。高く尖《とが》った鼻が印象的だ。頬は鋭く削《そ》げ、唇は薄かった。

造作《ぞうさく》の一つひとつが男臭《くさ》い。顔全体に、他人を竦《すく》ませるような威圧《いあつ》感が漲《みなぎ》っている。

鳴海は車道に視線を投げた。
七、八メートル後ろに、黒いセレナが見える。無灯火だった。
助手席側の窓から、自動拳銃《オートマチック》が突き出されている。銃身《バレル》は、かなり長かった。襲撃してきたのは矢作《やはぎ》興業の連中だろう。

「先に帰れ」

鳴海は勉に言った。

「ひとりだけ逃げるなんて、みっともないっすよ」

「いいから、早く消えろ！」

鳴海は、勉の脇腹をアンクルブーツの先で蹴った。

勉が顔をしかめて、小さく呻《うめ》いた。勉では戦力にならない。足手まといになるだけだった。

「それじゃ、おれ……」

勉が脇腹を手で押さえながら、中腰で走りはじめた。

二人は、ともに二階堂組《にかいどうぐみ》の組員だった。二階堂組は、歌舞伎町《かぶきちょう》の一角を縄張りにしている広域暴力団だ。三十歳の鳴海は舎弟頭《しやていがしら》で、組長の用心棒《ボディガード》を務《つと》めていた。

勉は末端の構成員だった。鳴海よりも七つ若い。

三《み》たび、銃口がオレンジ色の銃口炎《マズル・フラッシュ》を噴《ふ》いた。

鳴海は横に転がった。

均斉《きんせい》のとれた体が軽《かろ》やかに回る。敏捷《びんしょう》に跳《は》ね起きて、路上駐車中のグレイのＢＭＷの陰に身を潜《ひそ》めた。バーボンウイスキーの酔いは消えていた。

鳴海の顔は一段と険《けわ》しくなった。表情の変化は自分でもわかった。

凄《すご》みが拡《ひろ》がり、黒目がちの双眸《そうぼう》には酷薄な光が宿ったはずだ。

鳴海は、小さく唇をたわめた。他人の目には、ぞっとするほど冷たい笑《え》みに映るかもしれない。

エンジン音が迫ってきた。

鳴海は、ダークグリーンのレザージャケットのファスナーを一気に引き下ろした。

闘《たたか》いの準備である。数カ月前から、新興勢力の矢作興業と小競《こぜ》り合いがつづいていた。

セレナが停《と》まった。

斜《なな》め前だ。自動拳銃が、またもや弾《はじ》けた。銃声は重かった。

ＢＭＷのフロントガラスが穿《うが》たれた。シールドの破片が飛んでくる。

鳴海はＢＭＷの後ろに回り込んだ。

丸腰だった。あいにく拳銃も匕首《あいくち》も持ち合わせていなかった。鳴海は、素手で闘う気になっていた。

助手席のドアが細く開けられた。拳銃を持った男は、路上で撃《う》つ気になったのだろう。

鳴海は躍《おど》り出た。

ピューマのようにしなやかに疾駆《しっく》し、セレナのドアに体当たりする。骨と肉の鳴る音がした。

車を降りかけた男が、ドアに右脚を嚙《か》まれたのだ。短髪で、荒《すさ》んだ印象を与える。二十代の後半だろうか。

鳴海は素早くドアを手繰《たぐ》った。

もう一度、ドアを力まかせに閉める。骨の軋《きし》む音が聞こえた。

相手が歯を喰いしばって、野太《のぶと》く呻《うめ》いた。

鳴海は全身でドアを押した。フレームとドアに挟まれた男の右手首に手刀《しゅとう》を叩き込む。

男の手から、拳銃が落ちた。アスファルトが硬質な音をたてる。

「矢作興業だな」

鳴海は確かめた。

男が竦《すく》み上がった表情で、二度うなずく。男の顔面は、脂汗《あぶらあせ》でてらてらと光っていた。血の気《け》はない。

鳴海は、引き締まった頬に嘲笑《ちょうしょう》を滲《にじ》ませた。

そのときだった。

セレナが急発進した。半ドアのままだった。刃物を持っていた男が助手席に逃れた。セレナのドアが閉められた。鳴海は少しも慌《あわ》てなかった。手早く路上の自動拳銃を拾い上げる。

ステンレス製の銃身は熱く焼けていた。45口径のハードボーラーだった。アメリカ製だ。

鳴海は拳銃《ハンドガン》に精《くわ》しかった。実射経験も豊富だった。アメリカの西海岸《ウエストコースト》やグアムの射撃練習場《シューティング・レンジ》には年に何度も出かけている。そのたびに、腕が痺《しび》れるほど撃ちまくっていた。

鳴海は、ハードボーラーの弾倉《マガジン》を引き抜《ぬ》いた。

まだ三発残っていた。手早くマガジンを銃把《じゅうは》に戻し、スライドを引く。

鳴海は顔を上げた。

セレナは、数十メートルほど先を走っていた。職安《しょくあん》通《どお》りの方向だった。

鳴海は拳銃を両手で支え、こころもち腰を落とした。

運転席の男に狙《ねら》いを定める。

鳴海は引き金を絞《しぼ》った。左の掌《てのひら》の中で、オートマチックが躍った。

耳を聾《ろう》するばかりの発射音が小気味《こきみ》いい。硝煙が横にたなびき、ゆっくりと拡散する。

一発目は闇に呑《の》まれた。

鳴海は舌を鳴らした。二弾目を放つ。

セレナが左に大きくカーブしはじめた。どうやら弾頭は、標的《ターゲット》に命中したらしい。鳴海は会心の笑みを浮かべた。こぼれた歯は大きめで、頑丈《がんじょう》だった。

車は舗道に乗り上げ、そのまま角の雑居ビルの外壁に激突した。

衝撃音が夜の静寂を劈《つんざ》く。埃《ほこり》と白煙が、あたりに拡がった。

鳴海は路面を蹴った。

車道を全力で走る。風に煽《あお》られて、癖《くせ》のある髪がライオンのたてがみのように逆立《さかだ》った。

鳴海は駆けながら、全身の細胞が急速に活気づくのを鮮やかに感じ取っていた。筋肉という筋肉が興奮でそそけ立ち、表皮を突き上げる。

血管も膨《ふく》れに膨れていた。頭の芯《しん》は熱かった。

ほどなく鳴海は車に達した。

セレナの前部はひしゃげていた。ラジエーターが湯気を吐いている。

鳴海の息は、少しも乱れていない。

体を鍛え上げていたからだ。毎日、腹筋運動と腕立て伏せをそれぞれ百回ずつ、さらに縄跳《なわと》びとシャドウ・ボクシングを自分に課していた。何があっても、トレーニングを怠《おこた》ることはなかった。

鳴海は車内を覗《のぞ》き込んだ。

むっとする血の臭《にお》いが充満していた。不快ではない。女の肌の匂いよりも、はるかに刺激的だった。

運転席の剃髪頭《スキンヘッド》の男はステアリングに凭《もた》れかかって、微動だにしない。

頭の半分が消えていた。銃弾に深く抉《えぐ》られた後頭部は、まるで熟《う》れた柘榴《ざくろ》だ。ポスターカラーのような血糊《ちのり》が、剥《む》き出しになった頭蓋骨を洗っている。

耳に海鼠《なまこ》のような塊《かたまり》が引っ掛かって、だらりと垂れ下がっていた。

大脳の一部だろう。座席やウインドーシールドには、血の塊や脳味噌がへばりついていた。肉の欠片《かけら》や髪の毛も見える。

「お、おれにはガキがいるんだ」

助手席の男が、泣き出しそうな顔で命乞《いのちご》いした。ダッシュボードの角にぶつけたのか、狭い額が赤く腫《は》れ上がっている。

鳴海は唇を歪《ゆが》めて、銃口を向けた。

男が、パワーウインドーをあたふたと閉める。

鳴海は銃把でシールドを叩き割った。男が慄《ふる》えながら、両手を合わせた。瞼《まぶた》と頬の肉がひくついている。

鳴海は無言で拳銃をぶっ放した。手首に伝わる反動《キック》が快《こころよ》い。

空薬莢《からやっきょう》が薄い煙を吐きながら、空中に舞い上がった。男の右肩から、血がしぶいた。上体は左に傾いている。鳴海は、男を外に引きずり出した。

「勘弁《かんべん》してくれ」

男が、恐怖に引き攣《つ》った顔で哀願する。

鳴海は言葉の代わりに、冷ややかな笑顔を返した。

男が、口の中で小さな声をあげた。ベージュのチノクロスパンツに染《し》みが拡《ひろ》がった。失禁したようだ。じきに湯気が立ち昇りはじめた。

鳴海は拳銃を投げ捨て、足を飛ばした。

風が湧く。アンクルブーツの先が、相手の鳩尾《みぞおち》にめり込む。肉と骨の感触が伝わってきた。

一瞬、相手の体が後ろに反《そ》った。それから男は喉《のど》を軋《きし》ませ、体を二つに折った。隙《すき》だらけだった。膝で顔面を蹴り上げる。鼻の軟骨の潰《つぶ》れる音がした。

鳴海は男の頭を押さえ込んで、ふたたび膝頭で蹴った。

鮮血が散った。男がむせて、足許《あしもと》に白いものを吐き出した。弱々しい落下音が耳に届く。吐き出されたのは血塗《まみ》れの歯だった。一本ではない。三本だった。

鳴海は、男の向こう臑《ずね》を蹴りつけた。

まともにヒットした。骨が鳴った。男が頽《くずお》れた。口から血の糸が滑《すべ》り出す。

鳴海は、助手席の男の胸板に蹴りを入れた。

閃光のような疾《はや》さだった。ブーツが深く埋まる。相手のシャツのボタンが弾《はじ》け飛んだ。

男が獣じみた太い唸《うな》り声を発し、前屈みに転がった。肋骨《ろっこつ》が何本か折れたはずだ。海老《えび》のように体を丸めている。

鳴海は容赦《ようしゃ》しなかった。

相手の腰と脇腹を十数回、蹴りつけた。男は毬《まり》のように転がりながら、赤黒い血を吐いた。夥《おびただ》しい量だった。内臓が破裂《はれつ》したらしい。路面に、まだら模様が描《えが》かれた。

鳴海の頭の奥で、烈《はげ》しいテナーサックスの音《ね》が響きはじめた。

アルバート・アイラーの『精霊《ゴースト》』だった。

五十年も前の前衛ジャズだ。死んだ父親が愛聴していたナンバーである。

荒々しく、どこか挑発的なフレーズが切れ目なくつづく。すべての情念を吐き出すように、金管楽器が喚《わめ》き、重く低く唸《うな》る。

鳴海のなかで殺意が膨れ上がると、きまってこの旋律が流れてくる。いわば、殺しのBGMだった。

鳴海は男を見下ろしながら、舌嘗《したな》めずりした。

人間を虫けらのように屠《ほふ》ることは実に愉《たの》しい。相手を殺した瞬間、無上の歓《よろこ》びを覚える。ほんの一瞬だが、そのまま果ててもいいとさえ思う。

殺人行為は、それほど刺激が強かった。死と背中合わせの闘いに臨《のぞ》むとき、肉体と神経が極度に張りつめる。その緊迫感も捨てがたい。

鳴海が初めて他人《ひと》を葬《ほうむ》ったのは五年前の秋だった。

二十五歳のときである。当時、鳴海はウェルター級のプロボクサーだった。東洋タイトル戦で、対戦相手のチャンピオンを殴《なぐ》り殺してしまったのだ。

ドクターストップがかかっても、鳴海は攻撃することをやめなかった。制止したレフェリーも殴り倒した。

リングに上がると、いつも鳴海は相手を殺すつもりでパンチを繰り出していた。闘争心が異常なほど昂まり、自制心が働かなくなってしまう。

過去にも、同じ反則を幾度も重ねていた。

タイトル戦は無効となり、鳴海はボクシング界から追放された。チャンピオンになる夢は潰《つい》えたが、それほど気は落とさなかった。

チャンピオンベルトよりも大きなものを手に入れることができたからだ。それは、殺すことの快感だった。

いまの稼業に飛び込んだのは、およそ二年前である。

裏社会なら、命の遣《や》り取りがあるはずだ。身を持ち崩した理由《わけ》は、たったのそれだけだった。他人から見たら、正気とは思えないだろう。

しかし、少しも後悔はしていない。すでに鳴海は三人の筋者《すじもの》をあやめている。

殺《や》っちまえ、殺っちまえよ！

アルバート・アイラーの凄絶《せいぜつ》なサウンドが、頭の中で唆《そその》かしはじめた。

鳴海は、急《せ》き立てられたような気持ちになった。

頭の中が灼《や》けたように熱い。無数の気泡《きほう》がせめぎ合っている。脳漿《のうしょう》が煮えたぎって、音をたてている感じだ。

筋肉と血も沸《わ》き立っていた。盛り上がった上腕二頭筋のあたりが、むずむずする。体じゅうの体毛が毛羽立《けばだ》ち、背筋がぞくぞくしてきた。

相手をどう殺すかが楽しみだ。

男のか細い呻《うめ》き声が耳に届いた。鳴海の足許で、もがき苦しんでいた。

血溜《ちだ》まりの中だった。血の海の中に、玉虫色《たまむしいろ》の光が溶け込んでいる。セレナから流れ出たガソリンだ。

鳴海のなかで、閃《ひらめ》くものがあった。

すぐにマールボロをくわえる。火を点《つ》け、ひと口深く喫《す》いつけた。喫いさしの煙草を無造作に血溜まりの中に落とす。

爆発音とともに、路面から橙色《だいだいいろ》の炎が躍り上がった。

助手席の男が叫んだ。血の混じった涎《よだれ》が、糸を引いて唇から垂れ落ちた。炎は、見る間に男を包んだ。

「火葬場に行く手間《てま》が省《はぶ》けたな」

鳴海は、太い眉を片方だけ吊《つ》り上げた。他人《ひと》を侮蔑《ぶべつ》するときの癖だった。

「助けてくれ。お願いだ……」

火達磨《ひだるま》になった男が掠《かす》れ声を絞り出した。

もはや転げ回って火を消すだけの力もないようだ。

炎は血溜まりから這《は》い出て、やがてセレナを舐《な》めはじめた。

ちょうどそのときだった。遠くで、パトカーのサイレンが聞こえた。

一台や二台ではない。少なくとも、パトカーの数は十台近かった。けたたましいサイレンの音が次第に高くなってくる。

鳴海は、職安通りまで一気に走った。

立ち止まったとき、脳裏《のうり》で井口沙穂《いぐちさほ》の肉感的な裸身が明滅した。沙穂は、二階堂組の組長の愛人だった。

欲望がめざめた。下腹部が突っ張って、いくらか歩きにくい。

鳴海は、通りかかった空車に手を挙《あ》げた。

2

白い尻《しり》が動きはじめた。

水蜜桃《すいみつとう》のようなヒップだ。それが淫《みだ》らにうねり、円を描く。

煽情的《せんじょうてき》な眺めだった。鳴海は膝立ちの姿勢で、沙穂を背後から貫《つらぬ》いていた。

JR目白《めじろ》駅の近くにある沙穂のマンションの寝室だ。室内は仄暗《ほのぐら》い。

鳴海は、荒っぽく腰を躍らせた。

突くだけではなかった。時折、捻《ひね》りも加えた。

腰を回転させるたびに、枕に顔を埋《うず》めた沙穂が甘い呻きを放つ。ダブルベッドの軋《きし》み音が生々《なまなま》しい。

人間を殺した後は、なぜだか女を荒々しく抱きたくなる。

殺意と性衝動は、どこかで繋《つな》がっているのだろうか。そうなのかもしれない。

鳴海は右手で量感のある乳房を揉《も》み、左手で秘めやかな突起を揺さぶるように押し転がした。

硬《かた》く尖《とが》った突起は弾《はず》みが強かった。潤《うる》みで、しとどに濡れている。

芯の痼《しこ》りを揉みほぐしつづけると、不意に沙穂の裸身が縮まった。絶頂《エクスタシー》が近づいたようだ。

鳴海は律動を速《はや》めた。

それから間もなく、沙穂は極《きわ》みに駆け昇った。愉悦の声を高く迸《ほとばし》らせた。ジャズのスキャットを想《おも》わせる。悦楽の声は長く尾を曳《ひ》いた。

鳴海は、圧《お》し潰《つぶ》されそうな感覚に包まれていた。

快い圧迫感だった。何かが吸いつくようにまとわりついてくる。隙間はどこにもない。

鳴海は昂《たか》まった。

ひとりでに、指が躍動していた。敏感な部分を愛撫しながら、ダイナミックに動く。肉と肉がぶつかり、弾き合う。

沙穂は短い間に、たてつづけに三度も昇りつめた。

ほとんど唸《うな》りっぱなしだった。沙穂は二十三歳だったが、その肉体は熟《う》れていた。

鳴海は沙穂の体から力が抜けると、上体を前に倒した。

掬《すく》うようにして、沙穂を抱き取る。体を繋いだまま、鳴海は仰向《あおむ》けに倒れた。枕とは反対側だった。

沙穂が心得顔で、上半身を起こす。

すぐに体の向きを変えた。細面《ほそおもて》の整った顔には、悦《よろこ》びの証《あかし》が浮き立っていた。眉間《みけん》に刻まれた皺《しわ》が深い。閉じた瞼《まぶた》の陰影も濃かった。快感の証だ。透《す》けるように白い肌は、鴇色《ときいろ》に染まっている。

首筋にへばりついた幾条《いくすじ》かの黒い艶《つや》やかな髪が、妙になまめかしい。肉厚の唇は割れていた。

鳴海はそそられた。

下から突き上げはじめた。目は開けたままだった。

どの女と寝るときも、鳴海は決して瞼《まぶた》を閉じない。いかなる場合も、他人に隙《すき》を見せたくなかったからだ。元プロボクサーの哀《かな》しい習性だった。

たいてい果てるときは自分が下になる。警戒心が生んだ知恵だった。鳴海は、子供の前でしか無防備になれなかった。

沙穂が狂おしげに上体をそよがせはじめた。

鳴海は一段と煽《あお》られた。

押し上げるように突きまくった。そのつど、沙穂の体が跳《は》ねる。まるで彼女は、ロデオに興じているようだった。

砕け散る予兆が訪れた。体の底がすぼまる。

ややあって、鳴海の後頭部で光の粒が弾けた。次の瞬間、背筋を甘い痺《しび》れが稲妻のように走り抜けた。頭の中が白く濁った。

鳴海の低い呻きと沙穂の憚《はばか》りのない声が重なった。蠢《うごめ》くものが、鳴海を搾《しぼ》り上げはじめた。

少し経《た》つと、沙穂が崩れるように倒れてきた。

鳴海の分厚い褐色の胸の上で、汗ばんだ二つの隆起が弾んだ。悪くない感触だった。

二人は折り重なったまま、しばらく動かなかった。余韻《よいん》は、ふだんよりも数倍長くつづいた。

「ね、二人でどこかに逃げない？」

沙穂が鳴海の耳朶《みみたぶ》を甘くついばんでから、探《さぐ》るような口調で言った。

鳴海は口を開かなかった。急にうっとうしくなったからだ。

沙穂は美女である。気立ても悪くないし、肌も合う。

だが、生活を共にする気はさらさらなかった。

女は抱くだけでいい。感情の駆け引きなどは煩《わずら》わしいだけだ。

だいたい他者に何かを期待することがおかしい。人間は所詮《しょせん》、孤独なものだ。他人とは束《つか》の間《ま》、何かを分かち合えれば充分ではないか。

「わたし、二階堂の養女になっちゃおうかな」

沙穂が歌うように言って、鳴海から離れた。

「養女?」

「ええ、そうよ」

「話がよくわからねえな」

二階堂組長には、女子大生のひとり娘がいる。百合《ゆり》という名だった。

「どういうわけか、二階堂は娘さんを嫌ってるみたいなのよ。わたしが養女になれば、あの人、全財産をそっくりくれるって言ってるの」

「ふうん」

妙な話だ。鳴海はそう感じながら、ベッドを降りた。

浴室に向かう。鳴海は熱いシャワーを浴び、寝室に戻った。酒の用意がしてあった。

ブッカーズのオン・ザ・ロックを三杯呷《あお》ってから、鳴海は沙穂の部屋を出た。他人の家では寝つけないたちだった。

鳴海は、新宿駅の近くにあるビジネスホテルを塒《ねぐら》にしていた。月極《つきぎめ》で借りていた。

マンションの表玄関を出たときだった。

黒い人影が、鳴海の行く手を阻《はば》んだ。三十三、四歳の痩《や》せこけた男だった。馴染《なじ》みのない顔だ。鳴海より十センチほど背が低かった。

男は、奇妙な身なりをしていた。

くすんだ草色のトレンチコートの下に、ニッカーボッカーと地下足袋《じかたび》が見える。しかし、鳶職人《とびしょくにん》には見えない。

筋者《すじもの》とも少し雰囲気が違う。自分と同じ体臭《たいしゅう》を発散させていた。

男の目は細かった。ナイフのような目には、残忍そうな光が溜まっている。

獲物を追いつめた狩人《かりゅうど》の目だ。頰の肉が深く削《そ》げ、顎《あご》が尖っている。ぬめりを帯《お》びた赤みの強い唇は、ひどく薄かった。

左の頰から顎の先まで、引き攣れが走っている。古い刀傷の痕《あと》だった。どことなく般若《はんにゃ》を想《おも》わせる顔立ちだ。

その陰気な男が歩み寄ってくる。

動きには隙がなかった。全身に殺気を漂《ただよ》わせている。

矢作興業に雇《やと》われた殺し屋《プロ》にちがいない。鳴海は数歩進んで、足を止めた。

男も立ち止まった。

鳴海は相手を睨《にら》みつけた。喧嘩は最初が肝心《かんじん》だ。少しでも弱みを見せたら、すぐにつけこまれてしまう。

「女とお娯《たの》しみだったようだな。だいぶ待ったぜ」

男が喉の奥で笑った。その目は笑っていなかった。薄い眉が何やら不気味だ。

鳴海は目で、男との間合《まあい》を測《はか》った。

三《かわ》メートルほどしか離れていない。懐《ふところ》に拳銃を忍ばせていたら、かなり危険だ。弾丸を躱《かわ》す自信はなかった。

鳴海は一歩ずつ退《しりぞ》きはじめた。

退《さ》がりながら、レザージャケットの左ポケットに手を滑り込ませる。金属鋲《セスタス》のついた革《かわ》紐《ひも》を摑《つか》み出した。

左手の甲《こう》に巻きはじめる。ちょうどバンデージを巻く要領だ。

金属鋲はピラミッド形だった。パンチが当たれば、相手の皮膚は破れ、肉も抉《えぐ》れる。

手づくりのハードグローブを巻き終えたとき、男がコートの中に両手を入れた。二本の腕を腰の後ろに回す。

どんな武器が出てくるのか。

鳴海は少し緊張した。だが、怯《ひる》むことはなかった。

男が背中の後ろから取り出したのは、三尺ほどの白鞘《しらさや》だった。いわゆる段平《だんびら》だ。鞘は手《て》垢《あか》で、だいぶ黒ずんでいる。

「なんの恨《うら》みもないが、死んでもらうぜ」

男が白鞘を右手に持つなり、勢いよく間隔《かんかく》を詰めてきた。

無駄のない身ごなしだった。あくまでも冷静で、無駄な動きは見せない。腰は、しっかり定まっていた。かなり修羅場《しゅらば》を潜《くぐ》ってきたのだろう。

鳴海の胸がときめきはじめた。

手強《てごわ》い相手を倒してこそ、勝利の歓《よろこ》びが大きい。左足を半歩引いて、左の拳《こぶし》を胸のあたりで構える。右の拳は肝臓のあたりに止めた。サウスポーの基本姿勢だった。

痩せた男は、一メートルほど先で足を止めた。

止めた瞬間、白鞘をまっすぐ伸ばしてきた。抜き身ではない。鞘ごとだ。

誘いだろう。うっかり鞘を摑んだら、次の刹那《せつな》には白刃《はくじん》で貫かれる。

鳴海は、左腕で鞘を払っただけだった。

鞘がすうっと流れ、路上に落ちた。鳴海は腰を大きく捻《ひね》って、右フックを放った。夜気が音をたてて裂《さ》けた。

男が軽快に身を沈める。みごとなダッキングだった。パンチは空《くう》に流れた。

鳴海は体勢を整え、すぐ後ろに退《さ》がった。

「あんた、場数《ばかず》を踏んでるな。たいがいの野郎は、とっさに鞘を摑んじまうんだが……」

男が歯を見せずに笑い、段平を引き戻した。

刃《やいば》の冷たいきらめきが、鳴海の心と肉体を引き締める。この緊迫感が心地《ここち》よい。

睨《にら》み合った。

二人の視線がまともにスパークして、宙で砕ける。どちらも目を逸《そ》らさない。息詰まるような対峙《たいじ》だった。

男は段平をだらりと提《さ》げていた。だが、一分《いちぶ》の隙もない。鳴海は動けなかった。

数分が流れた。

長い数分だった。時間の流れがひどくのろく感じられた。

男は、いっこうに斬り込んでこない。どうやら鳴海が焦《じ》れるのを待つ肚《はら》らしかった。

このままでは、いつまでも勝負がつかない。鳴海は、自分から仕掛けることにした。

一歩踏み出して、素早く二歩退《さ》がった。

フェイントだった。

案の定《じょう》下から風が巻き起こった。男が白刃を斜めに掬《すく》い上げたのだ。

何かが弾ける音がした。レザージャケットの袖口《そでぐち》が十五センチほど裂けていた。

鳴海は肝《きも》を冷やした。幸い、肉は斬られなかった。

男が刀を上段に振り被《かぶ》った。トレンチコートの裾が大きく翻《ひるがえ》った。

鳴海は踏み出す素振りを見せた。

男は、まんまと誘いに引っ掛かった。段平を叩きつけるように振り下ろした。

刃先が路面を叩いた。青白い火花が散った。男が眉根を寄せて、舌打ちをする。

鳴海は跳躍した。

左フックを見舞った。パンチは相手の右の頬を捉《とら》えた。

肉が拳で押し上げられ、男の目が一層、細くなった。金属鋲が肉を嚙み千切《ちぎ》る。

男はよろめいた。

鳴海は、相手の喉笛に右ストレートをぶち込んだ。

男は後方に吹っ飛んだ。地下足袋の裏を見せて、引っくり返った。後頭部を路面にぶち当てていた。

それでも男は、白刃を放さなかった。すぐに起き上がり、段平を水平に泳がせる。凍《こご》えた空気が揺れた。風の唸りは重かった。

鳴海は、ステップバックした。

また、段平が閃《ひらめ》いた。胸すれすれのところを白刃が風切り音とともに通りすぎた。

鳴海は一瞬、死の予感を覚えた。長く息を吐く。気持ちが落ち着いた。

男の頰を見る。小さな穴が空《あ》いていた。そこから血の粒が滲《にじ》み出て、少しずつ盛り上がっていく。血走った目がぎらついていた。

鳴海の耳の奥で、アルバート・アイラーのテナーサックスが吼《ほ》えはじめた。

殺意と闘志で、上半身が大きく膨らむ。血の流れが速い。筋肉も勇み立っていた。

男の動作が急に粗《あら》くなった。

痛みが沈着さを失わせたにちがいない。鳴海はほくそ笑《え》んだ。揺らぎかけた自信を取り戻すことができた。

「てめえ、斬り刻んでやる！」

男が段平を薙《な》ぎながら、やみくもに突き進んでくる。

隙が生まれていた。

勝てる！　鳴海は確信を深めた。

白刃が横に流れた。鳴海は相手の懐《ふところ》に飛び込んだ。

右のボディブロウと左フックを出した。右は男の胃袋《ストマック》を痛め、左は顎《チン》に炸裂《さくれつ》した。すぐに腎臓《キドニー》を下から突き上げた。男がぐらつく。

鳴海はラッシュした。

こめかみ《テンプル》と肝臓《レバー》を交互に打つ。どちらも急所だ。鳴海は、どのパンチにも体重《ウエイト》を乗せた。

打ち込むたびに、相手の体が操り人形のようにぎくしゃくと動いた。鳴海の左フックは半トン近い爆発力がある。

男が酔ったように体をふらつかせて、尻から落ちた。瞼は半ば塞《ふさ》がっている。

しかし、段平は握ったままだった。

鳴海は男の喉を蹴った。的《まと》は外さなかった。

「げえっ」

痩せた男が赤い泡を噴《ふ》いて、後ろに倒れた。

すかさず鳴海は、男の胸の上に全体重を掛けて跳《と》び乗った。ブーツの下で、あばら骨がガラスのように砕けた。鳴海には快音に聞こえる。

男が吼《ほ》えるような声をあげた。

鳴海は、すぐに離れた。ようやく男が段平を放した。苦痛の声を洩《も》らしながら、路上をのたうち回っている。

縮まった手脚《てあし》が、男を小さく見せていた。胸が赤い。血だった。折れた肋骨が、内側から肉と皮膚を突き破ったのだろう。

鳴海はせせら笑って、鍔《つば》のない日本刀を摑み上げた。

気配で、男が起き上がった。よろけながらも、敢然と挑《いど》んできた。

目が暗く燃えていた。肩が激しく上下している。

破れた胸から、鞴《ふいご》の音に似た呼気《こき》が洩れていた。鬼気迫るものがあった。

鳴海は刃を上に向けた。

柄《つか》を握り直す。突進《ダッシュ》した。体と体がぶつかった。確かな手応えがあった。

男が呻き声を放った。

段平は、男の脇腹を刺し貫いていた。鳴海は左目を眇《すが》めた。

「て、てめえ……」

男が、鳴海の首に骨張った両手を巻きつけた。

渾身《こんしん》の力で、喉を締めつけてくる。男の両腕は、ぶるぶると震えていた。

息が詰まった。胸苦しい。目も、ぼやけてきた。顎を引いて、首筋に力を込める。

鳴海はそうしながら、白刃を左右にこじった。

男が長く唸った。内臓が紐状《ひもじょう》に千切れたはずだ。

鳴海の手に生温かいものが伝わってきた。粘《ねば》つくような血糊だった。

男が膝から崩れ、ゆっくりと後方に倒れた。朽木《くちき》が倒れるような感じだった。

鳴海は白刃を引き抜くなり、心臓部に刺し入れた。眉ひとつ動かさなかった。切っ先が骨に当たり、横に滑る。

男が伸び上がるようにのけ反った。

断末魔の叫びは凄《すさ》まじかった。猛獣の雄叫《おたけ》びに似ていた。

男の両手は、段平の刃を強く握り締めていた。

十本の指は、瞬《またた》く間に鮮血に染まった。男はわずかに四肢を痙攣《けいれん》させ、じきに動かなくなった。

「手間をかけさせやがる」

鳴海はうそぶいた。

いくらか呼吸が荒くなっていた。鳴海は死体を眺め下ろしながら、血と脂を吸った金属鋲付きの革紐をほどきはじめた。

殺しの酔いは、たいそう深かった。

3

目つきに棘《とげ》があった。

鳴海は、向き合った男を睨《ね》めつけた。

男がたじろいだように、視線を逸《そ》らす。矢作興業の若頭だ。神谷《かみや》という名だった。三十七、八歳だろうか。

神谷の隣には矢作康久《やすひさ》が坐っている。鳴海のかたわらには二階堂滋郎《じろう》がいた。

新宿西口の高層ホテルの最上階にあるレストランの個室《コンパートメント》だった。

沙穂を抱いてから、五日が経っていた。夜の九時過ぎだった。

昼間、矢作興業のほうから会談の申し入れがあったのだ。四人のほかには誰もいなかった。全員、背広姿だった。

「ここの鴨《かも》のテリーヌ、なかなかいけますでしょ？」

矢作が二階堂に語りかけた。

「わたしは和食党でね。どうもフランス料理ってやつは苦手なんだ」

「それは申し訳ないことをしました」

矢作が鼻白《はなじろ》んだ表情で、口を噤《つぐ》んだ。重苦しい沈黙が横たわった。

鳴海は、斜め前の矢作興業のボスに目を当てた。
四十二、三歳だった。髪を七三に分け、縁《ふち》なしの眼鏡《めがね》をかけている。仕立てのよさそうなスリーピースも決して派手ではない。
一見、商社マンふうだ。しかし、目の配りや笑い方は、やはり堅気《かたぎ》のものではなかった。

視線を仔羊《こひつじ》の胸腺肉《きょうせんにく》のパイ包み焼きに戻したときだった。

テーブルクロスの上を肉用ナイフが滑《すべ》ってきた。正面からだった。ナイフが鳴海のワイングラスを倒す。

赤ワインの飛沫《しぶき》が鳴海の手を汚した。メインディッシュは大量にワインを被《かぶ》っていた。

頬のたるんだ神谷が、獅子《しし》っ鼻《ぱな》を鳴らした。明らかに挑発行為だ。

鳴海の内面で、何かが渦巻きはじめた。

神谷が自分のナイフを摑んだときだった。鳴海は黙《もく》したまま、神谷の右手の甲にフォークを突き立てた。ほぼ垂直だった。

テーブルの上の食器が、わずかに跳ね上がった。神谷が白目を剝《む》いて、女のような悲鳴をあげた。

鳴海は嘲笑した。すると、神谷が左手で腰のあたりを探った。匕首《あいくち》を出す気らしい。

すかさず鳴海は、相手の顔面にフィンガーボールの水をぶっかけた。

上着まで濡れた。若頭が奇声を発して、太い首を振った。まるで犬だった。

「鳴海、場所をわきまえろ」

二階堂が窘《たしな》めた。

鳴海は無言でうなずいて、フォークを引き抜いた。

神谷の手の甲には、四つの血の粒が等間隔に付着していた。

鳴海は目で嘲《あざけ》った。神谷がナプキンで右手を包み込み、横にいる矢作の顔をうかがった。矢作が口を開く。

「おまえは事務所に戻ってなさい」

「は、はい」

神谷が不満顔で腰を浮かせた。

痛みと怒りを全身に表しながら、矢作興業の若頭は出ていった。

「二階堂さん、さきほどの件ですが……」

矢作が何事もなかったような顔で、穏やかに切り出した。

「その前に、ちょっと言わせてくれ。あんたんとこは、大久保《おおくぼ》通りや職安通りで立ちんぼやってる日本人女性や南米の女の子たちから、一日三千円の場所代《ショバだい》を集めてるんだってな。そういう女たちを喰いものにするのは、よくねえぜ」

「安い用心棒料《みかじめりよう》で、彼女たちを護《まも》ってやってるんですよ。最近は不法滞在の不良外国人どもがのさばって、マフィア化してますからね。女たちには感謝されてるんです」

「よく言うぜ」

「で、どうなんです？」

「覚醒剤《シャブ》や管理売春《マメノシル》で組織を大きくする気はない。おれたちは博奕打《ばくちう》ちだからな」

「そんな古風な考えは早く棄《す》てないと、縄張《シマ》りを喰い荒らされますよ。うちの本家の代紋《だいもん》を掲《かか》げれば、ずっと遣《シ》り繰《ノギ》りが楽になるんですがねえ。本家は覚醒剤《シャブ》の卸元《ネタモト》や拳銃《ハジキ》、それから女たちの供給ルートをばっちり押さえてますんで」

「あんたの舎弟分《しやていぶん》になる気はないっ。痩せても枯れても、おれは二階堂組の三代目だ。とっとと失《う》せやがれ！」

「話のわからない御仁《おひと》だ。それじゃ、こちらも遠慮なくやらせてもらいますぜ」

矢作がナプキンを卓上に叩きつけ、憤然と席を立った。

ドアが閉まると、二階堂組長が自分に言い聞かせるように呟いた。

「おれは、まだ五十一だ。やるときゃ、やるよ」

「そうしてほしいですね」

「ところで、最近、うちの森内に何か変わった様子はないか？」

「代貸が、どうかしました？」

鳴海は訊《き》き返した。

「ここんとこ賭場《とば》を開くたんびに、警察《サツ》の手入れがあるよな」

「ええ」

「おれは、組の誰かが矢作んとこに情報《ネタ》を流してると睨んでるんだ。おそらく矢作が警察に密告《タレコ》んでるんだろう。さて、帰るか」

二階堂は、ずんぐりとした体を大儀《たいぎ》そうに椅子から持ち上げた。鳴海も立ち上がった。

店を出て、エレベーターに乗り込む。

二人だけだった。地下二階の駐車場まで降りた。エレベーターの扉が左右に割れる。

すぐ目の前に、黒いフェイスマスクで顔を覆《おお》った男が立っていた。

男は、銃身を短く切った散弾銃《ショットガン》を腰撓《だ》めに構えている。レミントンの水平式二連銃だ。

鳴海は二階堂の前に出ようとした。

そのとき、銃口が上下に揺れた。避《よ》ける余裕はなかった。

二階堂は、胸から足首まで散弾を喰らっていた。鳴海も右腕を撃たれた。

しかし、血の量は少ない。痛みも疼《うず》く程度だった。肉の中にめり込んだのは、ほんの数粒なのだろう。

実包《じっぽう》は九粒弾だったようだ。ひと安心する。割に粒が大きいから、後で取り出しやすい。

鳴海は、片手で二階堂の背を支えた。

狙撃者が地下駐車場の走路を逃げていく。鳴海は狙撃者を追う気になった。

走りだそうとしたときだった。血だらけの組長が、いかにも苦しげな声を洩らした。

鳴海は二階堂の片腕を首に回して、ひとまずエレベーターを出た。

二階堂は自分の力では歩けなかった。鳴海は、小柄な二階堂を背負った。シルバーグレイのメルセデス・ベンツまで歩く。

二階堂の車だ。組長を助手席に坐らせ、大急ぎで運転席に乗り込んだ。

イグニッションキーを捻った直後だった。

二階堂の唸り声が熄《や》んだ。鳴海は、すぐに手首を取った。脈動は伝わってこなかった。

死んだようだ。

鳴海は車を発進させた。

ホテルの駐車場を出ると、ベンツを鷺宮《さぎのみや》に向けた。二階堂の自宅に着いたのは十数分後だった。

組長宅は、数奇屋造《すきやづく》りのしっとりとした家屋《かおく》である。庭もかなり広い。

鳴海はベンツを玄関の前に横づけして、現われた若い組員に告げた。

「組長が殺《や》られた。おおかた、矢作興業の仕業《しわざ》だろう」

「お、お嬢さんを呼んできますっ」

部屋住みの組員が顔色を変え、奥に駆け込んでいった。

待つほどもなく、二階堂百合が飛び出してきた。ソックスのままだった。蒼ざめた顔は強張《こわば》っていた。

鳴海は、そっと車を降りた。

百合が助手席のドアを勢いよく開け、変わり果てた父親に取り縋《すが》った。

長いストレートヘアは、たちまち血で汚れた。嗚咽《おえつ》する声が聞こえてきた。組長の娘は激しく泣きじゃくった。

百合は、まだ二十歳《はたち》だった。母親はいない。三年前に他界したという話だ。

「鳴海さん、どうして父を護《まも》り抜いてくれなかったのっ」

涙が涸《かわ》くと、百合が詰《なじ》るように言った。

鳴海は短く詫《わ》び、事の経緯《いきさつ》をつぶさに報告した。口を結ぶと、百合が声高《こわだか》に叫んだ。

「父を撃った人を殺して！」

「………」

鳴海は黙したままだった。

だが、狙撃者は自分の手で裁くつもりだった。一宿一飯の恩義からではない。自分を撃った相手が赦《ゆる》せなかったのである。目には目を、歯には歯をだ。

百合が家の中に引っ込むと、入れ違いに代貸の森内が玄関から姿を見せた。鳴海は目で挨拶《あいさつ》した。

「おまえがついていながら、なんてざまだっ」

森内は向かい合うなり、鳴海を詰《なじ》った。

鳴海は黙って頭《こうべ》を垂れた。顔を上げたとき、ふと訝《いぶか》しく思った。

森内の顔には、少しも悲しみの色が見えなかった。そのことが、妙に鳴海の胸に引っ掛かった。

4

女がひざまずいた。

豊満な乳房が弾んだ。全裸だった。小柄だが、肉づきは悪くない。

刺青《いれずみ》が妖艶《ようえん》だ。肩口から二の腕にかけて牡丹《ぼたん》が咲き乱れ、葉群《はむら》の間から緑色がかった蛇が顔を覗《のぞ》かせている。背には伝説の鳥、鳳凰《ほうおう》が彫ってあった。朱、緑、藍《あい》の濃淡が効《き》き、絵柄が際立《きわだ》って見える。

矢作郁恵《いくえ》だった。矢作興業のボスの妻である。

まだ若い。二十四、五歳だろうか。目にいくらか険《けん》があるが、美人と言えるだろう。どことなく頽廃的《たいはいてき》な色気を感じさせる。

色仕掛けなのではないか。だとしたら、ずいぶんなめられたものだ。

鳴海は、人質に蔑《さげす》みの眼差《まなざ》しを向けた。郁恵は何か勘違いをしたらしく、媚《こび》を孕《はら》んだ目をいっそう和《なご》ませた。

二階堂組直営の鉄骨工事会社の倉庫だった。

鳴海と郁恵は、庫内の一隅にある事務室にいた。倉庫は、神奈川県《かながわけん》川崎市《かわさきし》登戸《のぼりと》の外れにあった。

ついさきほど、郁恵が唐突に着物を脱《ぬ》ぎ捨てたのだ。勉は郁恵の刺青に気圧《けお》されたのか、いましがた事務室から出ていった。庫内のどこかにいるはずだ。

鳴海は舎弟《しゃてい》の勉に手伝わせて、外出中の郁恵を赤いアウディごと引っさらってきたのである。

ここに来る途中、彼は電話で矢作康久に妻を誘拐したことを伝えた。もう間もなく、矢作はここに来ることになっていた。

二階堂滋郎の初七日に当たる日の夕方だ。

鳴海の右腕の銃創《じゅうそう》は、とうに癒《い》えていた。被弾したのは二発だけだった。ナイフの刃先を高熱で炙《あぶ》り、自分で粒弾をせせり出したのだ。

「物騒な物、どこかに置いて」

郁恵が甘えた調子で言った。

鳴海は無言で、サイレンサー付きのワルサーP5の銃身を郁恵の頬に寄り添《そ》わせた。郁恵の体が一瞬、硬くなった。

すぐに彼女はおもねるように笑い、鳴海の下腹に頬を寄せた。幾度か頬ずりしてから、性器を摑み出した。物馴《ものな》れた手つきだった。

ほどなく鳴海は含まれた。

郁恵の熱い舌は、微妙な動き方をした。毛筆の穂先で刷《は》かれているような感じだった。

そのうち、削《そ》ぐような動きも示した。かと思うと、舌全体をねっとり巻きつけてくる。

むろん、深く吸い込むことも忘れなかった。絶妙なテクニックだった。

郁恵は、くわえた男根《だんこん》を放そうとしない。顔が上下左右に動く。頬の肉がもっこりと盛り上がったり、逆に深くへこんだりする。

そのさまを眺めているうちに、鳴海は昂《たか》まった。

片手で郁恵の頭を押さえて、自ら動きはじめた。イラマチオだ。女の舌技《ぜつぎ》を受けるよりも、はるかに征服欲は満たされる。

二分あまり過ぎたころだった。

突然、郁恵が鳴海の握っている拳銃の銃身を摑んだ。同時に、彼女は鳴海の猛《たけ》った欲望に鋭く歯を立てた。

思わず鳴海は、声を洩らしていた。

痛みは尖鋭《せんえい》だった。つい油断してしまった自分を、鳴海は心の中で罵倒《ばとう》した。郁恵が必死で自動拳銃を捥《も》ぎ取《と》ろうとする。歯も深く喰い込ませてきた。

鳴海は郁恵の右手を振り払い、鎖骨《さこつ》のあたりを蹴飛ばした。

丸太並みの太腿《ふともも》が宙を舞う。骨に罅《ひび》の入る音がした。

郁恵の口から、怪鳥《けちょう》のような悲鳴が洩れた。そのまま、不様《ぶざま》な恰好《かっこう》で後ろに倒れた。

鳴海は分身を見た。

くっきりと歯形が刻まれていた。うっすらと血が滲《にじ》んでいる。それをトランクスの中に戻し、オフホワイトのチノクロスパンツの前を整えた。

郁恵が這って逃げ出そうとしている。性器も肛門も丸見えだった。

鳴海は数歩小走りに走り、郁恵の臀部《でんぶ》を蹴った。ホワイトチーズ色の尻の頬がたわんで、平たく横に膨らむ。

郁恵は前にのめって床を舐めた。

鳴海は郁恵の足首を摑んで、捻《ひね》り転がした。仰向けになった郁恵の脚を大きく割る。

「お願い、赦《ゆる》して」

郁恵が涙声で言った。

鳴海は返事をしなかった。郁恵の股の間に身を入れ、合わせ目の奥にサイレンサーを捩《ねじ》入《い》れた。

郁恵が痛みを訴えて、腰を引く。恐怖のあまり、彼女の黄色く濁った眼球は醜く膨れ上がっていた。

鳴海は目を眇《すが》め、引き金《トリガー》を絞った。

郁恵の下腹と腰の両側から、血しぶきと腸《はらわた》の塊《かたまり》が弾け飛んだ。

それでも、郁恵はしぶとく生きていた。意識もあった。下半身は血で真っ赤だった。

鳴海は消音装置を引き抜いた。

血みどろだった。先端から血の雫《しずく》が雨垂れのように滴《したた》っている。

鳴海は、サイレンサーを郁恵の口の中に突っ込んだ。郁恵の喉が鳴った。一発ぶっ放す。

郁恵の頰の肉が砕け散った。肉の付いた歯や顎の骨も舞い上がった。凄まじい声をあげて、郁恵は息絶えた。

「兄貴、どうしたんです？」

匕首《あいくち》を手にした勉が、事務室に駆け込んできた。

「ガタつくな」

「おえっ」

勉が床に目をやって、口許を手で押さえた。

鳴海は部屋の隅まで歩き、郁恵が脱いだ着物を摑み上げた。草花柄の友禅《ゆうぜん》小紋《こもん》だった。それで、返り血とサイレンサーの汚れをきれいに拭《ぬぐ》う。

「そろそろ矢作が来るんじゃないっすか」

勉が言った。

鳴海はうなずいて、先に事務室を出た。後から勉が従《つ》いてくる。鳴海は堆《うずたか》く積み上げられた鉄骨材の間をすり抜けて、出入口に足を向けた。

鳴海と勉は、シャッターの潜《くぐ》り戸《ど》から外に出た。敵の奇襲を警戒したのだ。

表は暗かった。星が瞬《またた》きはじめていた。

鳴海たちは、郁恵の乗っていたアウディの陰に身を隠した。

黒塗りのロールスロイスが近づいてきたのは数分後だった。

鳴海は車の中を透《す》かして見た。

矢作は後部座席にいた。ステアリングを操《あやつ》っているのは、若頭の神谷だった。

ロールスロイスが停まった。

アウディのすぐ向こう側だった。矢作と神谷があたりをうかがってから、こわごわ車を降りる。どちらも、消音装置付きの自動拳銃《オートマチック》を手にしていた。

二人は足音を殺しながら、倉庫のシャッターに近づいていく。

鳴海は抜き足で、矢作たちの背後に忍び寄った。

矢作たちは気づかない。

「拳銃《ドウグ》を捨てろ！」

鳴海は立ち止まって、小声で命じた。

博徒系の関東やくざは、チャカという隠語を使いたがらない。その隠語が関西から全国各地に広まったからだ。

三メートルほど先にいる矢作と神谷が、ほぼ同時に振り向いた。

その瞬間、鳴海は発砲した。威嚇射撃《いかくしゃげき》だった。銃弾は外壁に当たった。

効果はあった。

矢作と神谷が相前後して、オートマチックを足許に落とした。勉が二人に走り寄って、まず矢作の拳銃を拾い上げた。それから彼は、神谷の前でしゃがみ込んだ。

そのとき、神谷が勉の首筋にラビットパンチを落とした。勉がうずくまる。

鳴海は、神谷の背に銃弾を浴びせた。

神谷は前のめりに倒れて、シャッターにぶち当たった。

金属の触れ合う音を聞きながら、鳴海は二弾目を放った。それは、神谷の心臓の真裏を撃ち抜いていた。

神谷の右膝が大きく折れ曲がった。

そのままの姿勢で、右横にどさりと倒れ込んだ。矢作が言葉にならない声を発し、大きく跳び退《の》く。神谷は声もあげなかった。即死だったのだろう。

鳴海は勉に死んだ神谷を庫内に運ばせ、矢作の腰を後ろから蹴りつけた。

矢作はたたらを踏んで、倉庫の潜り戸の枠《わく》に肩を強《したた》かにぶつけた。気障《きざ》な眼鏡が舞い飛んだ。

「中に入りな」

鳴海は矢作に命じた。

矢作は素直に命令に従った。裸眼のままだった。足取りがおぼつかなかった。

「郁恵はどこだ？」

向き合うと、矢作が訊いた。

「事務室で死んでるよ」

「そうか」

矢作の声に、怒りは込められていなかった。いまは、自分の命だけが心配なのだろう。

「組長《オヤジ》を殺《や》らせたのはてめえだなっ」

「さっきも電話で言ったように、おれは誰にも殺らせちゃいない。ほんとだ、信じてくれ」

「信じろだと？」

鳴海は言いながら、徐々に顎を反らした。

「ひょっとすると、あんたのとこの親分は自分の娘に殺られたのかもしれねえぜ。こ、これを見てくれ」

矢作が震える手で、上着の内ポケットから数葉のカラー写真を抓《つま》み出した。

鳴海は、それを引ったくった。

どの写真もひどく粒子が粗《あら》い。写っているのは、紛《まぎ》れもなく二階堂組長と百合だった。いずれも、ラブホテルの出入口で撮《と》られている。

「おたくの組長の弱みを押さえるつもりで、うちの若い者《もん》にマークさせてたんだよ。そしたら、偶然、その写真を撮ることになったらしいんだ。あの父娘《おやこ》は法律上はれっきとした親子のようだけど、きっと何かあるぜ」

矢作が意味ありげに言った。

調べてみる必要があるかもしれない。鳴海は、焦茶のレザージャケットのポケットに写真を収めた。

その直後だった。

矢作が急にぶっ倒れた。勉が拳銃で、だしぬけに矢作のこめかみを撃ち抜いたのだ。

「ばかが……」

鳴海は舎弟の顔を殴りつけた。右のロングフックだった。

勉は数メートル後ろに引っくり返った。

余計なことをしやがって。鳴海は胸底で毒づいた。矢作を殺す愉《たの》しみを奪われたことが腹立たしかった。

矢作は身じろぎ一つしない。体の下から血が拡《ひろ》がりはじめた。

「矢作の野郎があんまりいい加減なことを言い出したんで、ついカッとしちゃって」

勉が口の周《まわ》りの鼻血を手で拭いながら、おどおどと言った。

「もういい」

鳴海は煙草をくわえた。

ジッポゥでマールボロに火を点《つ》け、深く喫《す》い込む。人間を殺した後の一服は、格別にうまかった。

5

静かだった。

置き時計の針音だけが高い。鳴海は、二階堂百合と気まずく向かい合っていた。組長宅の居間である。

翌日の夜だ。

家の中は、ひっそりとしている。人のいる気配はうかがえない。

鳴海が百合に電話をしたのは数時間前だった。

例の写真のことを仄《ほの》めかすと、百合はひどく狼狽《ろうばい》した。絶句した後で、その件で相談に乗ってもらいたいと持ちかけてきた。

鳴海は、百合が組長殺しに何らかの形で関わっていると確信を深めた。こうして彼は、指定された時刻にやって来たのだ。

「あたし、ある人に父を殺してもらったの」

百合が、ぽつりと言った。

「やっぱり、そうか」

「二階堂が憎かったの。あの男とあたしは、血が繋がってないのよ。あたしは、死んだ母が過《あやま》ちを犯したときにできた子なんだって。実の父親は流れ者だったそうよ」

「ふうん」

「十七歳のとき、そのことは二階堂から教えられたの。あいつは、あたしが中一のとき病気になって輸血を受けたときに母の秘密を知ったと言ってたわ。あたしが自分の娘でないことは、血液型でわかったんだって。母も二階堂もO型なの。だから、子供もO型になるはずなんだって。だけど、あたしはA型なの」

「それで？」

「二階堂はその話をしてから、母の目の前で、あたしを犯したの。復讐のつもりだったんだと思うわ。その晩、母は自殺してしまったわ」

「そうか」

「母がいなくなると、二階堂は毎晩のようにあたしのベッドに潜《もぐ》り込んできたわ」

「なんで逃げ出さなかった？」

「いつか二階堂を殺してやろうと思ってたからよ。それに、覚醒剤で体を縛《しば》られてもいたし……」

百合はオフタートルネックの黒いセーターの袖口を捲《まく》って、生白い左腕を晒《さら》した。

静脈に沿って、無数の注射痕が連《つら》なっていた。肌は脂気《あぶらけ》がなく、かさついている。

「組長とわざわざラブホテルに出かけた理由《わけ》は？」

「代貸の森内にある晩、家の中で行為を見られちゃったの。それで、おかしなホテルに連れていかれるようになったのよ」

「おまえは森内をうまく誑《たら》し込んで、矢作興業との抗争を利用して、奴に組長を射殺させたんだなっ」

鳴海は語気を荒らげた。

「矢作興業の仕業《しわざ》に見せかけたようとしたことは事実よ。だけど、散弾銃で二階堂を撃ったのは森内じゃないわ」

百合が歪《ゆが》んだ笑みを拡《ひろ》げ、ソファから立ち上がった。

そのとき、ドアが開いた。アメリカ製の拳銃を手にして躍り込んできたのは、なんと寺尾勉だった。ハンドガンはデトニクスだ。

「てめえだったのか⁉」

鳴海は腰を上げた。

「弁解するわけじゃないけど、兄貴を撃つつもりはなかったんだ。おれ、百合に惚《ほ》れちゃったから……」

「警察《サツ》に組の秘密を流したのも、てめえなんだな？」

「そうだよ。おれを可愛がってくれた兄貴を殺《や》るのは気が重いけど、仕方ないよな。おれたちの秘密を知られちゃったんだから」

「一丁前《いっちょまえ》のことを言いやがる。くっくっく」

鳴海は喉の奥で笑って、長椅子を回り込んだ。勉の前に立った。

そのとき、CDミニコンポから鋭角的なロックンロールが噴《ふ》き出した。ブルース・スプリングスティーンのナンバーだった。

かなりの音量だ。銃声を掻《か》き消すつもりらしい。

鳴海は足を踏み出した。

すでに撃鉄《ハンマー》は起こされている。だが、みじんも恐怖は感じなかった。

勉が後退《あとずさ》りしはじめた。デトニクスを持つ両手が小刻みに震えている。息遣いも荒かった。額は脂汗で光っていた。

やがて、勉の背が壁に塞《ふさ》がれた。

鳴海は前進しつづけた。

勉が目をつぶった。引き金《トリガー》に掛けた人差し指が、ほんの少し白くなった。

その瞬間、鳴海は跳《と》んだ。勉の右手首を捉《とら》え、ショートアッパーで顎を掬《すく》い上げた。手応えは充分だった。

勉が頭を壁に打ちつけた。その反動で、もんどり打つ。弾みで、銃弾が飛び出した。斜め後ろで、百合の悲鳴があがった。

鳴海は首だけを捻《ひね》った。

百合はペルシャ絨毯《じゅうたん》の上に転がっていた。

鮮血に彩《いろど》られた顔は、原形を留《とど》めていない。潰《つぶ》れたトマトのようだった。

「おい、百合！　百合っ」

勉が起き上がって、呼びかけた。

当然のことながら、百合の返事はない。勉がうつけた表情で、拳銃を放した。

絨毯の上に落ちたデトニクスが鳴った。また、暴発だった。

放たれた弾丸はマントルピースの大理石に当たり、その跳弾がリビングボードのガラスをぶち破った。破片が飛び散る。

鳴海はものも言わずに、勉を突き倒した。

勉が片手と両膝をカーペットにつく。鳴海は、舎弟の伸びきった右腕の肘《ひじ》のあたりに片足を乗せた。そのまま、思うさま足を踏み下ろす。

暖められた部屋の空気が躍るように揺れ動いた。関節の外れる音が高く響いた。骨と骨が擦《こす》れ合う。枯れた小枝を折ったときと同じ感触が、足の裏にはっきりと伝わってきた。

勉が喚《わめ》き声を発し、がくりと首を落とした。ひれ伏す形になった。

その利《き》き腕は逆に反っていた。

鳴海は手を放した。勉の右腕はくたりとなった。鳴海は冷笑した。

勉が床を転げ回りはじめた。見るからに痛そうだ。唸り声は高くなる一方だった。

鳴海の憤《いきどお》りは、まだ鎮《しず》まらない。

デトニクスを拾い上げる。勉を足で仰向けにさせた。

鳴海は膝を落とした。片膝で勉の貧弱な胸板を押さえつけ、銃把《グリップ》の角で両の上瞼を交互に打ち据《す》えた。勉が絶叫して、左手で目を庇《かば》った。

「手をどけろ」

鳴海は凄みを利《き》かせた。

勉が反射的に左手をのける。

鳴海は、ふたたび勉の両目をグリップの角で撲《う》った。

勉が不揃いの歯列を剝《む》き出しにして、長く唸った。瞼の筋肉が緩《ゆる》むと、目尻から血があふれ出した。

血は耳のくぼみに流れ落ちていく。耳は、すぐに赤ピーマンになった。不意に、勉の手足から力が脱けた。

唸り声も熄《や》んでいた。呼吸音が不規則だった。勉は気絶していた。

異臭が鳴海の鼻を衝《つ》いた。

小便の臭いだけではなかった。極度の恐怖で、括約筋《かつやくきん》がすっかり緩《ゆる》んでしまったようだ。笑いが込《こ》み上げてきた。

鳴海はハンドガンを投げ捨て、静かに居間を出た。

玄関に向かう。異臭は、生き物のように追いかけてきた。

糞《くそ》ったれ小僧なぞ殺《や》る値打ちもない。鳴海はブーツを履《は》きながら、小さく苦笑した。

玄関を出ると、氷雨《ひさめ》が降っていた。

鳴海は大股で歩き出した。どこかでバーボンを二、三杯引っかけたら、沙穂の部屋に行くつもりだった。

# 笑う闘犬

# 1

美女の両脚を掬《すく》い上げる。

弾《はず》みで、ベッドが軋《きし》んだ。玲子《れいこ》と名乗った女が嬌声を洩《も》らす。

鳴海一行は、狼のような顔に薄笑いを浮かべた。

肉感的な太腿《ふともも》がV字形に拡《ひろ》がった。

腿《ひかがみ》の白さが眩《まばゆ》い。膝の真裏だ。秘めやかな場所は丸見えだった。はざまの肉は、爛《ただ》れたように赤い。縁《ふち》の部分は色素が濃かった。恥毛は薄いほうだろう。

「恥ずかしいわ、こんな恰好《かっこう》じゃ」

玲子が片腕で目許《めもと》を覆《おお》った。

そのくせ、腿を寄り添《そ》わせようとはしない。性器は晒《さら》したままだ。二枚の花弁は綻《ほころ》びかけていた。

玲子は宛《あ》てがわれた女だった。

おおかた、すすきのあたりのクラブホステスだろう。二十二歳と称していた。個性的な美人だ。

欲望が疼《うず》いた。

鳴海は体を繋《つな》いだ。玲子が甘やかに呻《うめ》く。腿を高く跳《は》ね上げたままだった。鳴海は、さらに玲子の裸身を折り畳んだ。

玲子は察しがよかった。自分から進んで、鳴海の両肩に脚を乗せた。腓《こむら》は火照《ほて》っていた。

鳴海は強弱をつけながら、突きはじめた。

盛り上がった四肢の筋肉が収縮を繰り返す。腰を捻《ひね》ることも忘れなかった。鳴海は、性の技巧に長《た》けていた。

玲子が喘《あえ》ぎはじめた。

赤い唇は濡れ濡れと光っている。一段とそそられた。

鳴海が深く沈むたびに、玲子の体は毬《まり》のように弾んだ。そのつど、彼女の踵《かかと》が鳴海の背を打った。

鳴海は腰を躍動させつつも、三台のモニターから目を離さなかった。ダブルベッドのすぐ右手に、監視用の受像機が置かれている。

画像はひどく淫《みだ》らだった。

三組の男女の秘め事が映し出されていた。部屋は、それぞれ異なる。

全裸の六人は盗み撮《ど》りされていることに気づいていない。誰もが行為に熱中していた。

三人の男は、いずれも道庁の局長だった。女たちは高級娼婦だ。

小樽《おたる》の高台に建つ洋館だった。

十二月の夜である。この洋館は、保科一馬《ほしなかずま》のセカンドハウスだ。保科は、四十五歳の弁護士だった。

鳴海はひと月ほど前から、保科の用心棒《ボディガード》を務めていた。プロボクサー時代の後援会の副会長の紹介で、保科弁護士の世話になることになったのだ。

副会長の石渡啓造《いしわたりけいぞう》は、道内に選挙区を持つ民自党《みんじ》の国会議員だった。観光事業や牧場経営なども手がけている。もう七十歳近い。

鳴海の雇い主は遣り手《やて》だった。

道内の政財界人とまめに交流を重ね、札幌《さっぽろ》の顔役たちとも親しい。商売は繁昌《はんじょう》していた。自宅と事務所は、札幌市内にある。

週末になると、保科は高級官僚や政治家を別荘に招く。ゲストの男たちに若い女の肉体を与え、その痴態をこっそり盗み撮りしていた。

窓の外で、霧笛《むてき》が鳴った。

丘の下は小樽港だった。大型フェリーが出航したようだ。

鳴海は玲子を見下ろした。

玲子はセミロングの髪を振り乱しながら、腰をくねらせている。眉間《みけん》の皺《しわ》が深い。

歯の表面は、すっかり乾いていた。口の中は渇ききっているようだ。舌の先で、自分の上唇を舐めていた。

「もう待てないわ。お願い、先に……」

玲子が切なげに囁《ささや》いた。鳴海は律動を速めた。

ややあって、玲子が極《きわ》みに達した。愉悦の声は高かった。女豹《めひょう》のように唸《うな》った。

鳴海は動きを止めた。

快い圧迫感に包まれていた。襞《ひだ》の群れは、鳴海を捉《とら》えて離さない。まるで吸盤のようだ。玲子が間歇的《かんけつてき》に全身を震わせる。いい眺めだ。

「上になってくれ」

少し経《た》ってから、鳴海は玲子から離れた。

玲子の震えは、まだ凪《な》いでいなかった。息遣いも荒い。蒼白《あおじろ》い肌は汗ばんでいる。

鳴海は仰向《あおむ》けになった。

ほとんど同時に、ナイトテーブルの上の固定電話が鳴った。内線だった。鳴海は受話器を摑《つか》み上げた。

「まだお娯《たの》しみ中かな？」

保科の声が響いてきた。

「いいえ、もう終わりました」

「こっちは最悪だよ。これからってときに、連れと諍《いさか》いを起こしてね」

「そうですか」

鳴海は、言葉に感情を込めなかった。

保科は小一時間前から、愛人の宝石デザイナーと二階の寝室に籠《こも》っていた。色気のある女だった。機会があったら、寝てみたいものだ。

「気分直しに、ちょっと飲みに出ないか」

「お連れの方は？」

「タクシーで帰らせたよ。五分後に玄関に降りていく。車を回しといてくれ」

ホームテレフォンが切れた。

鳴海は受話器を置いて、上体を起こした。すると、玲子が問いかけてきた。

「出かけるの？」

「ああ。そっちは適当に消えてくれ」

鳴海はベッドを降り、衣服をまといはじめた。

玲子を残して、部屋を出る。モニターは消さなかった。

鳴海は表に出た。

夜気は尖《とが》っていた。吐く息が白い。さすがに北国の冬は寒かった。

背中をこごめて、車寄せの端まで歩く。黒いレクサスが駐《と》めてある。保科の車だ。

鳴海はレクサスに乗り込み、エンジンを始動させた。

そのとき、保科がポーチに現われた。渋い色合のカシミヤコートを着込んでいた。その下は茶系のスーツだった。

鳴海は、車を穏《おだ》やかに発進させた。車首をポーチに向けた。

そのすぐ後だった。黒っぽい影が保科に駆け寄った。保科が立ち竦《すく》む。

鳴海は車を停《と》め、外に躍《おど》り出た。

疾駆《しっく》した。

気配で、不審な男が振り返った。男は、保科の胸倉を締め上げていた。三十一、二歳だろうか。

鳴海は助走をつけて、宙に跳《と》んだ。

男の腰に袈裟《けさ》蹴りを浴びせる。男の腰が砕けた。ポーチに転がった。

体勢を整えたとき、男が立ち上がる素振りを見せた。

鳴海は前蹴りを見舞った。風が湧いた。チノクロスパンツが脚《あし》にまとわりつく。

男が下腹を押さえて、うずくまった。

すかさず鳴海は足を飛ばした。相手の顎《あご》がのけ反る。歯も鳴った。

男はポーチの下に転げ落ちた。呻き声は長かった。

鳴海は男の横に回り込んだ。

男が両腕を伸ばしてきた。鳴海は一歩退《さ》がって、アンクルブーツの底で男の右手首を踏みつけた。イタリア製の靴だった。踵《かかと》で半円を描《えが》くように踏みにじると、男が歯茎《はぐき》を剝《む》き出して太く唸《うな》った。

「立て」

鳴海は脚を引っ込めて、ツイードジャケットの襟《えり》の捩《よじ》れを直した。

男が痣《あざ》のついた手首をさすりながら、のろのろと立ち上がった。

次の瞬間、鳴海の視界が霞《かす》んだ。

刺激臭《しげきしゅう》がする。男は催涙スプレーを手にしていた。

目が痛い。

むせそうにもなった。血が逆流した。鳴海はごつい手で、男の肩口をむんずと摑《つか》んだ。

ちょうどそのとき、ふたたび乳白色の噴霧《ふんむ》が迸《ほとばし》った。

とっさに鳴海は瞼《まぶた》を閉じた。

左の向こう臑《ずね》に痺《しび》れに似た痛みを覚えた。相手に蹴られたのだ。間を置かずに、腕を払われた。

鳴海は目をしばたたいて、左のストレートパンチを放った。

空《くう》を打っただけだった。男が背を見せた。門に向かって走っていく。

鳴海は追おうとした。それを保科が制す。

「もういい、やめとけ」

「いまの野郎は何者なんです？」

「強請屋《ゆすりや》だよ。磯貝篤人《いそがいあつと》という奴で、道内の高額所得者を片《かた》っ端《ぱし》から狙《ねら》ってるんだ」

「なんで保科さんのとこに……」

「脱税の証拠を握ったとかなんとか言って、金をせびりに来たんだよ。むろん、そんな事実はありゃしない」

「二度とあの男は近づけないようにします」

鳴海は誓った。用心棒としての誇りを著《いちじる》しく傷つけられていた。

「今夜は外出を控《ひか》えることにしよう」

保科が不機嫌そうな声で言い、館の中に引っ込んでしまった。

鳴海はレクサスを元の場所に戻し、丘の下の花園銀座通《はなぞのぎんざどお》りに足を向けた。そこには、馴《な》染《じ》みの酒場があった。

2

全身が強張《こわば》った。

ドアを開けた瞬間、いきなり銃口を向けられたからだ。スナック『ジタンヌ』だった。

鳴海の前には、永岡智明《ともあき》が立っていた。永岡は、かつて鳴海のトレーナーだった。

店のマスターだ。永岡は両手で拳銃を構えていた。マカロフだった。旧ソ連の軍用銃だ。外見はドイツのPPKに酷似している。全長十六センチと短い。だが、命中率は高かった。北海道に中古車を買い付けにくるロシア人から手に入れたのだろう。

永岡の目は血走っていた。鳴海は笑顔で話しかけた。

「物騒な出迎えだな」

「なあんだ、鳴海じゃねえか」

永岡が表情を和《やわ》らげ、銃口を下に向けた。すぐにマカロフを腰の後ろに隠す。

鳴海は店内に入った。

二年前と少しも変わっていない。客の姿はなかった。壁は煤《すす》けていた。酒棚《さかだな》も埃《ほこり》っぽい。

「こっちには観光かい？」

永岡が訊《き》いた。

「仕事だよ。ひと月前から、札幌のエクセレントホテルを塒《ねぐら》にしてるんだ」

「どうしてもっと早く顔を見せてくれなかったんだよ。情《じょう》のない奴だ」

永岡が不満げに言って、カウンターの中に入った。

鳴海は、中ほどのスツールに腰かけた。ボックス席はなかった。

「バーボンの水割りにしよう。ブッカーズか、ターキーにしてくれないか」

「バーボンは、I・W・ハーパーしか置いてねえんだ。そいつで我慢してくれ」

「いいよ。おやっさん、また白髪《しらが》が増えたね」

「もう五十六だからな。それに……」

「何かあったようだな？」

「去年の暮れに、女房が死んじまったんだ。癌《がん》があっちこっちに転移してて、助けようがなくってな」

永岡が沈んだ声で語り、鳴海の前にバーボン・ウイスキーの水割りを置いた。

鳴海はひと口呷《あお》ってから、永岡に顔を向けた。

「何かトラブルをしょい込んでるんじゃないの？」

「なあに、たいしたことじゃねえんだ。ヤミ金の連中がしつこいもんだから、ちょっと脅してやろうと思ったんだよ」

「暴力金融にひっかかったらしいな」

「そうなんだ。いい年齢《とし》して、みっともねえ話さ。女房の入院費がかさんで、ついヤミ金に行ってしまったんだ」

「どこのヤミ金？」

「札幌の『みやま商事』ってとこだけど、実は北仁会《ほくじんかい》って暴力団がやってるんだ」

「取り立て《キリトリ》屋が何か言ってきたんだね？」

「そうなんだよ。一時間ぐらい前に電話があって、ここに乗り込んで来るなんてぬかしやがったんだ。利払いがちょっと遅れてるんだよ」

永岡はきまり悪げに言って、小さく溜息《ためいき》をついた。

数秒後だった。

ドア越しに、女の悲鳴が聞こえた。争う物音もした。

「あれは娘の声だ。『みやま商事』の奴らが来やがったんだっ」

永岡が叫んで、腰の後ろに手を回した。

鳴海は首を横に振り、スツールから滑《すべ》り降りた。

永岡が短く何か言った。かまわず鳴海は表に走り出た。

店の前で、三つの人影が揉《も》み合っていた。

ひとりは二十四、五歳の女だった。その横顔は、息を呑《の》むほど美しかった。

永岡のひとり娘らしい。顔立ちが父親に似ている。

彼女は、ひと目で暴力団の組員とわかる二人組に両腕をきつく摑《つか》まれていた。

「手を放しな」

鳴海は男たちに声を投げた。

純白のコートを着込んだ三十歳前後の男が、棘《とげ》のある視線を向けてきた。鳴海は削《そ》げた頬を撫《な》でて、嘲笑《ちようしよう》を口許《くちもと》に漂《ただよ》わせた。

「なんだ、てめえは！」

連れの若い男が息巻《いきま》いた。
二十三、四歳だろうか。パーマをかけていた。小太《こぶと》りだった。
「永岡のおやっさんの知り合いだよ。話は、おれが聞こう」
鳴海は言って、花園銀座通りを進んだ。
男たちが従《つ》いてくる。鳴海は路《みち》を折れ、小樽運河まで急ぎ足で歩いた。
凍《い》てついた路面は滑りやすかった。後ろの男たちは、幾度か足を取られた。
鳴海は歩みを止めた。
運河の散策路だった。ガス灯の淡い光が寒々しい。あたりに人気《ひとけ》はなかった。
「てめえ、いい根性してんな」
ボマージャケットを羽織《はお》った若い男が言って、懐《ふところ》から自動拳銃《オートマチック》を掴み出した。
トカレフだった。トカレフの原産国は旧ソ連だが、中国でライセンス生産されている。
中国では黒星《ブラックスター》と呼ばれていた。別名ノーリンコ54だ。中国製のトカレフが台湾《タイワン》のブ
ローカーたちの手によって、日本の暴力団に大量に流れ込んでいた。
男がやや腰を落として、グリップに両手を添えた。
鳴海は垂直に跳躍した。

大気が揺らいだ。空中で、両脚を素早く屈伸させる。また、粒立《つぶだ》った夜気《やき》が揺れた。

銃声が轟《とどろ》いた。

弾丸が腰の近くを掠《かす》めた。鳴海は二段蹴りを放った。右足は相手の鼻柱を砕き、左足は鳩尾《みぞおち》に深く埋まった。

男はいったん大きくのけ反り、次に深く前屈みになった。その間に、二度、ノーリンコ54が火を噴《ふ》いた。暴発だった。

鳴海は着地するなり、男の腹にボディブロウを叩き込んだ。ボマージャケットの男は反《へ》吐《ど》を撒《ま》き散《ち》らしながら、その場に頽《くずお》れた。

鳴海は拳銃を捥《も》ぎ取《と》った。

銃身は、わずかに熱を帯びていた。硝煙臭《くさ》い。

「てめえ、堅気《ネス》じゃねえな」

白いコートの男が後ずさりしながら、怯《おび》えた表情で言った。

鳴海は返事の代わりに、ぐっと迫《せ》り出した太い眉《まゆ》を片方だけ吊り上げた。他人を侮蔑《ぶべつ》するときの癖《くせ》だった。

ボマージャケットの男が急に起き上がり、身を翻《ひるがえ》した。

鳴海はノーリンコ54の引き金《トリガー》を無造作に絞《しぼ》った。

片手撃《う》ちだった。掌《てのひら》の中で、自動拳銃が跳ねる。衝撃《キック》が快《こころよ》い。銃口炎《マズル・フラッシュ》は十センチほど噴《ふ》いた。

走りだした若い男が一瞬、立ち止まった。

右の肩が赤い。血だった。

もう一発、ぶっ放す。乾いた銃声が夜のしじまを破り、長く尾を曳《ひ》いた。硝煙が漂いはじめた。

放った弾丸は、男の首筋を抉《えぐ》っていた。鮮血が舞い、肉のつぶてが飛び散った。

男は短く叫び、つんのめるような恰好《かっこう》で散策路に倒れた。

それきり動かない。首の肉は捲《めく》れ上がり、ささくれ立っていた。夥《おびただ》しい量の血糊《ちのり》が、石畳を濡らしはじめた。

鳴海は目を眇《すが》め、銃口を白いコートの男に向けた。男の顔が蒼《あお》ざめた。

「や、やめろ！　欲しいものを言ってくれ」

「くたばっちまえ」

鳴海は静かに言って、引き金《トリガー》を指で引き手繰《たぐ》った。

オレンジ色の火箭《ひや》が走り、空薬莢《からやっきょう》が弾《はじ》けた。鼻腔を掠《かす》める硝煙の匂いが馨《かぐわ》しい。いつ嗅《か》いでも、心を酔わせる。

銃弾は、男の左目を撃ち抜《ぬ》いていた。

男は両手を大きく拡げて、後方に倒れた。倒れた瞬間、マネキン人形のように弾んだが、声はあげなかった。

鳴海は数歩近づいて、男の顔を覗き込んだ。

潰《つぶ》れた眼球が頬骨まで垂れていた。鼻は半分、欠けている。残った目は、白目を剝《む》いていた。シュールな図柄だ。

鳴海は薄笑いを浮かべた。

男の口は半開きだった。だらりと伸びきった舌の先から、血の雫《しずく》が滴《したた》っている。

拳銃を運河に投げ捨て、鳴海は走り出した。石造りの倉庫の間を縫《ぬ》って、『ジタンヌ』に戻る。

店の前の路上に、永岡とさきほどの美女が立っていた。どちらも心配顔だった。

「奴らは追っ払ったよ」

向き合うと、鳴海は永岡に言った。

永岡の顔色が変わった。何か言いかけて、急に口を噤《つぐ》んだ。

「さっきは、ありがとうございました。亜希《あき》です」

永岡の娘が礼を述べた。

鳴海は曖昧《あいまい》にうなずいて、亜希をみつめた。黒目がちの瞳には、男心をくすぐるような妖美な光が宿っている。

知的でありながら、どこか官能的だった。枯葉色のワンピースがシックだ。

「亜希は昼間、水産会社に勤めてる。時々、店を手伝ってくれてるんだよ」

永岡が言った。亜希が目を伏せた。

「孝行娘じゃないか。さて、飲み直しだ」

鳴海は店の扉を押した。

3

「この殺人予告は、ただの威《おど》しじゃないかもしれないな」

保科が不安げに言った。その顔は強張《こわば》っていた。

鳴海は口を開かなかった。

二人は黒革《かわ》のソファに腰かけていた。コーヒーテーブルを挟んで向き合っていた。大《おお》通《どおり》公園にほど近い保科法律事務所の応接室だ。

時刻は午後六時近かった。

鳴海は、コーヒーテーブルの上の封書を見やった。

そのとたん、燃えくすぶっていた憎悪が殺意にすり替わった。ついいましがた、強請屋《ゆすりや》の磯貝から速達便が届いたところだった。文面は短かった。

〈保科よ、きさまを殺す。天誅《てんちゅう》だ。ついでに、昨夜《ゆうべ》の番犬も処刑してやる！　磯貝〉

パソコンで、そう打たれていた。差出人の住所は記《しる》されていなかった。

「きみも気をつけたほうがいいな。磯貝は凶暴な男らしいからね」

保科がそう言って、脅迫状を上着のポケットにしまった。

「磯貝の住まいはわからないんですか？」

「それはわかってる。何日か前に大原《おおはら》君に調べてもらったんだ」

「そうですか」

大原というのは、初老の調査員だった。

「鳴海君、つまらん真似《まね》はしないでくれよ。仮にも、わたしは法律家なんだから」

「あなたにご迷惑はかけません」

「くどいようだが、私刑《リンチ》はいかんよ。そりゃ、きみが面子《メンツ》に拘《こだわ》る気持ちもわからなくはないがね。おや、もうこんな時間か。公判記録に目を通さんとな」

保科は含みのある笑い方をして、ソファから立ち上がった。奥に所長室があった。

数分経ってから、鳴海は応接室を出た。

隣室に歩《ほ》を運ぶ。若い弁護士や女子事務員たちの姿は見当たらない。大原ひとりが机に向かって、調査報告書をまとめていた。

鳴海は大原を脅して、磯貝の住所を喋《しゃべ》らせた。

琴似《ことに》だった。市街地の外れである。事務所から、それほど遠くない。

鳴海は、そっと事務所を抜け出した。

エレベーターで地下駐車場に下り、メタリックブラウンのボルボ八五〇に乗り込む。保科から借り受けている車だった。

目的のアパートを探し当てたのは、およそ二十分後である。

ごくありふれた木造モルタルのアパートだった。車を降りかけたとき、そのアパートから人影が現われた。磯貝篤人だった。

鳴海は、磯貝の動きを目で追った。

磯貝が路上駐車中のクラウンに近づいていく。車体の色はオフブラックだった。ほどなく磯貝がクラウンの運転席に入った。

鳴海はボルボの中に戻った。

クラウンは西へ向かった。まっすぐ進めば、札幌西ＩＣ《インターチエンジ》にぶつかる。保科の自宅やエクセレントホテルとは逆方向だ。行き先は見当もつかなかった。

一定の距離を保《たも》ちながら、尾行をつづける。

磯貝の車は国道五号線を直進し、手稲《ていね》で左に折れた。いつしか夜の色は深まっていた。

前走車は手稲山をめざしていた。

その山裾には、スキー場が点在している。次第に人家が少なくなり、針葉樹が目につくようになった。影絵のように見える樹々は、うっすらと雪を被《かぶ》っていた。

人を殺すには、うってつけの場所だ。

鳴海は、ほくそ笑《え》んだ。全身の細胞が、にわかに活気づく。

興奮で、めまいを起こしそうだった。血潮が音をたてながら、奔《はし》っている感じだ。

すでに鳴海は、十人近い人間を葬《ほうむ》っている。

別段、相手に深い恨みがあったわけではない。殺す必要があった。それだけのことだ。

人殺しは、きわめてスリリングなゲームだった。少しも厭《いと》わしくはない。

それどころか、心弾む行為だった。鳴海は人間を虫けらのように殺すことに、無上の歓《よろこ》びを感じていた。

クラウンが急停止した。

赤信号だった。周囲は雑木林だ。民家はおろか、人の気配すらない。

鳴海は、ヘッドライトを消した。

アクセルペダルを深く踏み込む。ボルボは猛然と突進《ダッシュ》し、クラウンに激突した。

衝撃音は高かった。

サスペンションが弾んだ。危《あや》うく鳴海は、額をフロントガラスに打ちつけるところだった。磯貝の車が前にのめった。後部はひしゃげていた。

鳴海はスウェーデン製の車を後退させた。

クラウンが停まった。ドアが荒っぽく開けられた。

鳴海はエンジンを切った。フロアマットから、アイアンを掴み上げる。保科のゴルフクラブだった。

「どこに目をつけてるんだっ」

磯貝が大声で怒鳴りながら、駆け寄ってきた。

鳴海はドアのロックを解《と》いて、獲物を充分に引きつける。胸が高鳴った。

磯貝が把手《とって》を摑んだ。

鳴海は、肩で力まかせにドアを押した。磯貝が弾け飛んだ。すぐに鳴海は外に飛び出した。アイアンは左手に持っていた。鳴海は左利きだった。

「お、おまえは⁉」

跳ね起きた磯貝が口の中で呻いた。

鳴海は冷たく笑い返した。耳の奥で、どこか暴力的な旋律が響きはじめた。アルバート・アイラーのテナーサックスの音《ね》だ。

殺意と闘志が募《つの》ると、きまって『聖霊《ゴースト》』が鳴りはじめる。いつもの殺しのBGMだった。

磯貝が横に走った。鳴海は追った。

ゴルフクラブを斜《なな》めに振り下ろす。牛肉の塊《かたまり》を叩いたような音がした。骨の軋《きし》み音も耳に届いた。

磯貝が野太《のぶと》く唸って、膝から崩れた。

両手で頭を抱えていた。指の間から、ねっとりとした血糊が湧出《ゆうしゅつ》している。

額も朱色だ。血の糸が幾条《いくすじ》も這《は》っていた。見る間に、顔面に縞模様《しまもよう》ができた。

鳴海は、舌の先で上唇を舐めた。

脳漿《のうしょう》が沸《わ》き立っている。頭の芯《しん》は灼《や》けたように熱い。大脳皮質の下で、何かが烈《はげ》しく波立っていた。

体毛が期待に震え、背筋がぞくぞくしてきた。肥大した肺と動脈がいまにも破裂《はれつ》しそうだ。

勇み立つ大胸筋や上腕三頭筋がむず痒《がゆ》かった。

磯貝が犬のように唸りながら、ふらふらと立ち上がった。

鳴海は隙《すき》を与えなかった。アイアンで、相手のこめかみを打ち砕いた。肉が裂《さ》け、鮮血が盛り上がった。骨が露出していた。

バックハンドで、反対側のこめかみを叩く。

真紅の鮮血がしぶいた。返り血が、鳴海の顎先を濡らした。生温かった。血の臭《にお》いも濃い。

しかし、決して不快ではなかった。一層、殺意を掻《か》き立てられた。

磯貝が動物じみた唸り声を発して、ふたたび路面に転がった。

瘧《おこり》に襲われたように、縮めた手脚《てあし》をわなわなと震わせはじめた。顔全体が血に塗《まみ》れるのに、いくらも時間はかからなかった。

鳴海は仕上げに取りかかった。

肩、腰、腹、膝頭、臑《すね》、足首の順に、クラブを振り下ろした。打ち叩くたびに磯貝は大蛇のようにのたくって、血反吐《ちへど》を噴き散らした。

骨や関節が粉々に砕け、それらの先端が肉と表皮を突き破っていた。内臓の被膜はちぎれ、リボン状になっているにちがいない。

やがて、磯貝はぐったりと動かなくなった。

しかし、死んではいなかった。かすかに呼吸していた。

鳴海は血と脂《あぶら》でぬめるアイアンを遠くに投げ、血みどろの磯貝を道路の中央まで引きずった。振り返ると、アスファルトに赤い帯が生まれていた。

血の轍《わだち》。そんな言葉が脳裏に浮かんで消えた。

鳴海は酷薄に笑って、クラウンに乗り込んだ。

エンジンは切られていた。キーを捻り、車を斜めに出す。七、八十メートル走り、シフトレバーをＲ《リヴアース》レンジに入れた。緩《ゆる》やかに後進していく。

右の後輪が浮いた。

車体が揺れた。タイヤの下で、磯貝の絶叫が響いた。それは谺《こだま》となって、撥《は》ね返ってきた。

さらに鳴海は、前輪で磯貝を轢《ひ》いた。

今度は何も聞こえなかった。どうやら息絶えたようだ。

そのまま後退して、クラウンを停める。

ヘッドライトの光が、路面を浮かび上がらせた。あたり一面、血の海だった。

磯貝の体は平たく潰《つぶ》れていた。

頭部は、ぐちゃぐちゃだった。脳味噌や肉片が路面にへばりついていた。

背中と腰に、深い溝が彫《ほ》り込まれている。タイヤの痕《あと》だった。

折れ曲がった手脚は、どことなくオブジェを連想させた。

鳴海はクラウンから出た。

ハンカチ代わりに使っている青いバンダナで返り血を拭《ぬぐ》いながら、ボルボに歩み寄っていく。鳴海は歩きながら、口笛を吹いていた。

ナンバーは陽気なブギだった。

## 4

プリペイド式の携帯電話が鳴りはじめた。

ちょうど浴室から出たときだった。

エクセレントホテルの八〇一三号室だ。シングルルームだが、割に広かった。

鳴海は腰にバスタオルを巻いただけの姿で、部屋の奥に駆け込んだ。携帯電話はベッドの横に置いてあった。サイドテーブルの上だ。携帯電話を耳に当てる。

「何度も電話したんだがね」

発信者は永岡だった。立ったまま、鳴海は言った。

「少し前に戻ったところなんだ」

「おまえ、やっぱり、『みやま商事』の奴らを殺《や》っちまったんだな。テレビのニュースを観《み》て、びっくりしたよ。おまえに借りができたな」

「勘《かん》違いしないでほしいな。おれは、おやっさんのために奴らを殺《や》ったわけじゃない」

「鳴海、すぐに北海道から出ろ。このまま、北仁会が黙ってるはずはない」

「おれのことより、おやっさんこそ逃げ《フ》たほうがいいね」

「いま、おれは函館《はこだて》の知り合いの家にいるんだ。亜希は小樽にいるけどな」

「そいつは危《ヤバ》いな」

「当分、会社を休めと言っといたよ。幸い、亜希のアパートは奴らに知られてないんだ」

「そう」

「警察と北仁会が動きだす前に逃げるんだ。いいな！　生きてりゃ、また、どっかで会えるさ。鳴海、気をつけろよ」

永岡がしんみりとした口調で言い、先に電話を切った。感傷的な物言いがおかしかった。

警官《マッポ》ややくざが怕《こわ》くて、人殺しができるか。

鳴海は胸の奥でうそぶいて、携帯電話の通話終了アイコンをタップした。

いつの間にか、体の火照《ほて》りは冷めていた。

鳴海は手早く衣服を身につけ、ほどなく部屋を出た。階下のピアノバーで、バーボンをひっかける気になったのだ。

一階ロビーに降りる。

何気なくフロントに目をやると、二人の男がいた。中年と若い男のコンビだ。ホテルの客には見えない。刑事だろう。

鳴海は観葉植物の陰に隠れて、耳をそばだてた。フロントの近くだった。

「鳴海一行って男が泊まってるはずだ。警察だよ」

中年のほうが、フロントマンに言った。

フロントマンが何か答えた。刑事たちはエレベーターホールに駆けていった。

鳴海は、警察の手が予想外に早く伸びてきたことにいささか驚いていた。

殺害現場には、ゴルフクラブのほかは何も落としていない。ひとまず、ホテルから遠ざかることにした。

鳴海はあたりをうかがいながら、地下駐車場に降りた。警官の姿はなかった。

ボルボを札幌西ＩＣに向けた。そこから、札樽《さっそん》自動車道に入る。今夜は保科のセカンドハウスに泊まるつもりだった。

丘の上にある洋館に着いたのは、ちょうど一時間後だ。

屋敷には、留守番の老人しかいなかった。無口な男だった。愛想もない。自分が長生きしていることを呪《のろ》っているのかもしれなかった。

鳴海は一階の客間に入り、札幌の保科法律事務所に電話をかけた。受話器を取ったのは雇い主の保科だった。

「無断で外出されちゃ、困るな」

「磯貝は、もう何も仕掛けてきませんよ」

「殺《や》ってしまったのか⁉」

「ええ、おれに牙を剥《む》いたんでね」

「まずいな、まずいよ。しばらくホテルから出ないほうがいいな」

「それが、そうもいかなくなったんですよ。ついさっき、エクセレントホテルに刑事《デカ》どもがやって来たんです。で、いまは小樽の別荘にお邪魔してます」

「それはかまわんが、警察はもう磯貝殺しの犯人を割り出したんだろうか」

「多分、別のことでこっちを追ってるんでしょう」

鳴海は、昨夜のことをかいつまんで話した。

「当分、札幌には近寄らないほうがいいな。警察は、そこも嗅ぎ当てるかもしれない。どこか小さなホテルに移ったほうがいいね」

「今夜は、なんか面倒だな」

「明日でいい。ホテルが決まったら、必ず連絡してくれ。いいね！」

保科が念を押し、先に電話を切った。

鳴海は携帯電話を懐に戻すと、留守番の老人にスコッチを持ってこさせた。あいにく、バーボンウイスキーはなかったのだ。ウイスキーはノッカンドウだった。シングルモルトのスコッチウイスキーだ。

明け方近くまでスコッチを呷り、鳴海は服を着たまま眠ってしまった。

めざめたのは正午過ぎだった。

鳴海は一服してから、遠隔操作器《リモート・コントローラー》で大型テレビの電源スイッチを入れた。ベッドに寝そべったままだった。

画面に、見たことのある情景が映し出された。磯貝を殺した場所だった。

鳴海は画像を凝視して、男性アナウンサーの声に耳を傾けた。

「……警察の調べで、殺されたのは札幌市内に住む無職、磯貝篤人さん、三十一歳とわかりました。磯貝さんはこの七月まで道警捜査二課に勤務していましたが、法に触れることをして、懲戒免職となりました」

アナウンサーが言葉を切って、ニュース原稿に目を落とした。

思わず鳴海は上体を起こしていた。

元刑事が、どうして強請屋に成り下がったのか。なぜ磯貝は、執拗《しつよう》に保科につきまとっていたのだろうか。素朴《そぼく》な疑問が湧いた。

「現場には、犯人のものと思われる男の名刺が落ちていました。警察では、その男の行方《ゆくえ》を追っています。次のニュースです」

画面が変わった。

鳴海は、リモコンの停止ボタンを押した。

アナウンサーは、血みどろのゴルフクラブのことには触れなかった。誰かが、クラブを持ち去ったのか。それとも、まだ遺留品の鑑識が済んでいないのだろうか。

現場に名刺を落とした覚えはない。保科が彼の名刺をこしらえてくれたのは、半月あまり前だった。秘書という肩書が刷《す》りこまれていた。

気恥ずかしくて、とても他人《ひと》には差し出せなかった。使ったのは、たったの一枚である。渡した相手は永岡だった。

保科が警察に自分を売ったのだろうか。そうだとしたら、なぜなのか。

鳴海の頭は混乱していた。何か裏がありそうだ。

## 5

部屋の空気が腥《なまぐさ》い。

亜希の内奥《ないおう》は、まだ貪婪《どんらん》に息づいている。

鳴海は快い気《け》だるさを覚えていた。放った直後だった。埋《うず》めたままのペニスは、ほとんど硬度を失っていない。

鳴海が下だった。冷たい畳が心地《ここち》よかった。亜希のアパートだ。

磯貝を殺してから、三日が経っていた。

夜の十時過ぎだ。鳴海が都《みやこ》通《どお》りで亜希に呼び止められたのは、二時間近く前だった。何となく彼は立ち話だけで別れるのが惜しい気がした。亜希を酒場に誘ってみた。すると彼女は、自分の部屋に来ないかと控え目に言った。鳴海は二つ返事で誘いに乗った。

亜希は、コーヒーを淹《い》れてくれた。

それを啜《すす》り終えると、鳴海は衝動的に亜希を抱き寄せた。匂い立つような色気に煽《あお》られたせいだ。亜希は身を硬くした。しかし、強引に唇を重ねると、体から力が脱《ぬ》けた。こうして二人は畳の上で、睦《むつ》み合うことになったわけだ。

不意に、鳴海の胸に熱いものが落ちてきた。

亜希の涙だった。いつの間にか、蠢《うごめ》きは熄《や》んでいた。

「急にどうしたんだ？」

鳴海は、ぶっきら棒に問いかけた。

亜希がくぐもり声で小さく詫《わ》び、腰を引いた。後ろ向きになって、必死に嗚咽《おえつ》を堪《こら》えている。小刻みに震える肩は、ミルクのように白かった。

鳴海は、何やら気が重くなった。

涙の意味がわからない。鳴海は起き上がって、そそくさと身繕《みづくろ》いに取りかかった。気まずい沈黙が耐えがたい。

「帰る」

鳴海は玄関口に向かった。

背後で、亜希が腰を浮かせる気配がした。鳴海は振り向かずに、歩《ほ》を進めた。狭い三和土《たたき》に降りる。

部屋を出た。外気は刃《やいば》のように鋭かった。

鳴海は、ラムスキンのジャケットの襟《えり》を立てた。そのとき、部屋から亜希が現われた。素肌に、ワインレッドのガウンを羽織っている。

鳴海は、大股で外廊下《そとろうか》を歩きはじめた。亜希が小走りに追ってくる。

踊り場に達したときだった。

いきなり亜希がぶつかってきた。その瞬間、鳴海は脇腹にかすかな痛みを覚えた。

体を反転させる。

亜希が後《あと》ずさった。その右手には刃物が光っている。ステンレスの庖丁だった。

顔つきが険《けわ》しい。黒々とした瞳は憎悪で暗く燃えていた。

「なんの真似だっ」

「篤人さんを殺したのは、あなたでしょ！　あなたが重要参考人だって、篤人さんの同僚だった刑事さんが教えてくれたのよ」

亜希が言い募《つの》り、体ごと突っかけてきた。

鳴海は平手で、亜希の横っ面《よこつら》を張った。

頬が音高く鳴った。亜希の体が左に大きく傾く。

鳴海は、亜希の腰を蹴った。迷わなかった。考える前に、体が動いていた。

亜希は鉄骨階段の上をバウンドしながら、転げ落ちていった。

鳴海は階段を駆け降りた。

亜希はコンクリートの上に倒れていた。俯《うつぶ》せだった。

ガウンの裾が腰まで捲《めく》れ上がっている。パンティーは穿《は》いていなかった。

口の端から、赤い条《すじ》が垂れていた。見る間に、条が太くなっていく。

鳴海は、亜希の口許に手をやった。

呼吸はしていなかった。おそらく、亜希と磯貝は恋仲だったのだろう。

鳴海は勢いよく歩きだした。

昨夜から泊まっている小さなホテルに向かう。そのホテルは、地獄坂《じごくざか》の中ほどにあった。函館本線の線路の向こう側だ。

坂道を跨《また》ぐガードを潜《くぐ》って間もなくだった。

坂の上から、黒いバイオリンケースを手にした男がやってきた。三十五、六歳だろう。奇怪《きかい》な身なりをしていた。真っ黒い作務衣《さむえ》のような上着を着込んでいる。脚にぴったり貼りついたズボンも革手袋も黒だった。

中肉中背だったが、どことなく凄《すご》みがある。

男は、陽炎《かげろう》のようなものを発散させていた。殺気だった。

北仁会が放った殺し屋《プロ》かもしれない。

鳴海は歩きながら、男を睨み据《す》えた。

男も睨《ね》めつけてくる。髪は短く刈り込んであった。鰓《えら》が張っている。

怪《あや》しい男が立ち止まって、バイオリンケースを路上に置いた。

中には大型拳銃か、短機関銃が入っているのかもしれない。鳴海の頭に、マフィア映画のワンシーンが蘇《よみがえ》った。それでも、恐怖はほとんど感じなかった。

男が黒いケースを開けた。

鳴海は足を止めた。相手との距離を目で測《はか》る。六、七メートルだった。

男が何か摑み出した。

鳴海はいくらか緊張した。目を凝《こ》らす。

男は、薙刀《なぎなた》のような形をした青龍刀《せいりゅうとう》を握っていた。刃渡りは六十センチ近い。刃は肉厚だった。

「あんたプロボクサー崩れなんだってな。少し相手になってやらぁ」

男が立ち上がって、青龍刀を口にくわえた。そのまま、まっすぐ歩いてくる。腰はしっかり定まっていた。

足の運びにも隙がない。なかなか手強《てごわ》そうだった。

殺しの快感をたっぷり味わえそうだ。

筋肉と血が騒ぐのを、鳴海は鮮烈に意識した。顔が綻《ほころ》んだ。男が訝《いぶか》しげな表情になった。

鳴海は、ふたたび笑った。ジャケットのポケットから両手を出して、指の関節をほぐす。手の甲《こう》には、熱い息を吹きかけた。

男が垂直に跳び上がった。

全身が発条《ばね》になっていた。男は、宙で前蹴りと横蹴りを見せた。

動きは、実にしなやかだった。空手の蹴り技とは明らかに型が違う。中国拳法や少林寺《しょうりんじ》拳法でもない。インド拳法か、跆拳道《テックンドウ》だろうか。

着地すると、男は左右の回し蹴りを見せた。

湧き上がった風と風がぶつかり、烈《はげ》しく縺《もつ》れ合った。デモンストレーションだった。

鳴海は横に走った。

誘いだ。だが、相手は動かない。不敵に笑ったきりだった。

鳴海はボクシングのファイティングポーズをとった。挑発だった。

男が一気に間合いを詰めてきた。

鳴海は腰を大きく捻った。風が巻き起こった。

男がたたずんだ。すぐ目の前だった。

鳴海は右フックを放つと見せかけて、前に跳んだ。

足払いを掛ける。筋肉と筋肉がまともにぶち当たった。

男の肩がわずかに沈んだ。

鳴海は、左のショートフックを浴びせた。パンチは顔面に入った。

男がよろめく。

だが、倒れなかった。なんと宙でトンボを切って、肩口で体を支えた。

奇妙な形の逆立ちだった。二本の脚は、くねくねと旋回している。顔は、自分の胸を覗き込む恰好だった。

高度な技を披露したつもりだろうが、少しばかり自信過剰だ。隙《すき》だらけだった。

無防備すぎる相手を密《ひそ》かに嘲《あざけ》り、鳴海は男に接近した。蹴りを放つ。

前蹴りは、相手の足で払われた。

男は逆立ちしたままだった。度胆《どぎも》を抜かれた。鳴海は、男の体が横に倒れると確信していたのだ。

どうやら男は、カポエイラを心得ているらしい。カポエイラは、ブラジルの黒人たちに古くから伝わる格闘技だ。ダンスめいた武術だが、蹴り技はパワーがある。

男が反動をつけて、宙返りした。

みごとな着地だった。青龍刀を右手に持つと、男は暗い声で言った。

「お遊びは、これくらいにしておこう」

「今度はこっちが遊ぶ番だ」

鳴海は数歩退《さ》がって、レザージャケットを脱いだ。

ダークグリーンのセーターを通して、刺すような寒気が忍び込んでくる。身が引き締まった。焦茶《こげちゃ》のレザージャケットを右手に持って、長身をこころもち折った。

そのとき、男が青龍刀を閃《ひらめ》かせた。

電光のような一閃《いっせん》だった。耳の横を鋭い風切り音がよぎった。一瞬、鳴海は身が竦《すく》んだ。

男が、にっと笑った。前歯が数本、欠けていた。そのせいか、妙に老《ふ》けて見えた。

鳴海はステップバックした。

と、今度は刃《やいば》が下からきた。風の唸りは重かった。笛の音に似ていた。チノクロスパンツのどこかが裂けた。だが、皮膚に痛みは感じなかった。

男の刀捌《かたなさば》きは鮮やかだった。

どの方向からも自在に斬り込んでくる。空《くう》を裂く音は絶えることなくつづいた。

鳴海は、手も足も出せなかった。

額の脂汗を拭いながら、ダッキングとウェイビングで刃を躱《かわ》す。知らぬ間に、坂道を三十メートルあまり下っていた。

しばらく経《た》つと、男の息が乱れはじめた。

さすがに疲れたようだ。鳴海は、わざと大きく後退した。

男が小走りになった。走りながら、青龍刀を上段に振り被った。

鋼色《はがねいろ》を帯びた白刃が冷たくきらめいた。鳴海は瞬《まばた》きを止めた。

男の足が、わずかに縺《もつ》れた。どうやら滑ったようだ。

鳴海は、その一瞬を見逃さなかった。

レザージャケットを水平に泳がせた。レザージャケットは、まるで鼯鼠《むささび》のように青龍刀に絡《から》みついた。

男がたじろいだ。視線が落ちる。

鳴海は、ほぼ真上に舞い上がった。

風圧で、髪が躍《おど》った。左脚を縮めて、腹筋を充分に引き締める。

ブーツの踵《かかと》が尻《しり》の肉を撲《う》った。上体が上がりきった証拠だ。

鳴海は蹴りを放った。靴の底に、相手の胸肉と肋骨が触れた。骨の折れる音がした。

「うぐっ」

男が呻いて、大きくのけ反った。

胃の中の物が口から迸《ほとばし》り、弧《こ》を描いて飛んだ。噴水のようだった。

地に舞い降りた鳴海は、レザージャケットの巻きついた青龍刀を右手で摑んだ。指先に、刃の硬い感触が伝わってきた。

左手で、男の喉仏《のどぼとけ》を圧《お》し潰《つぶ》す。

男の目玉が引っくり返った。鳴海は膝頭で男の股間を蹴り上げ、相手の眉間に頭突きをくれた。黒ずくめの男は身を折り、すぐ反り身になった。

鳴海は、左のショートフックを繰り出した。七、八発、連打する。

男の顔面は、たちまち熱を孕《はら》んだ。

拳《こぶし》をぶち込むたびに、表皮が引き攣《つ》れて肉がたわんだ。

男が足技で応戦してくる。しかし、力は漲《みなぎ》っていない。急所も外しがちだった。

鳴海はボディブロウとショートアッパーを交互に浴びせた。

残念ながら、パンチに体重《ウエイト》は乗せられなかった。組み合っていたからだ。

それでも男は、確実に弱っていった。

やがて、無抵抗になった。それでいて、青龍刀は放そうとしない。

鳴海は後方に跳びのいた。

男が、青龍刀に巻きついたレザージャケットを振り落とした。隙があった。

鳴海は左ストレートを男の鼻柱に叩き込んだ。

したたかな手応えがあった。男は、後ろに吹っ飛んでいた。

鳴海は走り寄って、相手の右腕を蹴りつけた。青龍刀が舞い落ち、無機質な音をたてた。

男が這《は》って、青龍刀に手を伸ばした。

鳴海は踏み込んだ。相手の顎を蹴り上げる。

男が凄《すさ》まじい声をあげ、横に転がった。手脚を亀のように竦《すく》めていた。

鳴海は青龍刀を拾い上げた。

そのとき、男が思いがけない速さで起き上がった。上瞼《うわまぶた》と頬が腫《は》れ上がっていた。顎の肉は裂けている。人相が変わっていた。

二人は睨み合った。

息が厚くたち込める。男の目は据わっていた。

ふた呼吸して、鳴海は青龍刀を斜めに構えた。

男が吼《ほ》えて、高く舞い上がった。蝙蝠《こうもり》のように見えた。男は右脚だけを屈した。蹴りを放つ気らしい。

鳴海は半歩退《さ》がって、青龍刀を横に薙《な》いだ。空気が裂けた。

何かを断《た》つ音がした。だが、肉や骨を斬った音ではない。もっと硬い音だった。

男がバランスを崩して、地に舞い降りてきた。

左腕の半分がなかった。それでも、男は平然としている。

鳴海は男の足許を見た。

そこには、義手が転がっていた。

男が余裕たっぷりに笑って、またもや高く跳んだ。宙で、両脚を縮める。二段蹴りの構えだ。

鳴海は、男の二本の脚を注視した。

瞬《まばた》きはしなかった。男の片脚が伸びた。鳴海は青龍刀を振るった。虎落笛《もがりぶえ》のような音がした。

男が宙で叫び声をあげた。

その叫びは、猛獣の咆哮《ほうこう》に似ていた。

刃は、男の膝の下を断《た》っていた。男が傾《かし》ぎながら、落ちてきた。

血を噴《ふ》く臑《すね》は皮一枚で辛《かろ》うじて繋がっている。路上に、くの字に転がっていた。

鳴海は駆け寄った。気が急《せ》いていた。

男が肘《ひじ》を使って、半身を起こした。恐怖で、頬の肉が歪《ゆが》んでいた。男は首を激しく振りながら、尻で懸命に逃げようとする。

鳴海は一歩ずつ追いつめていった。

男が片脚で立とうとした。鳴海は青龍刀を水平に払った。

刃が風を招《よ》んだ。

濁った音がした。男の首は跳ね飛んでいた。

血柱が立った。血煙で、鳴海の視界が赤く塗り潰された。

雁首《がんくび》を失った男の体は揺れながら、斜め後ろに倒れた。

そのとき、男の上着の内ポケットから給料袋大の茶封筒がこぼれ落ちた。

中身は札束だった。その封筒には、保科法律事務所の名が刷《す》り込んであった。拾って、ヒップポケットに捩《ねじ》込む。

殺しの依頼人は保科だったのか。

鳴海は謎が解けた気がした。

おそらく保科は、磯貝に何か後ろ暗い事実を押さえられたのだろう。磯貝を陥《おとしい》れたが、まだ保科は不安だった。そこで保科は自分を巧みに煽《あお》って、邪魔者を始末させたのだろう。

捜査二課は、汚職や知能犯を扱うセクションだ。保科は高級官僚を抱き込んで、利権でも漁《あさ》ったにちがいない。悪徳弁護士のやりそうなことだ。

鳴海は生首を覗き込んだ。

男の両目は大きく見開かれ、虚空《こくう》を睨んでいた。

口は苦しげにひん曲がっている。いかにも無念そうな形相《ぎょうそう》だ。

生首は血を垂れ流しつづけている。毒々しいほどの赤さだった。

鳴海は、無性《むしょう》に腹立たしかった。保科にやすやすと騙《だま》されてしまった自分が呪《のろ》わしい。

憤《いきどお》りは屈折した。

鳴海は生首のそばに屈《かが》み込んで、青龍刀で片方の耳を削《そ》ぎ取った。それを男の口の中に突っ込んだ。雁首は、まだ温かかった。

鳴海は青龍刀を捨て、腰を上げた。

ブーツの先で、男の生首を思うさま蹴った。生首はボールのように弾みながら、坂道を転がっていった。

首のない胴体は泥人形のようだった。

鳴海は路上のレザージャケットを掴み上げて、大股で歩き出した。

坂道を登りつめた場所に保科の別荘がある。鳴海は電話で、雇い主を誘《おび》き出すつもりだった。

## 6

黒い車が見えた。

レクサスだ。保科のセカンドハウスの車寄せである。

鳴海は、にんまりした。

保科が札幌から来ているらしい。呼び出す手間が省《はぶ》けたわけだ。

鳴海は洋館に足を踏み入れた。

どうしたことか、管理人の老人は姿を見せない。買物に出かけたのだろうか。

鳴海は長い廊下を進んだ。抜き足だった。

奥の応接間の方から、男の怒声が響いてきた。あろうことか、永岡の声だった。

鳴海は小走りに走って、応接間のドアに耳を押し当てた。二人の関係を探《さぐ》る気になったのだ。

「保科さん、約束が違うじゃねえか」

「急な話だったんで、三千万の現金《キャッシュ》は集められなかったんだ。とりあえず、ここにある五百万を……」

「なめられたもんだな。あんたがそのつもりなら、磯貝君から預かった録音音声や写真データを新聞社に持ち込んでもいいんだぜ。それとも、おれとここで心中するかい？」

「待ってくれ。約束の金は、必ず明日までに工面《くめん》する」

「今夜中に何とかしてもらおう。さもないと、あんたが国有地の払い下げや公共施設工事の入札に絡んで暗躍してることが世間に知れちまうぜ」

「それは困る」

「それにしても、あんたは悪党だよな。ロータリークラブの支部長を務めながら、裏じゃ役人どもを抱き込んで、とんでもねえ悪さをしてるんだから。しかも、その悪事を嗅ぎつけた刑事に汚名をおっ被せて、懲戒免職に追い込んだ。磯貝君を殺したのは、あんたなんだろ！」

「わたしじゃないっ」

「とぼけやがって。これじゃ、磯貝君も犬死にだよな。あんたを告発できなかったんだから。言っとくけど、おれは彼みたいに青くはねえぞ。あんたの財産の半分は毟《むし》り取ってやるからな。磯貝君は、おれの娘の婚約者だったんだ。死んじまった人間は、もう還《かえ》ってこない。だから、せめて金で娘と磯貝君の遺族を慰《なぐさ》めてやりてえんだ」

「わかった。もう一度、知人に当たってみよう。電話をかけさせてくれ」

保科の声がして、すぐに永岡の悲鳴が聞こえた。ただならぬ気配だった。

鳴海はドアを押し開けた。

保科が正面に立っていた。その手には、消音装置付きの自動拳銃が握られている。Cz《セスカ・ゾブロジョブカ》75だった。旧チェコスロバキア製の高級軍用銃だ。セスカ・ゾブロジョブカ社のヒット製品である。

消音器は、二十センチほどの長さだ。フランスのユニーク社の製品だった。ゴムバッフルの間には、消音効果を高めるためのスプリングが挟まれている。

室内が火薬臭くなった。

永岡は、長椅子からずり落ちかけていた。

首筋が赤い。銃創は深かった。熟しきった通草《あけび》の実のように笑み割れている。粘《ねば》っこい血糊がどくどくとあふれていた。

ぴくりとも動かない。即死したようだ。

永岡は、片手に三十センチほどの筒を握りしめていた。

手製のダイナマイトらしかった。まだ導火線に火は点《つ》いていない。

「鳴海君、きみがどうしてここに!?」

保科がそう言って、不自然な笑みを浮かべた。その目は笑っていなかった。

「黒ずくめの男は殺《や》ったぜ。おれの名刺を磯貝の死体のそばに落として、警察《サツ》に密告《チク》ったのはあんただな！　磯貝の脅迫状も偽《ガセ》だろっ」

「おい、なにを言い出すんだ！」

「番犬だからって、見くびるんじゃねえ」

鳴海は尻ポケットから血の付着した茶封筒を抓《つま》み出し、それを保科に投げつけた。

札束は宙でほぐれ、一万円札が乱舞した。

保科がＣｚ75の引き金を絞った。

鳴海は床に転がった。すぐそばの漆喰《しっくい》が九ミリのパラベラム弾に穿《うが》たれ、埃《ほこり》と白煙が舞い上がった。二発目は、置物のガラス工芸品に命中した。その破片が降ってきた。雹《ひょう》のようだった。

鳴海は、永岡のところまで這い進んだ。

手製のダイナマイトを永岡の手から引き抜き、ジッポゥで導火線に火を点ける。

火花と薄い煙が出はじめた。

「拳銃を渡せ！」

鳴海は立ち上がって、ダイナマイトを高く翳《かざ》した。

保科はセスカ・ゾブロジョブカを構えたが、発砲してこない。体が慄《ふる》えていた。

鳴海は保科に近づいた。

銃口が揺れた。放たれた銃弾は、標的から大きく逸《そ》れていた。鳴海は衝撃波さえ感じなかった。

「近寄るなっ。わたしに近づかないでくれ」

保科が拳銃を下げ、大声で哀願した。

鳴海は立ち止まった。Ｃｚ75を奪い取るなり、銃把《じゆうは》の角で保科の額を打ち据えた。複列式弾倉《ダブルカラム・マガジン》の収納されたグリップは分厚い。しかし、握りやすいように設計されていた。

保科が大仰《おおぎよう》に呻いて、その場に頽《くずお》れた。額が割れ、鮮血が噴き出していた。

鳴海は、保科の喉笛を蹴り込んだ。

軟骨の潰れる音が聞こえた。保科は不様な恰好で引っくり返った。

鳴海は、保科の左の太腿を撃ち抜いた。真紅の飛沫《しぶき》が四方に走った。

「赦《ゆる》してくれ。わたしも追いつめられていたんだ。磯貝に摑まれた一件が世間に知れたら、消されるかもしれないと思ったんだよ」

保科が仰向けに横たわったまま、喘《あえ》ぎ喘ぎ言った。

「バックに誰がいるんだ？」

「それは言えない」

「すぐに喋《しやべ》りたくなるさ」

鳴海は鋭い目を片方だけ眇《すが》め、もう一方の太腿に銃弾を喰らわせた。肉の欠片《かけら》が飛んだ。血の雫《しずく》も散った。

保科は苦痛の声をあげ、体を左右に振った。

「早く白状《ゲロ》しろ」

「先生だよ。石渡先生の命令で……」

「石渡は、東京の議員宿舎にいるんだなっ」

「いや、北海道《こっち》にいる。きのうから、千歳の石渡牧場にいるんだ」

「そうかい。あばよ」

鳴海は、保科の心臓部に狙いをつけた。

保科が口をぱくぱくさせた。鳴海は、弾倉《マガジン》が空になるまで撃ちまくった。保科は何度か跳ね、間もなく身じろぎもしなくなった。

死んだ保科の腹の上に、ダイナマイトを置く。導火線はもう数センチしか残っていない。

鳴海は高級軍用銃を紙幣の散った床に落とし、駆け足で部屋を出た。

表に走り出て、レクサスに乗り込む。キーは差し込まれていた。

レクサスを発進させ、円《まる》い花壇を回り込む。

門に差しかかったときだった。

地を揺るがすような爆発音が、夜気《やき》を震わせた。闇の底が明るくなった。

鳴海はミラーを見上げた。

洋館は炎を噴いていた。建物の半分は消えて見えなかった。

鳴海は、路上に車を出した。

車首を千歳方面に向ける。十分ほど走ると、フロントガラスに白いものが吹きつけてきた。雪だった。今夜は吹雪《ふぶ》くかもしれない。

真っ赤な血は、雪によく映《は》えるだろう。石渡、待ってろ。いま、行く。

鳴海はアクセルペダルを深く踏み込んだ。

背がシートに吸い寄せられた。殺しのＢＧＭは、まだ耳の奥で鳴り響いていた。

**初出及び収録先**（本書は※を底本とし、著者が加筆しました）

**・罠道**

『番犬稼業　罠道』（※青樹社ビッグブックス書下ろし―99年5月　同文庫―01年1月

桃園文庫―04年10月）

**・掟破り**　祥伝社『小説NON』86年12月号掲載「血」改題

**・笑う闘犬**　同87年12月号掲載「番犬稼業」改題

両作とも『番犬稼業』収録（廣済堂文庫―90年9月　※青樹社文庫―98年8月……一部

作品入れ替え　ケイブンシャ文庫―01年11月）

著者注・この作品はフィクションであり、登場する人物および団体名は、実在するものといっさい関係ありません。

一〇〇字書評

番犬稼業　罠道

切り取り線

| **購買動機**（新聞、雑誌名を記入するか、あるいは○をつけてください） | |
|---|---|
| □（　　　　　　　　　　　　　）の広告を見て | |
| □（　　　　　　　　　　　　　）の書評を見て | |
| □ 知人のすすめで | □ タイトルに惹かれて |
| □ カバーが良かったから | □ 内容が面白そうだから |
| □ 好きな作家だから | □ 好きな分野の本だから |

・最近、最も感銘を受けた作品名をお書き下さい

・あなたのお好きな作家名をお書き下さい

・その他、ご要望がありましたらお書き下さい

| 住所 | 〒 | | | | |
|---|---|---|---|---|---|
| 氏名 | | 職業 | | 年齢 | |
| Eメール | ※携帯には配信できません | 新刊情報等のメール配信を 希望する・しない | | | |

この本の感想を、編集部までお寄せいただけたらありがたく存じます。今後の企画の参考にさせていただきます。Eメールでも結構です。

いただいた「一〇〇字書評」は、新聞・雑誌等に紹介させていただくことがあります。その場合はお礼として特製図書カードを差し上げます。

前ページの原稿用紙に書評をお書きの上、切り取り、左記までお送り下さい。宛先の住所は不要です。

なお、ご記入いただいたお名前、ご住所等は、書評紹介の事前了解、謝礼のお届けのためだけに利用し、そのほかの目的のために利用することはありません。

〒一〇一－八七〇一
祥伝社文庫編集長　清水寿明
電話　〇三（三二六五）二〇八〇

祥伝社ホームページの「ブックレビュー」からも、書き込めます。

www.shodensha.co.jp/bookreview

祥伝社文庫

番犬《ばんけん》稼業《かぎょう》　罠道《わなみち》

令和 6 年 12 月 20 日　初版第 1 刷発行

著　者　南《みなみ》　英男《ひでお》
発行者　辻　浩明
発行所　祥伝社《しょうでんしゃ》
東京都千代田区神田神保町 3-3
〒 101-8701
電話　03（3265）2081（販売）
電話　03（3265）2080（編集）
電話　03（3265）3622（製作）
www.shodensha.co.jp
印刷所　堀内印刷
製本所　ナショナル製本
カバーフォーマットデザイン　芥 陽子



Printed in Japan ©2024, Hideo Minami ISBN978-4-396-35094-9 C0193

# 祥伝社文庫の好評既刊

南　英男　突撃警部

心熱き特命刑事・真崎航のベレッタ92FSが火を噴くとき——警官殺しの裏に警察をむしばむ巨悪が浮上した！

南　英男　疑惑領域　突撃警部

剛腕女好き社長が殺された。だが全容疑者にアリバイが⁉　特命刑事真崎航、思いもかけぬ難事件。衝撃の真相とは。

南　英男　超法規捜査　突撃警部

シングルマザーが拉致殺害された！　残された幼女の涙——「許せん！」真崎航のベレッタが怒りの火を噴く！

南　英男　闇断罪　制裁請負人

セレブを狙う連続爆殺事件。首謀者は誰だ？　凶悪犯罪を未然に防ぎ、ワルも恐れる〝制裁請負人〟が裏を衝く！

南　英男　裏工作　制裁請負人

乗っ取り屋、裏金融の帝王、極道よりワルいやつら…鬼丸が謎の組織に拉致された！　株買い占めの黒幕は誰だ？

南　英男　罠地獄《わなじごく》　制裁請負人

狙われた女社長、組織的な逆援助交際、横領された三億円の行方……襲撃者の背後で笑う本物の悪党はどこの誰だ？

# 祥伝社文庫の好評既刊

# 祥伝社文庫　今月の新刊

藤崎　翔
## お梅は次こそ呪《のろ》いたい

増強された呪術の力で、今度こそ現代人たちを呪い殺す……つもりが、またしても幸せにしてしまう!? 『お梅は呪いたい』待望の続編！

原　宏一
## 佳代のキッチン　ラストツアー

恩ある食堂が、閉店するという。佳代はキッチンワゴンに飛び乗り、一路函館へ。累計14万部の人気シリーズ、集大成の旅！

佐倉ユミ
## 華ふぶき　鳴神黒衣後見録《なるかみくろごこうけんろく》

若き役者と裏方たちは「因縁の芝居」を成功させるため、命を懸けて稽古する。芝居への熱き想いが心を揺さぶる好評シリーズ第三弾！

南　英男
## 番犬稼業　罠道《わなみち》

たった一人の親友の死。浮上する恐るべき真相！〝番犬〟が牙を剝く！ボディガード鳴海の活躍が初めて一冊になったスペシャル版！